MARIAGE SUR LA PLAGE

EVERSEA 4

NATASHA BOYD

Traduction par
ISABELLE WURTH

Natasha Boyd
Eversea, tome 4
Traduction française Isabelle Würth
Titre original : Beach Wedding

Première édition électronique : Novembre 2017
Première édition de poche : Novembre 2017
Edition française : Fev 2022

MARIAGE SUR LA PLAGE

Cela fait maintenant quatre ans que la star de cinéma, Jack Eversea, a conquis le cœur de Keri Ann Butler.

Keri Ann a terminé ses études et lancé sa carrière artistique, et elle a fait savoir à Jack qu'elle était peut-être enfin prête à se marier. Mais quatre ans, c'est long pour faire attendre Jack. Il vient de terminer le tournage de l'un des projets les plus éprouvants qu'il n'ait jamais fait, sur le plan émotionnel, et il s'interroge maintenant sur son aptitude au mariage.

Des circonstances inattendues vont provoquer des failles dans leur relation, opposant l'avenir au passé, l'amour à la responsabilité, et conspirer pour que les amoureux envisagent longuement leur avenir.

La route a toujours été semée d'embûches pour ces deux-là. L'amour indéfectible de Keri Ann pourra-t-il leur ouvrir la voie vers leur MARIAGE SUR LA PLAGE ?

Il s'agit du troisième et dernier livre de la série sur Jack Eversea et Keri Ann Butler. Vous ne voudriez pas manquer ça !

CHAPITRE UN

*H*UIT MOIS PLUS TÔT
Le soleil froid du début de l'hiver filtrait à travers les fenêtres du bureau de Jack, dans notre maison de Daufuskie Island. Je me tenais debout entre les cuisses de Jack, mes mains sur ses épaules.

— Tu crois que quelqu'un sait qu'il va y avoir un mariage ici ? lui ai-je demandé.

Il a secoué la tête. Ses joues affichaient la rugosité d'une journée sans rasage. Ses yeux verts étaient saisissants dans la pièce éclairée naturellement.

— Nan.

Je venais de lire le script sur lequel il travaillait. Celui qui était basé sur son enfance, et mon cœur était à la fois débordant d'amour et brisé de tristesse.

J'ai réalisé que cet homme magnifique n'avait jamais eu ce qu'il désirait plus que tout - se sentir en sécurité, posé et en lieu sûr. Et que c'était en mon pouvoir de le lui donner. Cela me rendait malade de lui avoir refusé si longtemps en repoussant la discussion sur le mariage. Même si je pensais que c'était bien que nous nous occupions du mariage de sa mère avec son compagnon de longue date, Jeff, avant d'envisager notre propre mariage.

— Hmm, ai-je répondu distraitement. Je me demande si nous devrions organiser le nôtre ici, aussi.

Les épaules de Jack se sont raidies sous le bout de mes doigts. Il a pressé ma taille plus fort, et j'aurais juré qu'il avait arrêté de respirer. Pendant un moment, j'ai eu l'impression d'avoir dit une bêtise. Il m'a demandé :

— Qu'est-ce que tu dis ? Et c'est alors que j'ai vu l'espoir prudent dans ses yeux et je me suis sentie mal encore une fois de l'avoir fait attendre si longtemps. Cela faisait quatre ans qu'il me disait que notre histoire durerait toujours.

J'ai laissé un large sourire traverser mon visage et j'ai regardé les yeux verts de Jack s'assombrir et sa respiration faiblir. J'ai serré ses épaules musclées.

— Le fait de tout préparer pour la cérémonie ce week-end m'a fait réaliser à quel point j'avais envie que ce soit nous. Et depuis que j'y ai pensé, je ne peux plus m'arrêter.

Il n'a pas répondu pendant un long moment, et j'ai recommencé à me sentir nerveuse. Il voulait toujours ça, non ? Il ne m'avait jamais forcé la main. J'appréciais cela, mais maintenant je commençais à m'inquiéter qu'il ait changé d'avis. Peut-être qu'il était finalement d'accord avec ce statu quo ?

— Je suis soulagé, a-t-il finalement dit, bien que les mots soient semblé sortis tout seuls. Cependant, a-t-il ajouté, et je me suis préparé à la suite, c'est toi qui vas devoir attendre maintenant.

Quoi ? J'ai froncé les sourcils.

« Ouais. Tu ne crois pas que je vais juste te demander en

mariage et en finir avec ça, hein ? Il va falloir que tu transpires un peu, a-t-il dit en levant un sourcil.

Deux personnes pouvaient jouer à ce jeu.

— Quoi ? Et me laisser le temps de changer d'avis ? ai-je plaisanté et je me suis instantanément sentie mal alors qu'il pâlissait. J'ai passé mes doigts sur sa joue chaude et rugueuse.

Il a attrapé ma main, ramenant ma paume vers sa bouche pour l'embrasser.

— Ne me prive pas de faire quelque chose de romantique pour toi. En plus, c'est toi qui viens pratiquement de faire la demande en mariage. Laisse-moi au moins sauver ma fierté et faire semblant que c'est moi qui ai demandé en premier.

— J'ai fait ça ? Je me suis tapé le front avec la main. Je suppose que tu as raison. Eh bien, n'attends pas trop long-temps, ai-je chuchoté, réalisant soudain que j'étais d'accord pour devenir la femme de Jack dans tous les sens du terme, et que je voulais maintenant que ça arrive le plus vite possible. Et que j'espérais qu'il ressente toujours la même chose pour moi et qu'il ne soit pas en train de remettre ça à plus tard pour me laisser tomber plus facilement.

Jack a pris une grande inspiration.

— Moi ... William John Rhys Thomas, qui aurait été le vint et unième comte de Huntley s'il n'avait pas été déclaré disparu et présumé mort, alias Jack Eversea ... suis totalement amou-reux de toi, Keri Ann Butler.

— Eh bien, *Monsieur le Comte Huntley*. J'ai souri. Je crois que je préfère Jack. Tu as déjà la grosse tête, tu n'imagines pas que je vais t'appeler *Sir*, non ? J'ai ri et pris sa main, la glissant sous mon pull et le long de mon ventre. J'aimais le sentir sur ma peau, je me suis penchée et j'ai pressé mes lèvres contre les siennes. Ses lèvres ont remué sous les miennes, leur douceur, la rugosité de sa barbe. La chair de poule a envahi ma peau. Il respirait contre ma bouche.

— Mais on devrait peut-être s'atteler à concevoir un héritier ? a-t-il plaisanté entre les baisers, sa main se déplaçant toujours sur mon ventre. J'ai entendu dire que ça pouvait prendre du temps.

Mariage et bébés. Des larmes ont afflué au bord de mes yeux quand j'ai réalisé à quel point j'avais envie de ça. Et combien de fois j'avais chassé cette idée de ma tête. Peut-être en me demandant si Jack et moi ça n'était pas trop beau pour être vrai ? Ce serait encore plus que *pour toujours*.

— Je suppose que je suis prête pour ça aussi, ai-je dit et j'ai failli avaler de travers. Le dire à voix haute me semblait énorme. Trop énorme.

Il a arrêté de me caresser et il a jeté un coup d'œil à mon ventre. Il a dégluti de manière audible, et sa peau a légèrement rougi sur le haut de ses pommettes.

Quand il a levé les yeux vers moi, j'ai souri nerveusement et j'y suis allée franco.

— Maintenant, si tu veux.

Jack a pris une grande inspiration et a fermé les yeux. Puis il s'est glissé vers l'avant de la chaise, a quitté le bord et s'est laissé tomber à genoux sur le sol. Ses bras se sont enroulés autour de ma taille, et il a enfoui la tête contre moi.

J'ai enroulé mes mains autour de sa chevelure sombre et je l'ai serré contre moi, tout en sachant que j'avais fait ce qu'il fallait.

J'avais attendu. Et maintenant, j'étais prête. Pour nous. Pour toujours.

CHAPITRE DEUX

UJOURD'HUI

C'est le bruit des vagues qui clapotaient et mon carillon en verre dépoli qui tintait doucement alors que la brise du matin passait par la fenêtre ouverte qui m'ont réveillée. J'adorais dormir avec les fenêtres ouvertes. Ce n'était possible qu'au printemps et en automne dans la Lowcountry. À l'automne, les petits insectes piqueurs pouvaient même traverser une moustiquaire, mais pas ici, au deuxième étage de notre maison sur pilotis à la plage. Dans notre sanctuaire sur l'île isolée de Daufuskie, nous pouvions également laisser les portes et les fenêtres ouvertes sans craindre que les gens ne prennent des photos ou nous espionnent.

Derrière mes paupières, je sentais bien le lever du soleil déposer sa chaude lueur dans la pièce. Dans mon dos, la respiration lente et profonde de Jack soulevait les petits cheveux dans ma nuque, sa main était enroulée de façon possessive autour de ma taille et sa lourde jambe était ancrée entre les miennes.

Je savourais ces moments. Les moments de calme où je

pouvais oublier à quel point nous étions devenus distants ces derniers mois.

Jack n'allait jamais me demander de l'épouser.

Cela faisait des mois que je lui avais dit que j'étais prête à me marier et à fonder une famille. Je savais qu'il le voulait aussi. Et depuis qu'il avait tourné dans *Le comte disparu* et qu'il était maintenant en montage postproduction, je sentais son agitation. Son stress et son manque de sommeil étaient évidents dans chacune de ses interactions avec moi. Peut-être que je l'imaginais, mais j'avais l'impression bizarre que l'homme qui était parti tourner cette histoire n'était pas le même que celui qui était revenu vers moi.

Nous avions passé un printemps animé et un été étouffant dans la Lowcountry, et à un moment donné, attendre que Jack me demande en mariage m'avait fait passer de l'excitation de l'anticipation à la tension, puis à la douleur, et maintenant il était presque trop tard. S'il me le demandait maintenant, je craquerais probablement et ferais quelque chose de stupide. Genre, dire non.

Ce n'est qu'à l'aube, lorsqu'il succombait finalement au repos et que son corps se rapprochait inconsciemment du mien, que je m'autorisais à croire encore en nous.

Bien que je déteste manquer un seul moment de ce temps passé avec lui au lit, ma vessie m'a poussée à m'échapper de la chaleur de son corps et à me diriger vers la salle de bain. L'air était frais ce matin-là. J'ai rapidement fait mes besoins et me suis mise devant le lavabo en pierre blanche pour me laver les mains et prendre ma pilule. J'ai ouvert le tiroir et pris la plaquette. Une de plus de finie.

J'avais finalement obtenu mon diplôme l'année précédente, réalisant ainsi mon rêve d'aller à l'université. J'avais eu la chance de me forger une réputation, même si je n'étais pas encore tout à fait convaincue que le fait d'être la petite amie de Jack Eversea n'y était pour rien. J'avais appris à l'accepter, alors qu'auparavant je m'étais battue contre tous les aspects de la situation, essayant d'être indépendante au point de rendre Jack fou. Mais l'épouser et fonder une famille était les seules choses que j'avais complètement refusées pendant toutes mes années à l'université.

À la décharge de Jack, il avait été patient, mais je savais à quel point il le voulait. Parfois, j'avais l'impression d'être une vile créature qui empêchait l'homme que j'aimais de faire ce qu'il désirait le plus. Maintenant je me demandais s'il n'était pas trop tard. Avions-nous raté le bon moment dans notre relation ? Le point parfait sur le tremplin de la félicité ?

J'ai touché la boîte de pilules et je me suis regardée dans le miroir. Pendant un certain temps après le mariage de ses parents, après lui avoir dit que j'étais prête pour notre prochain chapitre, j'avais arrêté de la prendre. Je ne sais pas si nous nous attendions à ce que je tombe enceinte tout de suite, ou si je m'attendais à ce que Jack me demande en mariage tout de suite, mais aucune de ces choses n'était arrivée. Il était parti pour le tournage quelques mois plus tard, douze semaines de torture pour moi. Il était revenu depuis presque deux mois et je n'arrivais pas à mettre le doigt dessus, mais il était... différent.

Alors que le fossé entre Jack et moi se creusait, il me semblait irresponsable de laisser les choses au hasard. Alors un jour, un mois plus tôt environ, sans bien réfléchir, j'avais simplement recommencé à prendre la pilule. Je n'étais même pas sûre que Jack l'ait remarqué. Ou bien qu'il s'en souciait.

J'essayais de me voir comme une mère, mais je me sentais

toujours comme une petite fille qui joue à se déguiser. Essayant d'être elle-même, essayant de trouver qui elle était. Est-ce que ça changerait un jour ? Y avait-il un moment où l'on pouvait se regarder dans les yeux et se dire : « Te voilà. Tu as enfin réussi. Tu as grandi. Tu as mis de l'ordre dans tes affaires ? »

J'ai pris un verre et l'ai rempli, en avalant la pilule. J'avais vingt-sept ans. Mon anniversaire était dans quelques jours. Est-ce que j'avais l'air plus vieille ? Plus sage ? Prête à devenir une épouse ? Prête à créer un autre être humain ?

Il y a eu un bruit à la porte, et Jack est entré en titubant, endormi. Ses cheveux bruns étaient en désordre et il a passé la main dedans.

J'ai regardé son torse nu avec un soupçon de poils noirs serpentant vers l'élastique de son caleçon blanc quand il est arrivé derrière moi, me surprenant en train de le reluquer. Il m'a fait un sourire endormi dans le miroir en pressant sa peau chaude contre moi, et je n'ai pas pu m'empêcher de lui rendre son sourire. Ses yeux verts ont retenu les miens dans le miroir et mon cœur s'est gonflé dans ma poitrine alors que l'amour en moi me rappelait son ampleur.

— Salut, ai-je chuchoté et j'ai inspiré brusquement quand je l'ai senti presser le bas de son corps contre moi.

— Salut, a-t-il dit, baissant son visage pour que ses lèvres puissent effleurer mon épaule. Je me suis rappelé trop tard que j'avais à la main ma plaquette de pilules désormais vide. Pourquoi me suis-je sentie coupable ? Il ne m'avait jamais demandé de ne pas la prendre. Je ne l'avais jamais cachée. Mais d'une certaine manière, cette plaquette, cette décision qui semblait maintenant n'appartenir qu'à moi, était comme un symbole de la distance qui nous séparait ces derniers temps. Combien nous nous étions cachés l'un de l'autre. Il s'est légèrement raidi derrière moi et s'est écarté. J'ai jeté la plaquette dans la petite poubelle et j'ai quitté la salle de bains pour lui laisser un peu d'intimité.

De l'autre côté de la fenêtre de notre chambre, le matin était vif et clair, les couleurs éclatantes. La pelouse, encore verte en ce début d'automne semblait encore plus verte dans le soleil du matin, humide et accueillante. L'air qui passait par l'ouverture était glacé, cependant. Cela me donnait la chair de poule.

La porte de la salle de bains s'est ouverte et je me suis détournée de la fenêtre, ayant soudain très envie de retourner dans le cocon de chaleur de notre lit, d'aimer et d'adorer chaque centimètre du corps de Jack et de lui montrer à quel point je l'aimais.

Il est sorti de la salle de bain sans me regarder et s'est dirigé vers l'armoire.

— Dis, tu veux revenir au lit ? ai-je demandé doucement à son dos musclé.

Il a fouillé dans un tiroir pour trouver un short de sport et l'a enfilé sans même se retourner.

— Nan. Je vais aller courir.

CHAPITRE TROIS

J'ai franchi la porte d'entrée de mon ancienne maison, emportant avec moi un souffle d'air frais automnal. L'odeur de cassis, de mûre et de feu de cheminée a assailli mon nez. Dès qu'elle m'a vue, Jazz a posé son magazine sur la table de ferme du XVIIIe siècle, récupérée dans une ancienne plantation de riz de Caroline du Sud qui servait désormais de bureau d'accueil.

— Qu'est-ce qui ne va pas ? lui ai-je demandé.

Elle a froncé les sourcils, lissant des épis inexistants dans sa queue de cheval blonde. Elle avait pris l'habitude de les lisser et cela donnait parfois l'impression qu'elle était une autre personne. Plus sévère que l'amie sauvage et haute en couleur avec laquelle j'avais grandi.

J'ai posé mon sac près du bureau, sur le parquet en bois foncé, et j'ai pris la chaise en face d'elle. J'ai croisé mes jambes vêtues de jean et fait valser mes bottes.

— Tu l'as lu ?

— Quoi ? Tu parles de l'incroyable article dans le magazine Lifestyle qui est sur ton tableau de chasse depuis que tu as commencé ce business ? J'ai levé un sourcil et croisé les bras, défiant ma meilleure amie d'être encore plus ridicule. Oui, en effet je l'ai lu.

Jazz a laissé échapper un long soupir désespéré, attisant les flammes de la bougie Jo Malone qui brûlait régulièrement sur le bord de la table.

— C'est le baiser de la mort, a-t-elle poursuivi. Je te le dis, moi. Dire aux gens qu'il est impossible de réserver chez nous ! Personne ne prendra même plus la peine d'essayer. On sera vide avant même que tu ne t'en rendes compte.

J'ai rigolé.

— Tu travailles trop dur. Tu es juste stressée. Tu sais quand le vol de Nicole atterrit ?

Nicole était une cliente régulière de la chambre d'hôte qui avait soudain décidé qu'elle voulait organiser son mariage à Butler Cove le samedi après Thanksgiving. C'était à la dernière minute, mais pour Jazz, c'était une affaire trop importante pour être refusée.

Le téléphone a émis un faible bip, réglé de manière à ne pas déranger les clients, mais assez fort pour empêcher Jazz de répondre à ma question. Elle l'a attrapé.

« Tu vois ? ai-je chuchoté. Quelqu'un appelle pour réserver en ce moment même. »

Jazz a levé les yeux au ciel.

— Maison d'hôtes Butler. Que puis-je faire pour vous ?

Lui désignant la porte, je suis retournée dehors chercher des orchidées dans la Jeep de Jack. Je les avais récupérées pour Jazz avant de quitter Daufuskie le matin même.

Devant la façade de la Maison Butler, il y avait maintenant un élégant parvis en coquillages concassés. L'allée n'était plus simplement une aire de stationnement avec de mauvaises herbes que je n'arrivais jamais à arracher quand je vivais là. L'arrière de la maison avait également été refait en un jardin magnifiquement aménagé. Nana, qu'elle repose en paix, aurait adoré ça. Jazz espérait y organiser la cérémonie de Nicole. À condition que Nicole n'invite pas tout Manhattan.

Jazz est sortie de la maison en robe moulante en jersey et en bottes de cow-boy.

— Waouh, tu es magnifique ! Je suis toujours aussi jalouse de tes seins après toutes ces années. On aurait pu penser que je m'y habituerais, mais non.

Mon commentaire a dissipé les nuages d'orage qui planaient sur sa figure, et un sourire s'est dessiné sur sa bouche.

— Tu es bête.

— Peu importe. Aide-moi avec ce truc, s'il te plaît.

— Mince, il fait froid ici. Qui organise un mariage en plein air à la fin de l'automne ? Oh, chouette, tu as pris les orchidées pour moi, merci ! Elle a attrapé la boîte ouverte. Je me demandais quand j'aurais le temps d'aller les chercher cette semaine. Avec la gestion de cet endroit et l'organisation du mariage, je trouve à peine le temps de faire pipi en ce moment.

J'ai secoué la tête en grimaçant.

— Oui, cette fois, je pense que tu en as trop fait. Je n'arrive pas à croire que tu aies ajouté l'organisation d'un mariage à tes fonctions de directrice d'hôtel.

— Pour une fois, je ne vais pas discuter. Mais, ça va être absolument parfait.

— Dommage que ce ne soit pas ton propre mariage pour lequel tu te donnes autant de mal. J'ai laissé tomber le commentaire allègrement et je me suis dirigée vers la maison avant qu'elle ne réplique.

— Ou le tien, a rétorqué Jazz en me suivant sur les marches du perron. Je préférerais de loin t'aider à organiser le tien. Combien de temps vas-tu faire attendre ce pauvre gars ?

Nous sommes entrées dans la cuisine pour déposer les cartons sur l'îlot central, et j'ai essayé de cacher ma figure. J'étais convaincue que mes inquiétudes sur Jack et moi étaient marquées dessus.

La cuisine de la maison de mon enfance avait été réaménagée pour que les invités puissent entrer, se faire du café et discuter avec le chef le soir. Le petit-déjeuner était sous forme de buffet et le seul repas servi à table était le dîner, sur réservation uniquement. Le chef nouvellement embauché et son assistant n'arrivaient donc qu'à deux heures de l'après-midi les jours d'ouverture.

Nous avions donc l'endroit pour nous seules.

— Je ne le fais pas attendre. J'ai répondu à la question de Jazz, en m'affairant vers la petite et coûteuse machine à café Nespresso. Je sauterais partout plus tard, c'était sûr. C'était difficile de dire non aux délicieuses dosettes de café. Je ne voulais plus jamais revoir de café filtre. On était vite gâtés, n'est-ce pas ? Je me suis moqué de moi-même, me jurant que Jack m'emmènerait au plus vite au *Waffle House* sur la nationale 95 pour garder les pieds sur terre. Je peux t'en faire un ?

— Mmm, oui, une dosette violette s'il te plaît.

— Comment fais-tu pour ne pas boire de café toute la journée ? ai-je demandé en lui faisant un petit expresso. C'est si bon ce truc. J'ai pris une chaise à la grande table de la cuisine. Tu peux faire une pause avant qu'on parte ?

— Oui, pas de problème. J'entends le téléphone d'ici. En fait, je fais souvent les comptes ici, juste pour être proche des clients. Joey et moi on ne fait que se croiser en ce moment. Il travaille à fond à l'hôpital.

Jazz et mon frère s'étaient finalement mis ensemble pour de bon, trois ans auparavant, après le retour de Jazz d'un séjour en Afrique du Sud.

Mon frère m'avait dit qu'il était inquiet de la somme de travail qu'elle abattait. Je lui avais assuré que si quelqu'un pouvait s'en sortir, c'était bien elle. Elle avait plus de capacité de travail que la plupart des gens que je connaissais.

— Je suis désolée que vous travailliez si dur. Mais je suis si fière de vous deux.

— Arrête ça.

— Mais non, c'est vrai, ai-je insisté. Ce n'est pas de la condescendance. C'est... de l'admiration.

Jazz a rigolé.

— Sérieux, laisse tomber. En tout cas, toi, tu m'impressionnes !

— Je n'ai rien fait d'impressionnant ces derniers temps. Ma voix s'est transformée en murmure, et elle est sortie comme ça avant que j'aie pu la modifier. Avant même que je sache que j'allais le dire. Sauf, apparemment, à faire en sorte qu'un petit ami pressé de passer le reste de sa vie avec moi décide de ne plus vouloir... se marier *du tout*. En grimaçant, j'ai pris mon café et j'ai soufflé sur la mousse avec une grande concentration.

Le bruit de la tasse de Jazz se posant sur la table m'a fait lever les yeux. Elle me regardait, incrédule.

« Quoi ? ! » ai -je demandé sur la défensive.

Elle a levé les épaules, puis a pincé les lèvres. Après m'avoir regardé quelques instants, elle a laissé échapper un soupir.

— Qu'est-ce qui te fait penser ça ?

— Nous... je, la correction est vite sortie de ma bouche. J'ai l'impression que nous avons été distants l'un avec l'autre ces derniers temps. Il a semblé très préoccupé. Je sais qu'il a le film en tête, et je suis sûre que la décision de rendre public son lien avec le personnage qu'il joue lui pèse. Nous n'en parlons pas. Et puis ensuite, il donne le change.

— Comment ça ?

— Eh bien, on s'entend toujours bien... tu vois quoi, j'ai écarquillé les yeux, au lit. J'ai rougi. Ce truc me fait oublier qu'on a des choses à se dire.

Jazz a pouffé.

— Je pensais que tu serais capable de parler de ce *truc* plus facilement maintenant que tu as vingt-cinq ans passés.

— Mais sans problème ! J'ai souri et jeté un coup d'œil vers la porte. Mais bon, il pourrait y avoir des clients.

— Très bien. Je te l'accorde. Mais franchement. Ce mec veut t'épouser depuis que vous êtes officiellement ensemble et probablement depuis le jour où il t'a rencontrée. Il ne voulait juste pas te mettre la pression. C'était clair depuis le début. Il attendait que tu lui fasses savoir quand c'était bon.

Une pierre sèche et rugueuse s'était formée dans ma gorge.

— C'est... j'ai essayé de l'avaler, c'est justement ça le problème. Tu te souviens, au début de l'année, quand Charlotte et Jeff sont venus pour se marier ?

Jazz a froncé les sourcils.

— Euh, oui. C'était tellement adorable. C'est ça qui m'a convaincue d'organiser des mariages à la Maison Butler.

— Eh bien, j'ai aimé leur mariage aussi. Je veux dire, évidemment. Mais plus que ça, ça m'a donné envie que ce soit nous. Jack et moi. Et je le lui ai dit. Que j'étais prête pour tout. Il était ravi. Mais il a dit que je devais attendre que ce soit lui qui me le demande. Donc je suis là... à attendre encore.

Cela avait l'air tellement ridicule. J'ai grimacé en le disant. Surtout en tenant compte du fait que ça faisait plus de huit mois.

— Non, je suis sûre qu'il y a une tonne de bonnes raisons. Attendre le bon moment et tout ça. Peut-être qu'il veut te surprendre ?

Les paroles toutes prêtes de Jazz étaient réconfortantes, mais je détestais le regard qu'elle m'avait jeté avant qu'elle ne le dissimule.

CHAPITRE QUATRE

— *B*onjour ? Une voix de fille s'est élevée de l'entrée de la cuisine où Jazz et moi étions assises pour prendre notre café.

Jazz s'est levée d'un bond alors qu'un visage féminin aux cheveux d'ébène et aux grands yeux pointait dans le cadre de la porte.

— Bonjour, Nicole, a dit Jazz. Entre, entre.

— Oh, je ne veux pas m'imposer.

— Ne sois pas bête. C'est mon amie, Keri Ann. On rattrapait juste le temps perdu. Entre et viens t'asseoir avec nous.

J'ai souri et me suis levée alors que la nouvelle venue entrait. À peu près du même âge que nous, elle avait une peau pâle, mais parfaite et un petit corps voluptueux, mais très bien proportionné. Vêtue d'un jean et d'un pull rose pâle. Elle était adorable.

— Enchantée de te rencontrer. Je croyais qu'on devait venir te chercher à l'aéroport aujourd'hui, ai-je ajouté.

— Un café ? a demandé Jazz.

Nicole a hoché la tête.

— Oui, s'il te plaît. Je suis arrivée hier soir. Ma mère me rendait folle à l'idée de venir ici avec moi, alors je me suis éclipsée un jour plus tôt pour qu'elle ne puisse pas m'accompagner à l'aéroport. Nous ne sommes pas d'accord en ce moment. Elle viendra de toute façon, j'en suis sûre, au moins pour quelques jours. Ensuite, elle sera de retour pour le mariage. Elle a besoin de tout contrôler. Mais moi, pour l'instant, j'avais juste besoin de faire une pause.

Jazz a tendu une tasse à Nicole, et on s'est toutes rassises.

— Tu ne veux pas que ta mère s'en occupe, alors ? Si ma mère était encore en vie, je ne pourrais pas imaginer qu'elle ou Nana ne soient pas impliquées dans mon mariage.

Nicole a baissé les yeux, elle a rougi.

— Si, je veux bien. En quelque sorte. Mais elle veut organiser un grand mariage à New York, et je veux juste un petit mariage. Elle ne comprend pas non plus pourquoi je veux le faire à Butler Cove. Mais j'adore cet endroit.

Jazz et moi nous sommes regardées.

Nous, on te comprend, a dit Jazz. On aime cet endroit nous aussi. Évidemment.

— David, mon fiancé, m'a beaucoup soutenue. Il m'a dit qu'on pourrait faire deux mariages. Un ici, un là-bas.

Elle a jeté un coup d'œil sur le côté, et j'ai compris qu'elle ne voulait pas de deux mariages. Et en quoi son fiancé la soutenait-il en l'obligeant à faire deux mariages alors qu'elle ne voulait en faire qu'un petit ?

Après quelques minutes de discussion, Nicole est devenue soudain silencieuse et a écarquillé les yeux en me fixant.

— Quoi ?! ai-je demandé en jetant un coup d'œil derrière moi.

Nicole a mis sa main sur sa bouche.

— Oh mon Dieu ! Vous êtes Keri Ann Butler.

Mes joues on prit feu instantanément, comme c'est toujours le cas lorsqu'on m'observe.

« En fait, j'aurais dû m'en douter, c'est la maison des Butler, après tout. Oh, c'est pas possible ! »

Être la petite amie de Jack Eversea comportait son lot d'inconvénients. Se sentir comme un bouton d'acné tout juste sorti le soir du bal de promo en était un.

Jazz avait l'air inquiet. On ne savait jamais quand les gens allaient commencer à agir comme des fans en folie. Nicole ne semblait pas être de ce genre, mais on n'était sûres de rien.

« Je suis très honorée de vous rencontrer, a-t-elle murmuré. Oh non, vous pensez que je suis folle. C'est juste que je suis obsédée par vos créations. Et parce que ma grand-mère m'a laissé un tas de verres dépolis qu'elle avait collectés au fil des ans. Et je me suis sentie si proche de vous depuis que j'ai entendu parler de vous, de votre histoire, de votre grand-mère, et oh, mon Dieu, je divague à nouveau. David dit toujours que je suis écervelée, stupide et que j'ai une diarrhée verbale. Waouh, je dois vraiment m'arrêter de parler. C'est juste incroyable de vous rencontrer. Elle a respiré profondément. Son visage pâle était devenu rouge vif. Je suis tellement désolée. »

J'ai respiré, comme elle et j'ai ri.

— C'est bon. Vraiment. Tu peux toujours me tutoyer ! C'est sympa de te rencontrer aussi.

— Ouf. Les épaules de Jazz se sont détendues. J'ai cru que tu allais faire ta fan de jack Eversea devant Keri Ann.

Nicole a rougi.

— Il est magnifique, cela dit, ne vous méprenez pas.

Jazz a rigolé.

— Ouais, c'est vrai.

— Je suis d'accord, j'ai dit en souriant. Évidemment.

Le téléphone de Jazz a sonné.

— Il faut que je réponde. Je reviens tout de suite.

— Alors ta grand-mère t'a laissé du verre dépoli ? J'avais trouvé un sujet de conversation.

Nicole a hoché la tête.

— Oui. J'ai lu un article sur toi. Je crois que c'était dans Garden & Gun. En tout cas, tu parlais de la façon dont ta grand-mère les collectionnait et comment elle t'avait inspiré. Quoi qu'il en soit, ça a vraiment fait écho en moi, alors je suis une grande fan depuis. Je ne suis pas une artiste. Même pas un peu. Et en fait, eh bien, je ne sais pas pourquoi je parle autant…

J'ai ri à nouveau, soulagée qu'elle soit vraiment excitée à l'idée de me rencontrer moi et non Jack, et que ce ne soit pas qu'un prétexte.

— Tu es adorable. Ne t'inquiète pas. Je suis complètement flattée. Et au cas où tu ne l'aurais pas encore compris, je ne mors pas, donc tu n'as pas besoin d'être nerveuse.

Nicole a fait un sourire timide.

— OK.

— Alors, combien de temps vas-tu rester ?

— Juste quelques jours en principe, mais je pense rester davantage. Le mariage est si proche. Le samedi après Thanksgiving. On est en train de finaliser les menus. Je sais que j'aurais pu le faire par téléphone, mais… j'avais envie d'être ici. J'ai pris un congé.

Elle avait besoin de faire une pause avec sa mère et peut-être aussi avec son fiancé ? Je faisais des suppositions. C'était juste une impression.

— Qu'est-ce que tu fais ?

— Euh, j'ai un diplôme d'enseignante. Mais ma mère avait besoin de moi pour travailler avec son association caritative. Donc actuellement, je suis une sorte de réceptionniste, en mieux. Rien, euh, rien d'intéressant.

Elle a détourné le regard, ses yeux papillonnant autour d'elle. Ses joues ont rougi comme si elle était embarrassée.

Je me suis demandé ce qu'elle ferait de sa vie sans l'influence de sa mère, qui était clairement écrasante.

« Bref, elle s'est éclaircie la gorge. C'était une décision totalement de dernière minute de faire le mariage ici. C'est mieux pour moi parce qu'on fera quelque chose de plus simple comme ça. »

— Probablement, ai-je concédé et j'ai siroté la dernière gorgée de mon café.

— Je vais vous laisser un peu seules toutes les deux, a-t-elle dit. Désolée d'avoir fait irruption comme ça.

— Ne sois pas bête. Tu restes et tu finis ton café. Je dois faire des courses de toute façon. Je me suis levée. Je pense qu'on va sortir au Snapper Grill un soir avec des amis. Puisque tu es venue toute seule, tu devrais venir avec nous. Je demanderai à Jazz de te préciser le jour.

— Oh, merci. Elle rayonnait. J'en serais ravie.

J'ai enfilé ma veste légère et remis en place mon chignon désordonné, me glissant discrètement dans le hall pour ne pas déranger l'appel téléphonique de Jazz.

— Non. Détends-toi. Elle n'en a aucune idée, ai-je entendu Jazz chuchoter. Je te le promets, Jack.

Quoi ? Je me suis arrêtée net. Jazz parlait à Jack ? *Mon* Jack ?

Elle me tournait le dos, mais comme si elle me sentait, elle s'est immédiatement retournée.

— Je dois y aller, a-t-elle dit, les yeux écarquillés, et elle a raccroché.

J'ai avalé de travers. Il s'agissait donc de moi. Elle parlait à mon Jack.

— Je n'ai aucune idée de quoi ? ai-je demandé après un moment où Jazz m'a regardée, la bouche ouverte comme un poisson.

— Cela ne te concernait pas. Son visage a pâli. Je ne l'avais jamais vue aussi mal à l'aise. Et on se connaissait depuis longtemps, alors ce n'était pas rien.

J'ai eu la peau moite et mon estomac s'est contracté.

— Oh, je t'en prie ! Une inquiétude sourde que je ne reconnaissais pas avait surgi de façon inattendue. On se connaît depuis trop longtemps. De quoi parles-tu à Jack que tu ne peux pas me dire ?

Elle a dégluti.

— De rien d'important.

— C'est à propos de moi ? Pourquoi ce n'est pas moi qui décide si c'est important pour moi ?

J'avais la tête qui tournait. Je ne savais pas quoi penser. Jack avait semblé préoccupé ces derniers temps. Jazz l'avait été aussi. Et maintenant, ils se parlaient à voix basse, en privé.

— Il ne se passe rien, a-t-elle dit, semblant répondre à mon angoisse frénétique.

— Tu es sérieuse, là, maintenant ? Ma meilleure amie et mon petit ami me cachent des choses ? Sans compter qu'il semble que mon frère et toi ayez des problèmes.

— On n'a pas de problèmes. Jazz a fait un pas en arrière, d'un air blessé. Pourquoi est-ce que tu dis ça ? Joey t'a dit quelque chose ?

— Seulement que tu travaillais trop.

— Ha ! Joey a dit que *moi* je travaillais trop ? Il est gonflé. Tu parles d'un hypocrite !

— Il n'est ni l'un ni l'autre.

— Oh mon Dieu. Jazz a croisé les bras. D'accord, je comprends. Tu crois que j'ai des problèmes de couple et que j'essaie de draguer ton copain ? C'est ça ?

— Non, bien sûr que non. J'ai juste...

— Ah oui ? Parce que ça y ressemblait beaucoup.

Je ne savais pas quoi dire. C'était exactement ce à quoi ça ressemblait. C'est ce que j'avais vraiment pensé ? Je ne comprenais pas mes émotions en ce moment.

— Waouh, a chuchoté Jazz, en pressant une main sur son abdomen. S'il te plaît, ne dis pas un mot de plus. Je vois que cette possibilité t'a traversé l'esprit. Et je ne sais pas quoi faire avec ça.

Les yeux me piquaient.

— Jazz, non. Tu sais que ce n'est pas ce que je pense, vraiment. Je suis juste... je suis tellement perdue.

— Eh bien, pas moi. Je suis dévastée. Je suis dévastée que ma meilleure amie pense que je sois capable de faire ce qui lui a traversé l'esprit. Alors je pense que tu devrais t'en aller, là.

— Jazz...

— Maintenant. S'il te plaît. Elle a regardé autour d'elle, semblant réaliser qu'elle me mettait à la porte de chez moi. Ses épaules se sont affaissées et je savais que si Jazz était du genre à pleurer, ses yeux se seraient remplis de larmes comme les miens en ce moment. Mais Jazz gardait toujours sa douleur à l'intérieur.

Je n'arrivais pas à croire que j'avais fait du mal à ma meilleure amie comme ça. J'ai murmuré :

— Je suis désolée, puis j'ai fait ce qu'elle m'avait demandé et j'ai quitté la Maison Butler.

Qu'est-ce qui n'allait pas chez moi ?

* * *

MAL à l'aise à cause de ma stupide dispute avec Jazz, j'ai roulé dans Butler Cove, en faisant mentalement ma liste de courses. Je suis allée à l'imprimerie pour récupérer mes nouvelles brochures, à la poste pour les envoyer à mon agent artistique à New York, et j'ai fait un tour chez Piggly Wiggly pour faire des courses, où j'ai fini par acheter environ deux tonnes de chocolat.

Oui, j'avais un agent à New York désormais. À la demande de Jack, j'avais besoin de quelqu'un pour gérer les contrats des expositions, les commissions et les lieux. C'était quelque chose qui ne m'aurait jamais effleurée, mais j'étais reconnaissante d'avoir écouté ses conseils.

Un coup d'œil rapide sur mon téléphone m'a indiqué que le projet de retrouver des amis, y compris Cooper qui était brièvement de retour après s'être engagé dans les Navy SEALs trois ans plus tôt, était toujours d'actualité. Mais nous attendions qu'il confirme. Il n'y avait aucun message de Jazz. J'étais censée l'aider pour le mariage le jour même et ça m'a fait me sentir encore plus mal.

Évidemment, je savais qu'il n'y avait rien entre Jazz et Jack. J'aurais dû me préoccuper davantage de Jack et de ce qui lui était arrivé sur le plateau de tournage. Quelque chose n'allait pas entre nous depuis son retour d'Angleterre. Mais c'était arrivé si progressivement que c'était facile à négliger.

Je me suis frotté l'estomac en remontant dans la Jeep, me

sentant plus mal que jamais, et je suis allée rejoindre Jack à la maison de son meilleur ami, Devon. Celui-ci avait fortuitement gardé sa maison à Butler Cove, la maison de plage où Jack avait séjourné lors de notre première rencontre. Et c'est là que Jack et moi séjournions toujours lorsque nous étions sur l'île, maintenant que la maison de mon enfance avait été transformée en chambre d'hôtes.

Nous avions décidé de venir passer quelques jours à Butler Cove pour que je puisse aider Jazz avec le mariage de Nicole et aussi voir quelques amis.

La maison de Devon était toujours aussi jolie, un magnifique ensemble de chaux blanche et de volets bleus, bien que les fleurs qui jaillissaient normalement de chaque jardinière soient mortes maintenant que c'était l'automne. La porte d'entrée s'est ouverte lorsque j'ai franchi les marches avec mes courses dans les bras.

— Attends, laisse-moi les prendre, a dit Jack.

Cela m'a donné le vertige de le voir dans son t-shirt gris à manches longues qui épousait ses larges épaules, avec ses yeux verts et son sourire. Je ne me lasserais jamais de le regarder.

« Tu aurais dû me dire que tu allais faire des courses. Je serais venu avec toi. »

— C'est bon, ai-je répondu en lui tendant quelques sacs. J'ai décidé ça en revenant de la poste.

— Je suis content que tu aies fini plus tôt, a-t-il dit et il m'a regardée dans les yeux tandis que ses lèvres descendaient sur les miennes en guise de salut. Trop rapidement, car il a dû voir quelque chose dans mon regard. Hé, qu'est-ce qui ne va pas ?

— Je... Merde. Je ne pouvais pas risquer que Jack ait la même réaction que Jazz. J'ai vu Jazz, ce matin, ai-je commencé en me dirigeant vers la magnifique cuisine blanche et moderne de Devon pour poser mes sacs.

— Et ?

J'ai laissé échapper un soupir, réalisant que je risquais d'avoir le menton qui vacille, et j'ai essayé de me ressaisir.

— On s'est disputées. Bêtement.

Jack a posé les autres sacs de courses, m'a prise dans ses bras et m'a soulevée jusqu'au comptoir.

Je me suis accrochée à ses épaules chaudes et musclées, et il s'est posté entre mes jambes, attendant que je parle. J'aimais bien quand il faisait ça - rester silencieux pendant que je cherchais mes mots.

« C'est stupide et embarrassant », ai-je finalement dit.

Il a embrassé mon nez.

— Dis-moi.

— Je l'ai entendue te parler au téléphone.

Sous mes mains, les épaules de Jack ont ondulé de façon presque imperceptible. Je l'ai regardé dans les yeux, mais il savait cacher les choses quand il le voulait.

Un ange est passé.

« Dis quelque chose, ai-je chuchoté. Le fait que tu ne dises rien transforme ce que je pensais être une imbécillité en « peut-être que je ne suis pas si folle ». Même si je sais que c'est n'importe quoi.

— J'essaie de comprendre ce que tu as pu entendre.

Mon estomac a fait des soubresauts nauséeux.

— Oh mon Dieu...

— Et j'essaie de ne pas rire de ce que je pense être ton imbécillité.

Il a quand même pouffé.

Je lui ai donné un petit coup dans la poitrine.

— Hé, ce n'est pas drôle.

— Si, c'est tellement drôle, a-t-il répondu la bouche grande ouverte par l'hilarité.

Je l'ai lâché et j'ai croisé les bras sur ma poitrine.

Il s'est pincé les lèvres, ses yeux ont mis du temps à rattraper sa tentative d'être sérieux.

— Tu as raison, je ne devrais pas rire.

— Eh bien, de quoi parlais-tu avec Jazz dont tu ne peux pas parler avec moi ?

Jack a inspiré et retenu son souffle un moment, les joues gonflées. Puis, comme s'il arrivait à une décision, il l'a relâché et a pris mes poignets. Il a déplié mes bras et les a passés autour de son cou avant de glisser ses mains chaudes sur mes hanches. Il a incliné le visage au niveau de mes yeux.

— Sais-tu que ton anniversaire approche ? a-t-il demandé d'un ton délibérément patient.

J'ai hoché la tête.

— Eh bien, oui, mais...

Jack a pincé les lèvres et haussé les sourcils dans l'ex-pectative.

« Oh, » ai-je dit en fronçant le nez.

— Bon. Donc je suppose qu'il n'y a plus aucune raison de te faire la surprise. Mais on essayait de t'organiser une fête d'an-niversaire surprise avec les copains.

J'ai baissé les yeux.

— J'ai l'impression d'être une idiote.

Il m'a serré dans ses bras.

— Tu n'es pas une idiote.

— Si. Je me suis détendue dans les bras de Jack et j'ai reniflé la délicieuse peau de son cou qui sentait le pin. Je le suis vrai-ment. Je suis désolée.

— D'accord, tu es une idiote, mais tu es pardonnée.

— Héé ! J'ai fait semblant d'être indignée et je me suis écartée, mais la bouche de Jack s'est emparée de la mienne. Ses lèvres étaient chaudes et comme ses mains ont glissé dans mes cheveux en inclinant ma tête à son goût, je me suis offerte à son baiser.

Sa langue a plongé dans ma bouche, et nous avons tous les deux gémi.

Nos baisers se sont intensifiés avant que les lèvres ne quittent les miennes pour se promener dans mon cou. En soupirant, j'ai penché la tête en arrière et j'ai levé les jambes pour enserrer sa taille.

— Pourquoi, a murmuré Jack entre deux baisers, ne crois-tu pas... à quel point... ses dents se sont refermées doucement sur le lobe de mon oreille, sa bouche faisant frissonner ma peau, je t'aime. À quel point j'ai envie de toi. Rien que toi ?

Des mots que j'aimais tellement entendre. Des mots qui dissipaient mes craintes sur l'impression que nous nous éloignions l'un de l'autre.

La chaleur a tourbillonné en moi, douloureuse. J'ai empoigné ses cheveux et ramené sa bouche vers la mienne. J'avais besoin de plus. Plus de Jack, plus de ces mots. Plus de preuves. Je l'ai embrassé sauvagement et j'ai attrapé son t-shirt pour pouvoir toucher sa peau chaude.

— Peut-être parce que j'aime combien tu aimes me le montrer, ai-je dit en me pressant contre lui aussi fort que possible. Montre-moi à quel point tu me désires.

Il s'est écarté, les yeux sombres, la respiration lourde, mais avec une pointe d'espièglerie sur les lèvres.

— Tu ne me crois pas, hein ?

— Non.

Il s'est renfrogné.

J'ai fait danser mes doigts le long de son ventre vers son jean.

— Il faut vraiment que tu me convainques.

Il a inspiré.

« Vraiment », je me suis penchée en avant et j'ai pressé ma bouche ouverte dans son cou. Vraiment, montre-moi. » J'ai léché sa peau.

Il a gémi en gloussant, sa main dans mes cheveux, les tordant dans ses doigts et sa bouche descendant sur la mienne. Ses lèvres ont remué avec avidité, il m'a goûtée de sa langue et s'est pressé contre moi.

Mes mains ont couru sur ses épaules, son dos, ses côtes. J'ai pris le tissu doux de son t-shirt et l'ai remonté le long de son torse.

« Oui, comme ça », ai-je chuchoté, mon cœur battant la chamade.

— Oh, mon Dieu, Keri Ann, a dit Jack en respirant lourdement. J'ai tellement envie de toi. Mais il faut qu'on arrête.

— Non, pourquoi ? ai-je dit en geignant.

Le rire profond de Jack a grondé dans sa poitrine et près de ma bouche.

— Parce que Devon et Monica vont bientôt arriver.

CHAPITRE CINQ

Monica, la femme de Devon, était toujours très bien mise. Elle avait des cheveux châtain brillant, avec des mèches plus claires. Ses yeux étaient grands et expressifs et, en ce moment même, elle avançait sur moi, les bras tendus pour m'embrasser. Elle précédait Devon qui traînait derrière, le téléphone à l'oreille.

— Je me demande s'il va raccrocher un jour. Grrr ! Je pensais qu'on ne viendrait pas avant la semaine prochaine, mais finalement nous sommes là. Juste à temps. Tu es magnifique, comme toujours.

— Merci, ai-je dit poliment, même si je ne lui arriverais jamais à la cheville en termes de style et de classe. Je lui ai rendu son accolade.

De corpulence similaire à la mienne, elle me donnait souvent des vêtements qu'elle disait ne « jamais porter » ou « ne pas pouvoir porter » pour une raison ou une autre. J'avais résisté au début, mais au bout d'un moment, entre les soirées de Jack qui nécessitaient l'aide d'un styliste qui m'apportait des vêtements et la garde-robe que me donnait Monica, il m'était devenu inutile de faire du shopping, sauf pour des sous-vêtements. De plus, j'adorais le style de Monica.

— Juste à temps pour quoi ? lui ai-je demandé avec un sourire.

Elle a dégluti. Et bégayé.

— Um, euh…

— C'est bon, je sais.

Elle a fait un pas en arrière, les yeux écarquillés avec un sourire éclatant.

— Tu sais ?

— Ma fête d'anniversaire surprise. Jack a dû me le dire parce que je me comportais comme un monstre.

— Ta fête d'anniversaire surprise. Ouais. Ce mec ne peut jamais garder un secret de toute façon. Elle a secoué la tête. Pas quand il s'agit de toi.

Jack et Devon étaient descendus directement à la piscine et sirotaient des bières, allongés sur des transats. Nous sommes retournées à la cuisine, et Monica a attrapé une bouteille de vin blanc frais dans le réfrigérateur.

« On aurait pu espérer que les garçons auraient ouvert le vin pour nous. Toutes ces années d'entraînement et Devon n'a rien appris du tout. » Elle a secoué la tête avec bonhomie.

J'ai pris deux énormes verres dans le placard. Monica était très à cheval sur les verres dans lesquels elle buvait, refusant les gros verres sans pied et tout ce qui était en plastique. Elle disait que cela nuisait à sa dégustation du vin. Je les lui ai tendus pour qu'elle nous serve.

« Alors, dis-moi, comment tu lui as fait cracher le morceau ? » m'a-t-elle demandé en remplissant mon verre et nous nous sommes installées dans le salon avec vue sur l'océan et la piscine en contrebas. Même s'il faisait frais, c'était quand même un bel après-midi. La plage en face de nous était déserte et le ciel était sans nuage.

J'ai détourné le regard en me demandant ce que je pouvais lui confier. Monica était toujours d'une bonne écoute, mais je me sentais tellement bête. Elle me souriait chaleureusement depuis l'autre canapé, son long cardigan gris et doux élégamment drapé autour de ses hanches.

— Eh bien en fait… tu vas me trouver idiote. *Je l'étais.* Jack était distant et préoccupé ces derniers temps. Et puis j'étais avec Jazz et je l'ai entendue lui parler en cachette. Maintenant, je sais que c'était à propos de la fête, mais sur le coup j'ai cru que… tu vois…

Monica a grimacé.

— Ne me dis pas que tu as pensé qu'ils avaient un truc ensemble.

— Si, un peu. Je savais que c'était idiot, mais je n'arrivais pas à me faire une raison.

J'ai fait la même grimace, me sentant à nouveau mal, à propos de tout ça.

— Oh, ma pauvre. Elle a refait une grimace.

— Ouais. Jazz était très en colère, elle m'a pratiquement jetée dehors. Je ne lui en veux pas, cela dit.

Monica s'est mordu la lèvre.

— Tu lui as parlé depuis ? Quand est-ce que c'est arrivé ?

— Ce matin. Et, non, on ne s'est pas reparlé. J'ai secoué la tête, pris une gorgée de vin et j'ai réalisé comme j'avais soif. En fait, ça te dérange si je te le donne ? Je préfère prendre de l'eau. J'ai à peine bu de la journée.

Elle a pris mon verre et l'a transvasé dans le sien.

— Je suis vraiment désolée.

— Merci, ai-je dit, et soudain j'ai eu envie de tout confier à Monica.

Comment j'avais dit à Jack que j'étais prête à l'épouser et à fonder une famille et comment j'attendais depuis des mois. Et que je pensais qu'il avait changé d'avis. Pas sur le fait qu'on soit ensemble maintenant évidemment, mais peut-être sur le long terme. Ou peut-être qu'il ne voulait plus d'enfants, et qu'il pensait que si on se mariait, je m'attendrais à ce qu'on en ait.

Ou peut-être, mes doigts tremblaient alors que je servais un verre d'eau, peut-être avait-il réalisé que le mariage impliquait des accords prénuptiaux et des enchevêtrements juridiques, ou bien qu'il ne pouvait pas nous imaginer vieux ensemble ? J'étais très bien installée ici à Butler Cove et dans notre maison sur Daufuskie. J'avais mes anciens amis, mes amis de l'université, mon travail. On avait toujours besoin de lui partout ailleurs. C'était gênant pour lui de ne pas être près d'un aéroport international. Je le savais. Peut-être se sentait-il déjà assez coincé comme ça. Mon estomac semblait sans fond en pensant à ce que je ressentirais si Jack me disait carrément qu'il ne voulait plus se marier.

Je n'aurais pas non plus Jazz pour me soutenir parce que je l'aurais rendue folle avec mes angoisses. Oh, mon Dieu, mon estomac s'est retourné. J'ai eu un haut-le-cœur.

Le verre à eau m'a échappé des mains et s'est brisé sur le sol avec un bruit horrible.

— Oh, mon Dieu, je suis désolée... J'ai encore eu un haut-le-cœur et je me suis jetée sur l'évier alors que ma bouche s'ouvrait et que rien ne sortait.

— Oh merde, ça va ? Monica s'est précipitée sur moi.

— Attention ! ai-je essayé de dire la voix rauque avant que mon corps ne tente de vomir à nouveau. Il y a du verre !

— On s'en fout du verre. Tu vas bien ? Qu'est-ce qu'il t'arrive ? La main chaude de Monica m'a caressé le dos de haut en bas, de manière apaisante.

J'ai aspiré une bouffée d'air et dégluti, essuyant mes yeux pleins de larmes.

— Mince. Je suis toujours malade quand je deviens émotive. Et c'est juste une journée très dure affectivement. J'ai fermé les yeux, souhaitant que mon estomac se calme.

— Il faut que tu arranges les choses avec Jazz.

Il le fallait, mais tout ce que je voulais, c'était prendre un bain chaud, enfiler un pyjama et regarder autant de films que possible avant de m'endormir.

Au lieu de ça, j'ai hoché la tête, la nausée s'est calmée.

— Je sais, je sais. Ça va aller. Dis à Jack que je suis montée m'allonger, d'accord ?

* * *

J'ÉTAIS RECROQUEVILLÉE au milieu du lit de la chambre d'amis après m'être brossé les dents. Le même lit où Jack et moi avions fait l'amour pour la première fois il y a tant d'années. La nausée avait disparu, et à sa place, j'avais le sentiment que tout était sur le point de s'écrouler. Mon amitié avec Jazz était trop profonde et trop ancienne pour avoir été ébranlée par quelque chose d'aussi stupide que ce que j'avais dit dans un moment de folie le matin même. J'ai attrapé mon téléphone sur la table de chevet et je lui ai envoyé un texto :

Je suis une amie épouvantable

Dehors, je pouvais entendre le grondement profond du rire de Jack qui répondait à quelque chose que Devon avait dû dire. Je ne sais pas si Monica lui avait dit ce qui s'était passé. Mais

Jack n'était toujours pas venu pour prendre de mes nouvelles. J'ai ravalé une autre boule d'inquiétude.

Mon téléphone a vibré.

Jazz : *Et ?*

J'aurais dû savoir que Jazz m'obligerait à m'excuser.

Je suis une idiote.
Jazz : *Mais encore ?*

J'ai souri à peine, imaginant Jazz en train de fixer son téléphone comme si j'étais assise en face d'elle.

Et même si tu ne veux pas me parler ou me regarder demain, est-ce tu peux quand même me donner ta liste de choses pour lesquelles tu as besoin d'aide ?
Jazz : *Oui. Continue.*

J'ai soupiré.

Je suis désolée.
Jazz : *Moi aussi, je suis désolée.*
Pourquoi ?

Jazz : *parce que tu es manifestement en train de faire une sorte de dépression nerveuse à cause de Jack et que j'étais trop occupée pour le remarquer.*

SA RÉPONSE M'A FAIT RÉFLÉCHIR. Est-ce que tout ça était à cause de moi ? Est-ce que tout était dans ma tête ? Il y a eu un bruit à la porte, et j'ai regardé par-dessus mon épaule. Jack s'est glissé dans la pièce, fermant la porte derrière lui.

— Coucou.

— Coucou, m'a-t-il répondu, et le lit s'est incliné tandis qu'il s'asseyait derrière moi et glissait un bras autour de ma taille. Tu vas bien ?

J'ai respiré profondément alors que je me délectais de son étreinte. J'ai reposé mon téléphone sur la table de nuit.

— Oui, je me sens beaucoup mieux.

— Tu as parlé à Jazz ?

— On s'est juste envoyé des textos. Je pense qu'elle accepte mes excuses.

Jack s'est frotté à mon cou et a embrassé la peau derrière mon oreille.

— C'est bien. Sa main autour de ma taille a commencé à monter et descendre le long de mes côtes, pour finalement se glisser sous mon pull jusqu'à ma peau.

Une bouffée de chaleur s'est répandue en moi à ce contact.

— Mmmm.

Je me suis pressée contre la chaleur de son corps en gémissant.

Sa main a cessé de bouger et m'a serrée contre lui. Fort. Puis il a expiré, en me relâchant.

— Je pense que je vais aller courir sur la plage.

J'ai froncé les sourcils et me suis retournée pour lui faire face.

Il regardait le plafond.

— Tu as déjà couru ce matin.

— Mmm ? a-t-il demandé en tournant son visage vers moi.

— J'ai dit, tu as couru ce matin. Sans moi, je pourrais ajouter.

D'habitude, on courait ensemble, alors c'était étrange qu'il m'exclue de son plan avec autant de désinvolture. J'avais essayé de ne pas lire en lui ce matin.

— J'avais besoin de réfléchir.

— OK. Je ne pouvais pas empêcher la douleur de s'infiltrer dans ma voix. Et tu as besoin de ... réfléchir ... encore ?

Il s'est levé et a sorti un short de sport de son sac de voyage.

— Pourquoi ? Tu veux venir ?

Eh bien, maintenant je me sentais stupide. Mais je n'avais sûrement pas imaginé que cet instant entre nous était étrange.

Il a haussé les épaules devant mon absence de réponse. Qu'est-ce qu'il lui arrivait, bon sang ?

Je me suis assise et je me suis glissée jusqu'au bout du lit.

— C'est juste que...

— Quoi ?

— Tout va bien ?

— Ouais. Pourquoi ? Il s'est assis à côté de moi et a changé ses chaussettes pour celles qu'il portait avec ses chaussures de course.

— Est-ce qu'on... est-ce que ça va, nous ? Je veux dire, je me sens ... si loin de toi en ce moment. Est-ce que tu... j'ai soufflé et pris une nouvelle inspiration. Est-ce que tout va bien entre nous ?

Il n'y a pas eu de réponse. Après quelques secondes, je l'ai regardé de côté et j'ai rencontré des yeux verts sincères, mais amusés.

— Quoi ?

Il a éclaté de rire et secoué la tête.

— Oh, toi.

— Quoi moi ?

Jack s'est levé brusquement et s'est posté devant moi, me prenant sous les bras et me jetant sans ménagement en arrière sur le lit.

J'ai glapi.

Puis il s'est mis à ramper le long de mon corps, à remonter mon pull et à couvrir mon ventre de baisers, ma poitrine, puis mon visage. Lorsqu'il a pris ma tête dans ses mains et a fait glisser ses lèvres sur les miennes, j'étais à bout de souffle.

Sa bouche, qui avait un goût de bière, a taquiné et mordillé mes lèvres puis sa langue s'est infiltrée entre elles. Il donnait le change, je le savais, mais je l'ai laissé faire.

En soupirant, je me suis détendue dans son baiser. J'ai écarté les jambes pour accueillir son corps contre le mien. Mes mains ont glissé le long des contours de son dos et dans ses cheveux.

L'entendre gémir a attisé la chaleur qui grandissait dans mon ventre. Nos corps se sont pressés, nos mains ont cherché, et nos bouches ont goûté, et savouré, et bientôt nous étions dans cet endroit où nous étions bien. C'était Jack et moi. Notre harmonie ensemble nous dépassait, nos cœurs et nos corps communiquaient entre eux dans un langage que nos cerveaux et nos langues ne pouvaient pas déchiffrer dans le monde réel.

C'était si facile, ici.

Facile de prétendre que tout allait bien.

— Stop, ai-je réussi à dire entre les baisers. Je veux te parler.

Jack s'est écarté, son regard sombre, concentré sur ma bouche. Son corps bougeait toujours contre moi, mon corps se cambrait contre le sien par réflexe. Nous avons tous deux émis de petits sons de désir à travers nos respirations.

En poussant doucement sur son épaule, j'ai demandé sans mot dire à Jack de se mettre sur un coude.

Il a obtempéré et a posé sa main libre sur mon plexus solaire. Son front s'est posé sur le mien et nos respirations se sont ralenties.

— De quoi veux-tu parler ? a-t-il chuchoté en fermant les yeux.

— De nous. Je sais que tout va bien entre nous. Quand on fait ça. Mais... J'ai dégluti. Par moments, j'ai l'impression de te perdre.

Il a ouvert les yeux sur les miens.

Je me suis léché les lèvres nerveusement et j'ai essayé de retrouver ma voix.

« Est-ce que je te perds, Jack ? »

La main chaude sur ma poitrine a glissé le long de ma gorge et jusqu'à ma joue, puis avec douceur dans mes cheveux, s'arrêtant brièvement pour caresser le contour de mon oreille, puis redescendant le long de ma poitrine et jusqu'à mon ventre.

« S'il te plaît, n'essaie pas de me distraire à nouveau, » l'ai-je supplié doucement en le regardant dans les yeux.

— Jamais, a-t-il chuchoté. Tu es mon ancre. Mon cœur ne bat pas sans toi. Tu ne me perdras jamais. Jamais.

— Alors pourquoi je me sens si loin de toi ? Mes yeux ont piqué et les émotions ont obstrué ma gorge.

— Tu n'es pas loin mon amour, a-t-il chuchoté, puis il a grimacé lorsque mes larmes ont coulé. Tu n'es pas loin de moi. Jamais. Ses yeux reflétaient ma douleur. Ne pleure pas. Ça me tue quand tu pleures. Il a embrassé mes paupières, suivant les larmes sur mes joues et les embrassant aussi. Keri Ann, ma chérie, s'il te plaît. S'il te plaît, ne pleure pas. Je suis là pour toi. Toujours.

J'ai hoché la tête, ne me sentant pas capable de parler. Je voulais le croire. Je le croyais. Mais alors pourquoi est-ce que je ressentais ça ? Je ne l'avais pas inventé. Bien sûr, je savais que je pouvais parfois trop imaginer de choses, mais je n'étais pas du genre à créer des drames inutiles, ou à devenir une épave émotionnelle sans raison précise. Mais quelque chose n'allait pas.

— Je ne sais pas pourquoi je me sens comme ça... mais c'est le cas. Il se passe quelque chose avec toi. Je le sais. Je sais que je ne suis pas folle.

Jack a fermé les yeux en entendant mes paroles, comme si je l'avais blessé ou comme si j'avais découvert quelque chose qu'il aurait préféré ne pas savoir.

Mon cœur s'est pincé et je me suis accrochée à lui.

— Je suis désolée, Jack. S'il te plaît, tu sais que tu le ressens aussi. Ne me fais pas croire que je suis folle. Je ne suis pas folle. J'ai tenu sa tête et embrassé sa joue, son nez et sa bouche. N'est-ce pas ?

Jack m'a serrée contre lui et a roulé sur le côté. Ses bras m'ont serrée, ses mains m'ont tenue, m'ont caressée.

Je l'ai serré à mon tour, pressant mon visage contre l'odeur de pin ensoleillée de sa peau.

« S'il te plaît, dis-moi que je ne suis pas folle ! »

Il a pris une profonde inspiration et a enfoui son visage dans mes cheveux.

— Non, tu n'es pas folle. Tu n'imagines pas des choses.

Ma respiration était hachée.

— Je… Il s'est interrompu.

Nous sommes restés allongés là pendant de longues minutes. Lui, probablement, en train d'essayer de trouver les bons mots tout en respirant lentement. Moi, si complètement figée, que je pensais que si je bougeais ou respirais trop fort, je pourrais accidentellement briser notre vie commune.

« $\mathcal{I}$l s'est passé quelque chose pendant le tournage du film », a commencé Jack. Il s'est éloigné de moi pour fixer le plafond, mais a fini par se couvrir les yeux avec son avant-bras.

J'ai serré les dents, en essayant d'être assez courageuse pour le laisser parler.

— Tu veux dire, avec quelqu'un ? me suis-je forcée à dire, ma voix étant presque incapable d'émettre un son.

C'était donc ça.

— Mais non, a dit brusquement Jack en se tournant vers moi. Mon Dieu, non ! Il a de nouveau détourné le regard, se frottant le visage avec une main. Non. Le dernier « non » est sorti avec lassitude. Comme s'il était fatigué de toujours me convaincre qu'il n'y avait personne d'autre.

Je me suis accrochée à ces « Non » de tout mon être.

— OK. Je suis désolée. Il fallait que je te demande.

Il a soupiré.

Le temps s'est étiré. Et j'ai attendu. Toutes les quelques secondes, j'avais l'impression qu'il allait dire quelque chose, mais sa pomme d'Adam montait et descendait et aucun mot ne venait.

Des larmes que je n'arrivais pas à contrôler remplissaient mes yeux et glissaient silencieusement sur mon visage tandis que je regardais Jack se débattre, et souffrir, en regardant fixement le plafond.

— Tu sais, a-t-il croassé en s'éclaircissant la gorge. Tu sais combien c'était difficile pour moi d'écrire ce scénario sur mon père. Sur moi et ma mère.

— Oui, ai-je murmuré doucement.

Je me souvenais. Même s'il ne m'avait pas laissé le lire avant qu'il soit terminé. En fait, même après que Devon l'ait lu et qu'il ait reçu le feu vert pour entrer en production. Je me suis souvenue de ses longues nuits passées dans son bureau à écrire. Il venait au lit et me réveillait avec des baisers pour me faire l'amour. Presque toutes les nuits. C'était comme s'il venait au lit pour se perdre en moi. Pour s'absoudre. Pour se laver. Il me faisait l'amour avec une intensité et une attention forcée, si tendre qu'elle me faisait parfois pleurer. Je ne l'ai jamais questionné, pas même lorsqu'une nuit il est venu se coucher et que j'ai su qu'il pleurait. Une fois, j'avais commencé à essayer de lui demander, de lui parler, de l'apaiser. Son simple et franc « Non, je ne peux pas » a suffi à me faire taire. Je savais que ça avait été difficile pour lui. Parler de son père l'était toujours. Et maintenant il écrivait sur lui. Il essayait de comprendre ses motivations, sa psychose, ses ténèbres. D'après les bribes que j'avais entendues et l'histoire que j'avais lue, son père ne pensait qu'à intimider et à contrôler. Il aurait préféré que la mère de Jack et son enfant, son fils, meurent par sa main dans la peur, plutôt que d'être autorisés à vivre dans un monde en dehors de lui. Et avec les relations haut placées qu'il avait, la mère de Jack,

Charlotte, avait compris qu'il était au-dessus des lois. Elle n'avait eu d'autre choix que de fuir le pays avec son fils.

J'ai regardé Jack déglutir et cligner des yeux. La fin de l'après-midi jetait une teinte dorée à travers les lamelles des stores.

— J'ai toujours été profondément impliqué dans les personnages que je joue, a-t-il dit, la voix rauque. J'essaie de me mettre dans leur peau. De trouver quelque chose en moi qui m'identifie à eux. Ses yeux se sont brièvement arrêtés sur les miens. Ce personnage est de loin le plus sombre que j'aie jamais eu à affronter. Et c'est mon propre père. Je suis une part de lui. Né de lui.

— Non, Jack. C'est sorti de ma bouche avant que je puisse l'arrêter. Je savais où il voulait en venir. Tu n'as rien de lui en toi.

Il s'est assis brusquement, me faisant sursauter.

— C'est justement ça. Je l'ai trouvé en moi. Je me suis identifié à lui. J'ai regardé en moi et je n'ai pas eu à chercher bien loin parce que c'est mon père, bon sang. Je partage son ADN.

— Tu n'es pas lui. Je me suis assise aussi. Je savais que je réagissais vivement, que j'aurais dû le laisser parler, mais je ne pouvais pas m'en empêcher. J'avais besoin qu'il comprenne. Tu n'es pas du tout comme lui. J'ai lu le scénario. Tu l'as écrit, bien sûr, mais tu n'es pas lui. Je te connais. Tu n'es pas du tout comme lui. Même pas sur la même planète. En fait, même si j'adore Charlotte, ta mère a peut-être menti sur l'identité de ton père. Parce qu'il n'y a aucune chance que tu partages une quelconque caractéristique avec cet homme, ai-je terminé, essoufflée, la poitrine gonflée. Pas une seule.

Jack m'a regardée fixement.

Puis il a baissé les yeux.

« Non, Jack. » J'ai secoué la tête.

— Si, a-t-il dit doucement et il m'a regardée à nouveau. Ses yeux étaient tristes et douloureux. Je suis sûr à cent pour cent qu'une partie de moi est vraiment aussi mauvaise. Quand j'étais sur le plateau, et que je devais creuser profondément pour trouver la raison de ce qui pouvait m'inspirer ce niveau de violence, j'ai pensé à toi. J'ai pensé à ce que je ressentais pour toi et à ce que je ferais si tu décidais de me quitter. Ou si on avait un enfant et que tu voulais l'emmener loin de moi. Si tu ne restais pas et ne m'écoutais pas, si tout ce que tu faisais me donnait l'impression que tu te moquais de moi, que tu me raillais…

— Et ? ai-je dit doucement. Incrédule.

— Ce n'est pas suffisant ?

— Non, je ne comprends toujours pas. OK, tu devais faire appel à ces sentiments de possession ? Et alors ? Je me sens possessive envers toi. Je lutte contre ça tout le temps. La diffé-rence, c'est que tu ne me tuerais pas, Jack.

— Je ne pense pas que je le ferais, non.

J'ai soupiré.

— Non, tu ne le ferais pas.

— Mais je ne peux pas en être sûr.

— Est-ce que tu t'entends parler ?

— Oui, et c'est pourquoi je ne te l'ai pas dit plus tôt. Ça semble stupide quand je le dis à voix haute.

— Parce que tu as peur de vouloir me tuer ?

— Parce que si je le disais à haute voix, oui l'idée serait stupide. Mais dans ma tête, c'est une peur très, très réelle. J'ai tout le temps à l'esprit que je pourrais être capable de faire quelque chose de vraiment horrible. Ça semble ridicule, je sais. C'est juste que… Je sais que j'ai eu des problèmes d'humeur. Des problèmes de contrôle de mes impulsions. Mon Dieu, une fois j'ai frappé le meilleur ami de ton frère quand je t'ai vue dans ses bras.

— Jack, tu ne m'as pas fait de mal. Et tu n'avais pas d'idée de meurtre en tête.

— Tu vois, tu trouves des excuses à ma violence. Et peut-être qu'une fois mariés, si nous avons un ou plusieurs enfants, je deviendrai fou ? Peut-être que j'ai une maladie qui ne s'est pas encore matérialisée ? Je ne sais pas ce que le mariage me ferait. À nous.

— Te rendre heureux, j'espère, ai-je suggéré, ma voix trahissant mon incrédulité.

Jack a détourné le regard, appuyant les coudes sur ses genoux, penché en avant.

— Pour ce que j'en sais, sa psychose est génétique. Et si ça ne s'était pas encore produit chez moi ? Et si je...

— Arrête, Jack. Je me suis déplacée et j'ai passé mes jambes sur le lit à côté de lui pour qu'on soit assis hanche contre hanche. J'ai enroulé mon bras autour de ses épaules. Je suis vraiment désolée que tu te sentes comme ça. Je pense que c'est une pensée irrationnelle, mais je ne pense pas que tu sois stupide de l'avoir. Je te connais, Jack. Je sais que tu ne me ferais jamais, jamais de mal.

— Peut-être pas.

— Certainement pas, lui ai-je assuré, désespérément triste qu'il se sente aussi mal en ce moment. Je le sais.

— Pas moi.

— Moi si. J'ai soupiré et glissé mon bras autour de son large dos. Je me suis serrée contre lui, posant ma tête sur son épaule. Le mariage ne changera pas l'homme que j'aime, que j'adore et en qui j'ai confiance, par-dessus tout.

Jack est resté silencieux pendant un long moment, puis il a pris une profonde inspiration.

— Je n'arrive pas à croire que je dise ça... parce que je te veux et je t'attends depuis si longtemps... mais si la raison pour laquelle nous fonctionnons si bien était parce que nous ne sommes pas mariés ?

Ses mots m'ont frappée comme un coup de poing dans les tripes. J'ai lutté pour retrouver mon souffle.

« J'ai toujours pensé que je voulais la sécurité et la certitude d'être avec toi pour toujours, a-t-il chuchoté en regardant par la fenêtre. Je voulais que tu m'appartiennes. Que tu portes mon alliance. Que tu sois toujours là. Mais c'est de la possession, pas de l'amour. Je veux te posséder. Et si cela nous détruisait ? Et si ma sécurité reposait maintenant sur le fait de savoir que tu n'es pas obligée d'être avec moi, mais que tu le choisis ? Et une partie de moi se demande... peut-être que tu m'as repoussé parce que tu as ressenti la même chose ? »

Il s'est tourné vers moi avec des yeux si tristes et si pleins de douleur que mes propres yeux se sont instantanément remplis de larmes.

— Oh mon Dieu, non, Jack, ai-je chuchoté. Je te choisis chaque jour, chaque instant. Je te choisirais même si tu cessais de m'aimer. Je te choisirais pour toujours même si je... si je, ma voix s'est brisée, même si je ne t'avais pas, ne pouvais pas t'avoir, n'avais pas à être avec toi. Je te choisirais toujours même si tu ne me choisissais plus.

Il a baissé les paupières sur ses beaux yeux verts et s'est frotté le visage à deux mains.

« Jack ? »

— Je suis désolé. Il s'est levé, puis s'est penché et m'a embrassé le front. Je t'aime.

J'ai attrapé sa main.

— Ne t'en va pas. Je t'en prie. S'il te plaît, reste et parle-moi.

— Je ne peux plus.

— Qu'est-ce que tu veux dire ?

— J'ai besoin d'aller me vider la tête. Il a attrapé son téléphone et ses écouteurs sur la commode et il est sorti.

J'ai croisé mes bras autour de mon ventre en l'entendant descendre les marches deux par deux.

CHAPITRE SEPT

Le lendemain matin, je me sentais comme un zombie en allant retrouver Jazz et Nicole, la future mariée, à notre chambre d'hôtes. Après notre horrible conversation de la nuit précédente, au cours de laquelle Jack avait admis qu'il avait des doutes sur notre mariage, nous avions réussi à tenir jusqu'au dîner avec Devon et Monica. Ma nausée avait réussi à me fournir une excuse pour expliquer pourquoi j'étais si crispée tout au long du repas. J'ai tourné et viré toute la nuit, pour finalement me calmer lorsque Jack s'est collé contre moi. Nous avions besoin de parler, je le savais. Mais les jours suivants ne nous ont pas offert beaucoup d'occasions. Rester chez Devon n'était pas vraiment l'endroit idéal ou assez intime pour parler de tout ça. Et j'aidais Jazz pour le mariage, nous avions des rendez-vous programmés l'un après l'autre. Ajoutez à cela le fait que nous avions apparemment une fête surprise pour mon anniversaire, un événement pour lequel je n'avais jamais été aussi peu enthousiaste avec la situation actuelle entre Jack et moi, et je savais que la discussion n'aurait pas lieu de sitôt.

Après une nuit de réflexion, ce qui m'a choquée le plus, c'est que je ne l'avais pas vu venir. Je n'avais pas vu à quel point Jack était inquiet et souffrait. Pourquoi n'étais-je pas allée en Angleterre pour être là pendant qu'il tournait, de la même façon que j'avais été là pour lui tous les soirs quand il écrivait ce foutu machin? Il m'avait fait croire qu'il travaillerait presque jour et nuit et qu'il me verrait à peine. Il avait dit que ma présence ne ferait que le mettre mal à l'aise et le distraire parce qu'il s'inquiéterait pour moi. Il était si confiant. Si sûr de lui. J'avais deux grosses commandes sur lesquelles travailler, alors je l'avais laissé partir seul.

Qui aurait pensé que cette décision apparemment inoffensive pourrait maintenant sonner le glas de notre relation ? Je suis entrée dans la cuisine en trombe, passant devant Jazz et Nicole qui étaient assises à la table avec des dossiers étalés autour d'elles. Quel que soit le sujet de leur discussion, ce n'est que lorsqu'elles se sont tues que j'ai compris que je devais me ressaisir ou bien je risquais de gâcher leur enthousiasme de la journée. Je sentais comme un zombie et apparemment j'en avais la tête.

Je me suis forcée à sourire.

— Il me faut du café. Après, je serai en vie.

— Bonjour Keri Ann, a dit Jazz en me regardant par-dessus un livre de photos qu'elle feuilletait. Son ton montrait bien qu'elle ne croyait pas à mon excuse. Elle s'est adressée à Nicole : et les coquillages ? Si c'est bien fait, ça ne fait pas kitsch. Les coquilles d'huîtres par exemple.

— J'adore les décos coquille blanchie. Avons-nous assez de temps pour le faire ?

J'ai regardé le liquide sombre couler en un torrent étroit dans la tasse à café. J'aurais aimé avoir des coquillages à mon mariage. Du verre dépoli et des coquillages. Des coquilles d'huîtres blanchies et des coquilles de palourdes blanches. J'en avais fait des chapelets pour certains de mes lustres. J'avais pensé faire un tas de lanternes non électriques à suspendre dans les arbres, pour une collection d'été exclusive l'année prochaine, ou pour mon mariage, selon ce qui arriverait en premier. J'ai eu un pincement au cœur.

Le four à côté de moi a émis un bip qui m'a fait sursauter.

— J'étais en train de faire réchauffer des muffins au quinoa pour les manger avec du beurre au gingembre et du miel, a dit Jazz en s'approchant de moi, un panier garni d'une serviette en lin à la main.

Je n'avais encore rien dans le ventre et je ne me sentais pas bien.

« Ça va ? », a-t-elle chuchoté.

— Pas vraiment.

— Je t'ai pardonnée, tu te souviens ?

— Oui, heureusement. J'ai été tellement bête. Excuse-moi encore.

Elle a levé les sourcils d'un air interrogatif après avoir sorti les muffins chauds et fermé le four.

J'ai jeté un coup d'œil à Nicole qui plaçait deux photos côte à côte et hochait la tête avec un sourire heureux.

« Plus tard », lui ai-je répondu.

Nous sommes retournées à la table, et j'ai décimé cinq muffins recouverts de beurre sucré au miel. Nicole a fixé longuement chacun de mes muffins.

— Désolée. J'ai haussé les épaules en faisant un sourire contrit. Ce n'est pas comme si j'allais devoir rentrer dans une robe de mariée de sitôt. J'ai de la chance.

Jazz m'a regardée avec curiosité.

Nicole a rigolé.

— Dès que ce mariage sera terminé, je vais commander le plus gros et le plus gras, des hamburgers et le manger tout entier avec des frites.

— Bonne idée, a dit Jazz. Alors, tu as fait ton dernier essayage de robe ?

— Ouaip. Regardez ça. Nicole a pris son téléphone et a fait défiler ses photos avant de nous montrer une photo d'elle qu'elle avait prise dans le miroir de la cabine. Sa robe était ravissante, bustier, avec un corsage ajusté et une jupe légèrement évasée, bordée d'une fourrure blanche en bas.

— Non ! De la fourrure ?

Jazz m'a donné un coup de pied sous la table.

— Eh bien, c'est un mariage d'hiver… presque. J'ai toujours voulu avoir de la fourrure blanche. Un peu comme une reine des neiges dans le style de Narnia. Pas de la vraie fourrure, bien sûr. Et j'ai une étole assortie en fourrure blanche que je mettrai sur les épaules.

— C'est magnifique, ai-je répondu pour me rattraper et j'ai lancé un regard noir à Jazz pendant que Nicole ne regardait pas. C'était vrai que c'était magnifique, en fait. Une chose à laquelle je n'aurais jamais pensé.

— J'ai toujours aimé la reine Jadis dans « Le lion, la sorcière et l'armoire magique » des chroniques de Narnia.

— Ah bon ? J'ai écarquillé les yeux. Elle a enlevé Edmund et laissé Narnia dans un hiver perpétuel, pourtant. Je croyais que tout le monde la détestait.

— Elle était solitaire et avait probablement eu une enfance de merde. Nicole a rigolé. Elle m'a toujours semblée incomprise.

— Hmm. C'est vrai. C'est une façon intéressante de la voir.

Je n'étais pas sûre que les coquillages et la fourrure iraient ensemble par contre. Pourquoi pas des plumes à la place des coquillages ? ai-je suggéré. Peut-être du blanc mélangé avec des plumes de caille ou de faisan pour le contraste ? Cela irait bien avec des roses blanches. Je suis revenue sur mon sujet. C'est la saison de la chasse dans la Lowcountry. Toutes les vieilles plantations commencent à chasser les cailles et les faisans à cette période de l'année, ce serait raccord. Et ça irait bien avec ta fourrure.

Jazz et Nicole se sont regardées puis moi.

— J'adore ! a dit Nicole. Est-il trop tard pour les commander ? Ça serait génial.

— Je suppose que non, a dit Jazz. Je ne vois pas pourquoi on ne pourrait pas. À condition qu'on puisse trouver un fournisseur à temps. Mais il faudra mettre toutes les petites mains sur le pont. Les roses aussi c'est pas mal. Keri Ann, tu peux nous aider à expliquer tout ça au fleuriste ? a demandé Jazz.

Autant occuper mon esprit en me lançant dans le mariage de quelqu'un d'autre, ça m'éviterait de penser à mes problèmes avec Jack.

— Bien sûr.

Nous avons fini de lister en détail ce dont nous avions besoin et où nous pouvions le trouver.

Jazz a regardé sa montre.

— Bon, on doit aller à la dégustation de gâteaux à onze heures.

— Mince, j'avais oublié. J'aurais dû garder de la place, ai-je dit en me frottant le ventre.

Jazz a ricané.

— Vu comment tu as dévoré ces muffins, on ne risquait pas d'essayer de t'arrêter. Tu nous aurais arraché un doigt.

— Probablement.

Mon téléphone a sonné.

Jack : *Salut, tu es partie ce matin avant que nous ayons parlé. Ça va ?*

J'ai répondu en soupirant : *je ne suis pas sûre de pouvoir te répondre de manière satisfaisante pour l'instant. Est-ce que tu vas bien, toi ? Je ne sais pas comment je me sens. Malade, surtout. Et triste pour toi. Pour nous. Quand est-ce qu'on pourra parler de ça calmement ?*

Trois points sont apparus pour montrer que Jack écrivait. Ils ont disparu plusieurs fois. Puis finalement : *Je ne sais pas. Je suis désolé. Je n'aurais pas dû t'embêter avec ça.*

J'ai eu l'impression que les cinq muffins se transformaient en ciment.

— C'est bon ? Nicole a demandé et j'ai réalisé qu'elle me parlait.

— Désolée, j'envoyais des SMS à Jack. Quoi donc ?

Le visage angélique de Nicole était marqué par l'inquiétude. Jazz avait quitté la table pour nettoyer les petits-déjeuners des clients.

— C'est normal que tu consacres autant de temps à mon mariage ? Tu dois avoir d'autres choses à faire. Je veux dire, Keri Ann Butler qui m'aide à organiser mon mariage. J'ai l'impression que c'est un rêve !

J'ai haussé les épaules et souri poliment.

— La mère et le beau-père de Jack viennent pour Thanksgiving, la même semaine que ton mariage. À part ça, je suis disponible. Je ne faisais pas partie de l'organisation de mon anniversaire, je n'avais pas d'exposition en cours, et donc à moins que je fasse des guirlandes de coquillage pour le mariage d'une autre... rien. Je n'avais rien de prévu. J'aimerais passer les prochaines semaines à t'aider à mettre tout ça en place.

— Très bien, a dit Jazz en revenant. Allons manger ces gâteaux.

* * *

LA JOURNÉE EST PASSÉE SI VITE que j'ai à peine eu le temps de réfléchir. À la fin de l'après-midi, on avait choisi le parfum du gâteau, de la crème d'amaretto et des truffes faites à la main par *L'Arbre à chocolat* à Beaufort, sur la côte. Nous avions commandé les bourriches d'huîtres pour le barbecue d'huîtres sur la plage, prévu la veille du mariage. Et nous avions concocté le menu pour la réception. Nicole était de plus en plus nerveuse à chaque décision qu'elle prenait. Elle avait éteint son téléphone pour éviter sa mère, mais je voyais bien qu'elle avait des scrupules à l'exclure de l'organisation. En revanche, elle ne semblait pas préoccupée par le fait de ne pas inclure son fiancé.

Le portable de Jazz a sonné en milieu d'après-midi, alors que nous nous entassions dans sa voiture pour rentrer à la chambre d'hôtes.

— Oui, Madame, a-t-elle répondu à la personne au bout du fil. Elle a jeté un regard perçant à Nicole. Je serai de retour dans quinze minutes. Si vous voulez bien vous asseoir dans le salon et vous servir un verre au bar de la bibliothèque, je vais m'occuper de votre accueil. Elle a fait une pause pendant qu'elle écoutait et a dit à voix basse à Nicole : ta mère est arrivée. Oui, madame. Oui, elle est avec moi. Entendu, à tout de suite.

Jazz a retiré le téléphone de son oreille et raccroché.

« Il faut vraiment que j'embauche de l'aide, a-t-elle marmonné. Son visage était tout rouge. Elle a l'air charmante, a-t-elle dit à Nicole en roulant vers la maison. Un vocabulaire charmant aussi. Est-ce qu'on va avoir à faire à la mafia pour ce mariage ? »

Nicole a pouffé de rire, puis a fait la grimace.

— Désolée. Elle a grandi dans le New Jersey et a épousé une famille riche de Manhattan. Mon défunt père disait qu'elle n'a jamais vraiment perdu son complexe d'infériorité. Ni son vocabulaire du New Jersey d'ailleurs.

— Je n'avais pas réalisé que ton père n'était plus de ce monde.

— Il est mort quand j'avais quatorze ans. Par balle, a dit Nicole stoïquement.

Oh putain.

— Et même si on n'a rien avoir avec ça, c'est bien la mafia qui a tué mon père. Apparemment, il faisait obstacle au financement d'un projet de construction.

— Eh ben… a dit Jazz.

De ma place sur la banquette arrière, j'ai tendu la main et serré l'épaule de Nicole.

— Je suis désolée pour toi.

Qu'est-ce qu'on pouvait répondre à ça ?

— Nous sommes toutes les trois pratiquement orphelines, alors, a dit Jazz en me regardant dans le rétroviseur. Je savais qu'il y avait une raison pour laquelle on s'entendait si bien.

Nicole n'a rien dit, mais j'ai vu ses épaules se détendre.

« Et nous dirons à ta mère que nous n'avons pris aucune décision parce que nous l'attendions. Demain, je l'orienterai vers ce qu'on a déjà choisi. »

— Tu ferais ça ? Nicole a tourné la tête dans la direction de Jazz.

— Et pourquoi pas ? Jazz a haussé les épaules. C'est elle qui paie ce mariage, je suppose.

Nicole a ri doucement.

— Oui.

— Eh bien, dans ce cas nous devons nous assurer que tout semble être son idée, même si nous savons que c'est la tienne.

— Tu es incroyable. Merci. Ça a l'air enfantin, mais parfois, c'est la seule façon de l'affronter.

Mon estomac a grogné. Les muffins et le gâteau n'avaient pas fait l'affaire. J'avais envie d'un burger du Snapper Grill. J'ai sorti mon téléphone pour envoyer un SMS à Jack, puis j'ai réalisé que je ne pouvais probablement pas manger un repas en public avec lui en ce moment. J'aurais voulu parler. Nous ne pouvions pas discuter de nos problèmes en public. C'était trop important, trop personnel. Je pleurerais, sans doute. Je pleurerais avec un bon gros hamburger dans la bouche. Et la dernière chose dont on avait besoin, c'était un autre article sur nous genre « problèmes au paradis ».

— Tu as des nouvelles de Cooper ? a demandé Jazz. Il est de retour ?

— Pas encore. Je n'avais pas eu de nouvelles depuis qu'il avait envoyé un message groupé une semaine avant pour nous dire qu'il serait de retour aujourd'hui.

— Qui est Cooper ? a demandé Nicole.

— Un de nos amis du lycée, lui a dit Jazz. Il s'est engagé dans la marine quelques années après l'école, alors on l'a à peine vu ces dernières années. Il a fini dans les Navy SEALs.

Nicole a écarquillé les yeux et s'est redressée sur son siège.

— C'est impressionnant.

— Ouais. Et du gringalet qu'on connaissait au lycée, ce garçon est maintenant un homme... et tout en muscle. Jazz a sifflé un coup pour l'effet. Et il a probablement vécu l'enfer et en est revenu.

— C'est sûr, ai-je répondu en pensant à la dernière fois que j'avais vu Cooper, qui était devenu plus grand et plus large, mais qui avait réussi à garder ses yeux pétillants malgré ce qu'il avait dû voir au quotidien. Et il n'est revenu qu'une seule fois à Butler Cove depuis qu'il s'est engagé. Sa mère s'est remariée et a déménagé. Je suppose qu'il passe la plupart de son temps en Californie maintenant. Je l'ai vu quand j'étais à Los Angeles avec Jack l'année dernière.

— Il est censé nous dire quand il sera là pour qu'on puisse tous se réunir, a dit Jazz à Nicole. Une réunion du lycée de Butler Cove. Mais c'est difficile à organiser puisque cet idiot ne m'envoie pas de SMS pour me dire quand il va rentrer exactement.

Et apparemment, une fête d'anniversaire pas si surprenante que ça pour moi était aussi difficile à organiser. Parce que je supposais que c'était une seule et même chose.

— C'est à ça que tu m'as invitée ? a demandé Nicole. Je ne voudrais pas m'immiscer dans des retrouvailles de vieux copains.

— Ne sois pas bête, a dit Jazz en tournant dans l'allée de la maison. Plus on est de fous, plus on rit. Et tu es aussi une de nos copines maintenant.

Bon sang, j'avais faim. Si faim que je me sentais mal. Vraiment mal.

Je me suis frotté le ventre pendant que Jazz se garait et ouvrait sa portière.

Nicole et elle se sont dirigées vers la maison.

Et là, plusieurs pensées sont venues s'écraser les unes sur les autres en même temps. La dernière pilule que j'avais prise plusieurs jours auparavant. Et mes règles qui n'étaient toujours pas arrivées. Mes émotions, ma faim, mes nausées. Ma somnolence. J'avais fait une sieste hier. Je ne fais jamais de sieste.

On a frappé des coups secs sur la vitre à côté de mon visage.

Ma vision était trouble et j'avais les mains moites.

— Hé, Zombie ? Tu sors ? a dit Jazz.

Et Jack pourrait ne pas vouloir se marier. Il ne voulait peut-être pas d'enfants ?

Mon estomac nauséeux ressemblait soudain à une mer sans fond. Une vague de nausée a commencé au plus profond de moi, prenant de la force, et je me suis battue pour la garder à distance. Ce n'était pas vrai. Cela ne pouvait pas être vrai. J'ai regardé mon ventre plat et mes seins qui avaient l'air normaux mais qui semblaient soudainement sentir chaque fibre de mon soutien-gorge comme s'ils étaient meurtris rien que d'en porter un.

Oh, mon Dieu, ai-je murmuré, probablement à Dieu lui-même.

Je ne sais pas quelle tête je faisais, mais la portière s'est ouverte d'un coup alors que Jazz me tirait dehors. Juste à temps pour que je vomisse sur l'allée immaculée.

CHAPITRE HUIT

Jazz tenait mes cheveux et frottait mon dos pendant que je vomissais. J'espérais que Nicole était rentrée. C'est Jazz qui était censée être à l'intérieur. Elle avait des clients à l'hôtel. J'aurais voulu que la nausée disparaisse.

Finalement, j'ai craché et je me suis levée, les yeux pleins de larmes.

— Oh merde.

C'est tout ce qu'a dit Jazz en se mordant les lèvres, les yeux écarquillés.

— Ouais. J'ai hoché la tête. Oh merde, comme tu dis.

— Combien de temps ?

— Dieu seul le sait… des jours ? Des semaines ? Je viens juste de réaliser.

Des éclats de voix provenaient de la maison. Nicole et sa mère.

« Vas-y, ai-je dit. Ça va mieux. Enfin, pas vraiment, mais il n'y a rien que je puisse faire pour l'instant. Et je pense que les vomissements sont terminés, au moins. »

— Entre et prends des crackers salés. Je dois m'occuper de Nicole et de sa mère, puis toi et moi devons nous asseoir pour que tu me dises ce qui se passe entre Jack et toi, et quand tu vas lui annoncer que tu es enceinte.

J'ai ri amèrement.

— Je ne peux pas lui dire. Il ne veut même pas se marier !

— C'est ce que tu dis. Allez, Keri. C'est de toi et de Jack qu'on parle.

— Eh bien, depuis que je t'ai vue hier, du simple doute dans ma tête, c'est devenu de vrais mots qui sont sortis de sa bouche. Il n'est pas sûr qu'on doive se marier.

Jazz s'est figée. J'avais enfin rendu ma meilleure amie muette.

— Quoi ? a-t-elle fini par dire. C'est une blague ?

— Autant qu'une grossesse non planifiée.

— Merde. Elle a secoué la tête. Ça n'a pas de sens.

Une porte a claqué à l'intérieur. J'ai grimacé.

— Vas-y. ça va mieux. Je vais retourner chez Devon. Mais d'abord il faut que je nettoie l'allée.

— S'il te plaît, a dit Jazz, l'air partagé entre moi et son travail. Prends des biscuits salés dans la cuisine et va t'allonger dans ma chambre. Dès que ces deux-là seront installées, je nettoierai tout ça et je viendrai te voir pour qu'on discute de ce qui se passe entre toi et Jack.

J'ai hésité.

« S'il te plaît ? »

J'ai ravalé ma fierté. J'étais perdue et j'avais besoin de conseils en ce moment.

— OK.

J'ai hoché la tête, et nous sommes entrées.

* * *

Jazz et Joey avaient aménagé une partie du grenier, mon espace préféré quand j'étais petite, en une suite, chambre-salle de bains-salon avec un petit bar et un réfrigérateur. Je me suis allongée sur leur lit en regardant les chevrons blanchis à la chaux. J'aurais dû aller à la pharmacie pour acheter un test de grossesse, je suppose. Mais je n'en voyais pas l'intérêt puisque c'était si... évident.

— Bon Dieu ! Jazz a sifflé en passant la porte de la chambre et en la refermant derrière elle. Bouh, cette femme ! Pauvre Nicole.

— Qu'est-ce qu'elle dit ?

— Ce n'est pas vraiment ce qu'elle dit. *Argh*. Jazz a enlevé ses chaussures. Je ne sais même pas comment la décrire. Elle est juste... difficile et Nicole marche tout le temps sur des œufs. Bref, assez parlé d'elles. Elle est venue se placer à côté du lit, les mains sur les hanches, et a laissé échapper un long soupir. Alors tu es sûre ?

— J'ai arrêté de prendre la pilule pendant un moment, mais il y a environ un mois, quand j'ai commencé à remarquer la distance entre nous, j'ai juste.... je ne sais pas, j'ai recommencé.

— OK. Est-ce que Jack sait que tu l'as reprise ?

— Nous n'avons pas officiellement discuté de ça, sauf que je lui ai dit que j'étais prête pour le mariage et les enfants, en commençant par le premier des deux. Et il savait que j'avais arrêté de la prendre. Je ne sais pas s'il a remarqué que j'avais recommencé, mais il m'a vue en prendre une il y a quelques jours, et peut-être que je l'ai imaginé, mais il semblait vraiment tendu après ça.

62

— D'accord, mais si tu as recommencé à la prendre, tu es vraiment sûre d'être enceinte ?

— J'aurais déjà dû avoir mes règles. Au plus tard aujourd'-hui. Je le sais c'est tout, OK ?

— Dit la fille qui n'a jamais été enceinte avant.

— C'est vrai.

— Tu le savais toi ?

Jazz était tombée enceinte juste après le lycée et avait fait une fausse couche. Elle ne me l'avait pas dit pendant des années, ce qui m'avait attristée à l'époque. Mais elle ne me l'avait pas dit parce que c'était avec Joey et qu'elle ne voulait pas risquer de créer un fossé entre mon frère et moi.

— J'ai fait une fausse couche avant de savoir que j'étais enceinte. Mais j'avais dix-huit ans, et je suppose que nous connaissons mieux nos corps maintenant qu'à l'époque. Elle a grimpé sur le lit et s'est allongée à côté de moi.

Nous avons toutes les deux regardé mon ventre plat.

Puis elle a tendu une main et l'a posée sur mon pull.

« Il pourrait y avoir un petit haricot avec des yeux là-dedans, a-t-elle dit, me faisant sourire. Comment crois-tu que Jack va réagir ? Ça va sûrement l'aider à se remettre les idées en place. »

J'ai dégluti.

— Il n'est pas question que je lui dise, Jazz. Il pense qu'il pourrait finir par me faire du mal ou à nos futurs enfants.

— Quoi ? Jack ? Ça n'a aucun sens.

— Je suis d'accord. J'ai laissé échapper un rire triste. Mais le fait est que, si je lui disais que je suis enceinte, il se sentirait probablement obligé de faire ce qu'il faut, entre guillemets. Mais ce doute qu'il a sur lui-même serait toujours là. Alors ça deviendrait mon doute aussi, le fait qu'il m'ait épousée parce qu'il le devait. Il doit faire face à son problème sans savoir que je suis enceinte.

J'étais arrivée à cette conclusion en attendant Jazz.

Elle a pincé les lèvres, les yeux pleins d'inquiétude.

— Mais s'il ne le fait jamais ?

J'ai tressailli.

— Je suis désolée, je veux dire s'il n'arrive pas à dépasser ce problème qu'il a... tu ne peux pas lui cacher cette grossesse. Tu passerais rapidement du stade de secret pour l'instant, à celui de mensonge pur et simple.

— Je sais. J'ai hoché la tête en soupirant, à la fois triste et énervée. Je sais.

— OK, dis-moi exactement ce qu'il a dit.

Je lui ai relaté ma conversation avec Jack la veille au soir.

« Hmm. Ça te dérange si je te demande des détails ? Quel genre d'homme était son père pour que Jack panique comme ça ? »

J'ai soupiré. J'avais quelques histoires que Jack m'avait confiées - comment il avait été sévèrement brûlé à la hanche, par exemple, brûlure qui était maintenant couverte d'un grand tatouage de dragon.

— Je ne peux pas tout t'expliquer. Je suppose que lorsque le film sortira, tu en sauras davantage. Disons simplement que son père a abusé de sa mère, mentalement et physiquement, et quand elle a essayé de s'enfuir, il les a retrouvés, et quand elle a essayé de cacher Jack, il a essayé de l'enlever pour pouvoir l'utiliser pour la récupérer.

— Oh mon Dieu, a dit Jazz tout bas.

— Ouais. Et maintenant, il pense qu'il pourrait avoir un peu de la folie de son père dans sa personnalité.

— Mais c'est ridicule. Qu'en dit Devon ?

— Je ne suis pas sûre que Devon sache ce que traverse Jack. Ça a commencé si subtilement, de toute façon. Il a fait bonne figure. Il aurait pu facilement tromper tout le monde.

— Peut-être que tu devrais parler à Devon alors. Juste pour vérifier qu'il ne l'a pas remarqué aussi. Et peut-être qu'il pourrait parler à Jack.

J'ai soupiré.

— Je suppose. Mais je ne sais pas comment Jack réagirait s'il savait que je discute de nos problèmes de couple avec son ami.

— Écoute, si quelqu'un est assez proche, c'est Devon. De vous en tant que couple, et aussi avec le film. Monica et Devon connaissent peut-être Jack depuis plus longtemps, mais vous êtes tous les quatre amis maintenant.

— Mais qu'est-ce qu'il peut faire ? La dernière chose que je veux c'est que quelqu'un doive convaincre Jack de se marier.

— Pas le convaincre de se marier avec toi. Je sais de source sûre qu'il veut t'épouser. Tu dois me faire confiance sur ce point. Elle m'a jeté un regard sérieux et a continué. Peut-être que ce film lui a juste donné la frousse. Parler à Devon pourrait être une bonne chose. Il pourrait aider Jack à voir qu'il ne fait qu'interpréter son père, mais qu'il *n'est pas* son père.

Ce que Jazz disait était logique.

« Ou alors, attends, a-t-elle dit en se redressant brusquement sur un coude. Et Charlotte ? Tu peux appeler la mère de Jack ?

— Oh mon Dieu, non. Je ne vais pas appeler la mère de Jack pour me plaindre qu'il ne veut pas m'épouser.

— Pas pour ça, idiote. Juste pour avoir son avis sur le père de Jack, et peut-être qu'elle pourra lui dire qu'il n'est pas du tout comme lui.

— Mais s'il l'était un peu quand même? Je veux dire, c'est

son père. Je ne pense pas qu'il le soit. Pas du tout. Mais si elle ne peut pas être convaincante ? Cela ne fera qu'empirer les choses.

— Tu n'en sais rien.

— Mais tu penses qu'il veut m'épouser. Ou bien qu'il le voulait, en tout cas.

— Il le veut, a-t-elle dit en serrant ma main. J'en suis sûre.

J'ai soupiré un peu.

— Merde. J'ai tellement faim. Quand est-ce que Joey rentre ?

Jazz a regardé sa montre.

— Il doit être en route.

— Il ne pourrait pas nous prendre des hamburgers ? J'ai fait une grimace, mi-honteuse, mi-dégoûtée.

— Et Jack ? Tu ne peux pas déjà commencer à l'éviter. Je veux dire en ne lui disant pas que tu es enceinte.

— Jazz, tu me connais. Je ne lui cacherais jamais volontairement quelque chose. Tu sais mieux que quiconque que je ne sais pas garder un secret avec ceux que j'aime. Mais celui-là pourrait détruire toute chance que j'ai de l'aider à surmonter ce qui se passe dans sa tête.

— Eh bien, dans ce cas tu ferais mieux d'aller l'aider à surmonter ça. Va parler à Devon. Fais quelque chose. Tu ne peux pas rester ici à attendre qu'on t'apporte des hamburgers. Il faut que tu t'occupes de ça.

Je me suis assise.

— Personne ne veut me nourrir. J'ai fait la moue.

— Ne dis pas déjà que tu dois manger pour deux.

— J'étais sur le point de le faire. J'ai gonflé mes joues.

— Je sais, abrutie. Bien tenté.

— Mais, j'ai vraiment faim ! me suis-je plainte.

— Alors, envoie un message à Jack et prends un dîner à emporter pour vous deux. Ensuite, vous devrez parler tous les deux. Pourquoi ne pas lui faire remarquer qu'il n'a jamais montré aucun signe précurseur indiquant qu'il pourrait devenir fou ?

— Bon point. Je peux certainement penser à quelques exemples pour lui montrer qu'il n'a jamais eu tendance à être violent envers moi ou à être trop possessif de façon malsaine.

— Et écoute, si vous voulez retourner à Daufuskie pour quelques jours afin de pouvoir parler, on comprendra tous parfaitement. Je peux m'occuper du mariage.

— Tu veux dire que tu peux repousser ma fête d'anniversaire surprise ?

Jazz a levé les sourcils.

« C'est bien ce que Jack et toi aviez prévu, non ? »

Elle a froncé les sourcils en me regardant.

— Euh, oui. Maintenant, va arranger ça.

Me sentant un peu mieux par rapport à Jack maintenant que j'avais un plan d'action, j'ai envoyé un SMS à Devon et lui ai proposé d'aller chercher des hamburgers pour lui et Monica aussi.

Un obstacle à la fois. Jusqu'à ce que Jack et moi ayons parlé, j'allais faire tout ce que je pouvais pour oublier le fait que j'étais très probablement enceinte.

* * *

JE SUIS PASSÉE PRENDRE quatre hamburgers avec des frites directement au Snapper Grill et j'étais de retour à la maison de la plage en moins d'une heure. Paulie, un ami, mon ancien patron et le propriétaire du restaurant, m'avait prêté un sac isotherme pour transporter les hamburgers dans le panier de mon vélo.

J'ai entendu parler et j'ai compris que Jack était dans le bureau avec Monica et Devon.

J'ai posé les hamburgers sur le comptoir de la cuisine.

— Salut les gars, les burgers sont arrivés.

— On est là, a répondu Jack.

J'ai déroulé mon écharpe. J'avais les mains froides à cause du vent d'automne qui soufflait.

Le bureau était plus sombre que le reste de la maison, peint d'un gris profond. Monica et Devon y avaient deux tables du milieu du siècle poussées l'une contre l'autre, où ils travaillaient tous deux face à face. Devon y était assis, sa chaise de bureau retournée vers la pièce. Le reste du bureau était occupé par des étagères, deux fauteuils et une fenêtre qui donnait sur les dunes.

Jack s'est levé de l'un des fauteuils lorsque je suis entrée, dépliant sa grande carcasse. Il était vêtu de son jean usé préféré et d'un sweat à capuche vert bouteille. Mon cœur s'est gonflé dans ma poitrine. Cet homme ! Oh, mon Dieu, je portais la petite graine de cet homme dans mon ventre. Il y avait peut-être un petit Jack à l'intérieur de moi en ce moment. Ma paume a effleuré mon ventre, puis s'est arrêtée dès que j'ai réalisé ce que je faisais. Je me suis forcée à faire un sourire insouciant, du moins je l'espérais. Jack, manifestement attentif à mes expressions, a brièvement froncé les sourcils alors qu'il s'apprêtait à me donner un petit baiser sur les lèvres. Il a probablement pensé que mon faux sourire était lié à notre conversation de la veille. Il m'a pris la main et la serrée dans la sienne.

— Salut toi, a-t-il dit doucement. Tu m'as manqué aujourd'hui.

J'ai serré sa main en retour en m'asseyant sur le fauteuil libre.

— Pfouh, longue journée, ai-je dit en soupirant.

Oublier ce qui grandissait en moi allait être impossible.

— Salut ! Monica était assise en face, jambes croisées en leggings, pieds nus et un verre de vin à la main. J'ai enfin réussi à faire travailler ces deux-là cet après-midi. Ils avaient joué à Dragon Epoch sur la Xbox toute la matinée. Les bons à rien.

— Je ne pouvais pas faire autrement, a dit Jack. Adam, le gars qui a conçu le jeu, vient de me demander d'essayer la nouvelle mise à jour avant sa sortie. Qui dit non à ça ?

— Exactement, a approuvé Devon.

Monica a pris une gorgée de vin.

— J'avais oublié que tu connaissais Adam Drake. Un milliardaire du monde du jeu qui est sexy en plus. Un geek sexy ! Oui, ça existe ! Elle a fait un clin d'œil à Devon. Mais tu n'as pas à t'inquiéter, mon chéri.

— Bien sûr. Devon a secoué la tête. Surtout qu'il va épouser l'amour de sa vie le soir du Nouvel An.

— En parlant de mariage, a dit Monica, en me regardant à nouveau, comment se passe l'organisation de celui de Nicole ?

La question m'a fait sursauter. J'ai échangé un regard rapide avec Jack avant de pouvoir m'arrêter et j'ai espéré que mon regard ne semblait pas trop lourd. Ironie triste du sort : j'organisais le mariage de quelqu'un d'autre le lendemain du jour où Jack m'avait dit qu'il n'était pas sûr de vouloir se marier.

— Super. En fait, super, mais épuisant, parce que c'est à la dernière minute. Heureusement, c'est un petit truc, et ils ont le budget pour payer un supplément de dernière minute. Les mariages sont généralement planifiés sur des mois, et on fait ça en quelques semaines. J'ai passé une commande pour deux cents plumes de queue de faisan aujourd'hui. Ne m'en demandez pas plus.

— Ce sera un bon entraînement pour vous les gars quand vous commencerez à planifier le vôtre. Le rire de Monica a tinté dans l'air. Si vous vous y prenez des mois à l'avance, vous aurez la presse sur le dos. Vite fait, bien fait. C'est comme ça qu'il faut faire !

J'ai lutté pour ne pas regarder Jack.

— C'est logique, ai-je dit avec désinvolture. Alors, de quoi parliez-vous ?

La main de Jack a trouvé ma cuisse, sa chaleur irradiant à travers mon jean. Cette sensation m'a pincé le cœur.

— Donc, Jack, a dit Devon, sera probablement en Afrique du Sud l'été prochain, pour un tournage.

Quoi ? Un autre film ?

— L'été prochain ? ai-je dit d'une voix hésitante, c'est euh, c'est génial.

Jack a froncé les sourcils.

— Tu peux venir si tu veux. Tu devrais, en fait. Peut-être que Jazz voudra aussi venir nous rendre visite ? Elle a des amis là-bas, non ?

J'ai acquiescé. L'été était dans huit mois. Moins d'un an et je serais peut-être mère. En fait, je serais probablement être une mère célibataire. Jack serait loin pour son tournage, et je serais ici en train d'avoir notre bébé. J'ai dégluti.

— ça va ? Monica me regardait, le visage marqué par l'inquiétude.

J'ai secoué la tête.

— Oui, mais euh... j'ai faim. Je meurs de faim.

— Mangeons alors, a-t-elle dit en se levant. Rien de pire que les frites froides et molles.

Jack m'a aidée à me lever en me plaquant contre lui.

— Tu vas bien ? Tu es bizarre.

Ça m'a paru drôle qu'il dise ça. Mais ce n'est pas un rire qui est sorti parce qu'au même moment, j'ai réalisé que j'étais absolument terrifiée. J'ai inspiré profondément, mais j'avais l'impression que ma gorge ne fonctionnait pas. Je n'avais plus de maison en dehors de celle de Devon. La maison de mon enfance était devenue un foutu hôtel. Jazz m'avait dit qu'elle allait devoir engager quelqu'un pour l'aider. Je me suis demandé si elle ne pourrait pas penser à moi. Je pourrais y travailler en échange du gîte et du couvert. Mais non, je ne pourrais pas, car j'aurais un bébé. Merde. J'ai mis la main sur mon plexus, mon geste repoussant Jack par inadvertance. Je n'arrivais plus à respirer. Mes côtes m'oppressaient, et mes poumons ne fonctionnaient plus.

Oh non.

Ma vision est devenue floue et mes oreilles se sont mises à bourdonner.

— Keri Ann, ma chérie. Respire ! La voix pressante de Jack semblait très lointaine. Je crois qu'il me tenait par les bras, ou non, son bras était sous moi. Merde, l'ai-je entendu dire à nouveau.

Le bourdonnement dans mes oreilles s'est transformé en bruit sourd, et ma vision s'est lentement assombrie sur les bords.

CHAPITRE NEUF

*J*e clignais des yeux.

Le visage de Jack, le front plissé et les yeux pleins d'amour et de peur, planait au-dessus du mien.

— Est-ce que tu m'entends ?

— Tiens, une serviette humide, ai-je entendu dire Monica.

J'ai à nouveau cligné des yeux. J'étais allongée sur le canapé dans le bureau.

— Elle revient à elle, a dit Jack. Et le linge frais m'a fait sursauter lorsqu'il a touché mon visage. Keri Ann ? Chérie, tu m'entends ?

Je me suis léché les lèvres.

— Ouais.

— Je pense que tu t'es évanouie. Il a posé un baiser à la racine de mes cheveux, sur mes joues et sur ma bouche. Tu m'as fait peur. Tu dois avoir très faim pour t'évanouir comme ça. Qu'as-tu mangé aujourd'hui ? Tu as mangé quelque chose au moins ?

— Des gâteaux. Beaucoup de gâteaux. *Et une bonne dose de crise de panique et de grossesse, ai-je ajouté mentalement.*

— Trop de sucre et rien de solide. Je deviens faible moi aussi si je mange mal, a dit Monica.

— Allez, a dit tendrement Jack. On va te nourrir. Ensuite, tu pourras te recoucher.

Il a glissé son bras sous mes aisselles pour m'aider à m'asseoir.

J'ai posé les pieds par terre et j'ai attendu que le vertige s'atténue, puis je l'ai laissé m'aider à me relever.

Il m'a serrée contre sa poitrine, son visage enfoui dans mes cheveux.

J'ai enroulé mes bras autour de son torse musclé.

« Tu es sûre que ça va ? a-t-il chuchoté, en se penchant en arrière pour me regarder. Peut-être qu'on devrait demander à Joey de t'examiner après le dîner - pour s'assurer que ta tension artérielle est bonne. »

— Je vais bien, je te le promets. L'idée que mon frère vienne, et que je doive lui mentir à lui aussi, était plus que ce que je pouvais affronter ce soir.

Jack a pris mon visage dans ses mains et a embrassé doucement mes lèvres.

— Je t'aime.

— Je t'aime aussi. Et notre conversation de la nuit précédente, que nous n'avions toujours pas abordée, s'est glissée entre nos mots. L'expression « squelette dans le placard » n'avait jamais semblé aussi perspicace.

Nous nous sommes tous assis au comptoir de la cuisine. Je me suis régalée du délicieux hamburger, ne faisant que de rares pauses pour participer à la conversation.

* * *

JE ME SUIS RÉVEILLÉE dans la nuit, en tapotant le lit à côté de moi pour chercher Jack. Les draps étaient frais. Je me suis redressée et j'ai vu sa silhouette assise sur la chaise de la coiffeuse et orientée vers la fenêtre. La lune devait être pleine ou presque, car lorsque mes yeux se sont adaptés à l'obscurité j'ai pu distinguer parfaitement ses traits. Mon regard est passé de son nez droit et de sa mâchoire parfaite aux boucles de ses cheveux et aux contours de son buste nu.

— Salut, ai-je dit doucement.

Il a inspiré brusquement par le nez comme si je l'avais effrayé et a tourné son visage vers moi.

— Je t'ai réveillée ?

— Non. Tu me manquais juste dans mon sommeil. C'est une bonne nuit pour aller chercher des tortues avec cette lune.

Un coin de sa bouche s'est relevé.

— J'étais inquiet pour toi ce soir. Si quelque chose t'arrivait, je ne sais pas ce que je ferais.

Mon cœur s'est serré, et j'ai fermé les yeux pour savourer ses paroles. *Il* avait besoin de *moi*. Je me suis levée en silence et je suis allée vers lui.

Dehors, les vagues noires et blanches s'écrasaient sur la plage grise. La lune presque pleine traçait une ligne lumineuse sur l'eau.

La peau de Jack était à la fois chaude à cause de la température naturelle de son corps qui semblait une fournaise la nuit, et froide parce qu'il était sorti du lit. Il a glissé sa main dans mon dos, sous mon long t-shirt et m'a fait m'asseoir à califourchon sur lui.

— Je suis là, ai-je chuchoté. Et je vais bien.

74

Il a appuyé son visage sur ma poitrine et il a respiré profondément.

Je tenais sa tête contre mon cœur. « Jack, tu es si bon. Tout en toi est si bon. Tu as toujours été si bon avec moi. Peut-être que si j'utilisais le mot « bon » assez souvent, il finirait par me croire. »

— Chuut.

— Je n'ai jamais eu peur de toi.

— S'il te plaît, m'a-t-il suppliée. Et je ne savais pas ce qu'il demandait. Que j'arrête ou que je continue.

— Tu m'as toujours protégée, aimée, respectée.

Jack était tendu sous mes bras qui ne voulaient pas le lâcher.

« Tu m'as toujours fait passer en premier, au péril de ta vie. S'il y avait quelque chose de mauvais en toi, je l'aurais vu. Il n'y a rien de mauvais en toi. »

— Arrête, a-t-il chuchoté. S'il te plaît. Ses bras se sont relâchés autour de moi et ses mains ont commencé à parcourir mon dos, à descendre le long de ma colonne vertébrale, à saisir mes hanches, mes fesses, mes jambes nues, m'attirant contre lui. Il a commencé à me balancer d'avant en arrière, imitant nos ébats amoureux. Pour détourner mon attention.

« Je ne peux pas m'empêcher de te dire ce que je ressens. Ou ce que je sais, ai-je dit en essayant d'ignorer les sensations qui s'étaient réveillées en moi. Je t'aime. Tu es bon. Tu n'es pas mauvais. Et tu ne me feras jamais, jamais peur ou mal physiquement. »

Ses mains m'ont soudainement tirée vers l'avant et son érection a pressé brutalement contre mon entrejambe à travers son short. L'impact était presque douloureux, et j'ai poussé un petit cri. Mes entrailles se sont liquéfiées, la chaleur s'est accumulée entre mes jambes.

— Mais je pourrais, a-t-il dit, et sa main a empoigné mes cheveux, me tirant la tête en arrière. J'ai gémi alors que je pensais qu'il s'attendait à ce que je crie, et il a sucé et léché mon cou en me mordillant.

Nos hanches se sont à nouveau rencontrées brutalement.

— Jack, ai-je haleté.

Soudain, il s'est levé et m'a jetée sur le lit. J'ai commencé à reculer pour lui faire de la place sur le lit, mais il m'a arrêtée. En tirant sur ma jambe et ma hanche, il m'a retournée sur le ventre et a fait descendre mon short de nuit le long de mes jambes.

Un besoin, chaud et aigu, m'a traversé. Mon corps palpitait. S'il avait l'intention de me faire peur, ça ne marchait pas. Le son de sa respiration laborieuse derrière moi était enivrant. Ses mains ont attrapé mes hanches et ont malaxé mes fesses brutalement, douloureusement.

— Je t'aime, ai-je chuchoté en retenant mon souffle.

J'ai imaginé son visage. Son expression torturée quand il était excité. La façon dont ses yeux s'assombrissaient.

Il a soulevé mes hanches pour que je me retrouve à genoux.

Je me sentais exposée dans cette position. Vulnérable. En manque, aussi. Si les corps pouvaient crier de manque, le mien l'aurait fait.

Un bruissement derrière moi m'a fait comprendre qu'il avait baissé son short. Mes mains ont trouvé un appui sur les draps. J'étais tellement excitée que je pouvais sentir la moiteur entre mes jambes.

— Je pourrais te faire du mal. Facilement. Ses doigts se sont enfoncés en moi, et j'ai enfoncé mon visage dans l'oreiller pour étouffer mon envie de crier.

— Je t'aime. J'ai gémi et tourné la tête pour le regarder par-dessus mon épaule. Son visage, éclairé par la lune, était tel que je l'avais imaginé, mais avec en plus un soupçon de désespoir sauvage. Comme s'il avait quelque chose à prouver. La nervosité a parcouru ma colonne vertébrale.

Il m'a fixée et il a gémi.

— Merde.

Puis il m'a lâchée, et je l'ai regardé se prendre en main. Il a serré la mâchoire, puis s'est enfoncé en moi si fort que mes genoux ont glissé sur le lit.

J'ai serré les dents pour ne pas crier.

Ses mains se sont agrippées douloureusement à mes hanches et il a poussé fort une fois, puis deux.

« Est-ce que je te fais mal ? »

— Non, ai-je menti, haletante. Je t'aime. Mais tu te fais du mal à toi.

Il a expiré brutalement, a repris son souffle et a continué à pousser plusieurs fois. Mais ses mains se sont calmées, apaisées, ses mouvements brutaux ont commencé à ralentir progressivement. Nos hanches se balançaient d'avant en arrière, je me pressais pour le prendre même s'il s'activait en moi. Mon corps avait toujours plus envie de lui. Mon cœur fondait toujours pour lui.

Et puis ses bras sont passés sous mon ventre, me caressant, me tirant vers le haut pour me bercer contre sa poitrine. Il embrassait mon épaule, mon cou, mes cheveux, mon oreille. Sa respiration était saccadée alors qu'on bougeait ensemble. Mon corps avait envie, et mon cœur s'emballait, et je me suis cambrée dans ses mains qui erraient et me caressaient. Doucement maintenant. Avec révérence. Il a caressé tendrement mes seins puis a glissé les doigts entre mes jambes.

J'ai tendu la main derrière son cou pour attirer sa bouche plus près alors qu'il commençait à murmurer des choses, de façon inintelligible. Sa voix était douce, apaisante, chantante et nostalgique, implorant le pardon. J'ai senti de l'humidité contre mon cou alors que sa joue se pressait contre moi.

J'ai tenu sa tête contre moi, la seule façon dont je pouvais le tenir.

— Tu es tellement gentil, ai-je gémi en passant le bout de mes doigts sur son cuir chevelu. Je t'aime.

— Mon Dieu, Keri Ann. J'ai senti sa tête retomber en arrière. Ses doigts ont glissé à nouveau entre mes jambes, me caressant en rythme, doucement, avec insistance, tandis qu'il continuait à bouger en moi. Mon ventre s'est contracté, et j'ai fermé les yeux, me concentrant sur la tension grandissante, en spirale.

— Tu es si belle. Ses chuchotements dans mon oreille m'ont procuré des picotements sur la peau. C'est tellement bon d'être en toi. Tu es tout ce qui est bon. La meilleure part de moi-même. Il a remué les doigts plus fort, encerclant mon clitoris, m'entraînant dans une spirale de plaisir. Il me remplissait de son sexe, son parfum, ses mots.

Quelque chose dans ses mots...

Je voulais qu'il soit là, avec moi.

— Toi, Jack. J'ai haleté, incapable de faire une phrase intelligible. Nous, ai-je tenté, comme si ce mot était la réponse à tout. J'avais besoin de lui dire que ce n'était pas moi qui le rendais bon. Mon corps s'est tendu. Ses hanches sont allées et venues, plus fermement, de manière plus énergique. Nous étions tous les deux perdus dans le plaisir grandissant.

Ses mouvements sont devenus erratiques, j'ai serré les mains sur lui.

« Je veux... Il a gémi. J'ai besoin de toi. »

Je ne pouvais pas répondre.

Ses mains sont retournées à mes hanches, et j'ai arqué les fesses pour le faire pénétrer aussi profondément qu'il le pouvait.

Il s'est encore enfoui en moi d'un coup et j'ai crié dans le matelas alors que je me précipitais vers mon orgasme, tout mon corps pris de spasmes.

« Oh bon Dieu. Sa voix était gutturale, torturée. Oh, putain. »

Il s'est figé, logé profondément, éjaculant en moi.

Puis il s'est penché en avant, appuyant son poids chaud sur mon dos tandis que nos corps couverts de sueur s'enfonçaient dans le matelas. J'ai tourné la tête sur le côté, mon cœur battant la chamade, et j'ai respiré profondément. J'aimais sentir le poids de son corps après qu'on ait fait l'amour.

« Je suis désolé. » Ses lèvres ont trouvé mon épaule, son souffle laborieux rafraîchissant ma peau. Il a déposé des baisers sur mon omoplate et mon cou, en me caressant les cheveux. Je suis vraiment désolé de t'avoir fait du mal. »

— Tu ne m'as pas fait de mal. Je t'aime. Tu peux essayer de te convaincre que tu es horrible, Jack, mais tu es bon. Et beau. Et je t'aime.

Il s'est tu à ce moment-là, s'est dégagé et a roulé sur le dos. Je viens de te faire du mal. Je t'ai baisée.

J'ai tressailli en entendant ce mot. Le choix qu'il avait fait de le dire.

« Et tu me dis que je suis une bonne personne... ».

Soupirant, j'ai roulé sur le côté, tirant la couette sur nous.

— Tu ne m'as pas baisée, tu m'as fait l'amour. Même si tu ne veux pas le voir, je l'ai senti. J'ai attrapé sa main et l'ai serrée. Tu essaies de te convaincre qu'il y a quelque chose de maléfique et de sombre en toi. Et ce n'est pas le cas, Jack. Tu peux continuer à me *baiser* si tu veux essayer de le trouver. Je peux toujours en profiter pendant que tu cherches.

Ses lèvres ont tressailli, et je savais qu'il essayait d'éviter un rire inattendu. Après quelques secondes, son visage est redevenu grave.

— J'ai vu que tu prenais à nouveau la pilule. Il m'a jeté un coup d'œil. Je te rends nerveux aussi. J'ai pensé que je pourrais maîtriser cette anxiété folle que j'avais à l'idée d'être comme mon père. Mais en voyant que tu reprenais une contraception, je me suis dit que ce n'était peut-être pas dans ma tête. Peut-être que c'était réel et que tu t'en rendais compte, toi aussi. Peut-être que tu as peur de moi. Au fond de toi.

— Non, non, ai-je protesté en fronçant les sourcils et tout d'un coup, moins sûre. Mon Dieu. J'avais été nerveuse, c'est vrai. Pas à cause de toi, mais à cause de la distance entre nous, ai-je tenté d'expliquer. Tout cela était-il de ma faute ? Il pensait que je doutais de lui, que je voyais quelque chose en lui que je n'aimais pas ?

Mais je me suis soudain souvenue de mon état actuel. « Je... je suis... » C'était le moment de lui dire que je pensais être enceinte, mais ma gorge s'est nouée. Je me suis dit que tant que je n'avais pas fait pipi sur un bâton, il n'y avait rien à lui dire.

— Quoi ?

— Rien.

— Dis-moi.

J'ai pris une inspiration.

— Je veux t'épouser, Jack. Et je veux avoir un bébé avec toi, ai-je dit, en mettant tout à plat et en étant aussi claire que possible tout en gardant mon secret potentiel. J'ai une foi totale en toi. J'ai recommencé à prendre la pilule parce que tu es revenu changé de ton tournage. Distant. Je pensais que c'était parce que tu doutais de nous. Mais maintenant je sais que ce n'est pas de nous. Je voulais qu'il m'entende vraiment, au plus profond de son âme. Ton père t'a enlevé toute chance d'avoir une enfance normale. Mais tu as quand même excellé. Tu t'es lancé des défis, tu t'es surpassé, tu as réussi. Tu n'as jamais laissé ce qu'il avait fait t'empêcher de trouver le bonheur. Alors, ne le laisse pas faire maintenant. S'il te plaît. Je veux toutes les choses que tu voulais vivre avec moi avant de laisser ton père gagner. Et c'est ce qu'il fait, Jack. Il est en train de gagner. Si tu laisses sa peur et son intimidation agir sur toi, même d'outre-tombe, alors tu le laisses prendre non seulement ton enfance, mais aussi le reste de ta vie.

CHAPITRE DIX

Le lendemain, je suis rentrée chez Devon en fin d'après-midi après avoir enduré le cauchemar qu'était la mère de Nicole. Je n'avais jamais rencontré une femme aussi passive agressive de toute ma vie. Et je vivais dans le Sud, donc ça voulait dire quelque chose.

Je m'étais fait envoyer un test de grossesse et le paquet était maintenant bien rangé dans mon sac pour le moment où j'aurais le courage de le faire. Si j'étais sûre de ma grossesse, ne pas le dire à Jack deviendrait un gros problème.

— Bonjour !

Monica s'est penchée dans l'encoignure de son bureau.

— Salut ! On termine quelques trucs de boulot et ensuite, c'est moi qui cuisine. Cela te va ?

— Ce serait génial.

— Tu te sens mieux aujourd'hui ?

J'ai hoché la tête.

— Jack vient de partir courir. On mangera dans deux heures si tu peux supporter l'attente.

Encore courir. Sans moi. Non pas que j'avais envie de courir du tout. La journée avait été épuisante.

— Dis-moi ce que je peux faire.

— Je m'occupe de tout, va te reposer. J'ai l'impression que tu couves quelque chose. Tu as l'air fatiguée. Sans vouloir te vexer. Elle m'a fait un clin d'œil.

— Je ne le prends pas mal. À tout à l'heure.

Elle a souri et a refermé la porte derrière elle.

J'ai grimpé les escaliers. Je commençais à me sentir un peu mal à nouveau. Je me suis pelotonnée au centre du lit et en quelques instants je me suis endormie. Quand je me suis réveillée, Jack n'était toujours pas rentré. J'ai regardé ma montre, me sentant lourde et groggy. Je n'avais fait qu'une sieste de trente minutes, mais je n'avais pas l'habitude de dormir pendant la journée, alors j'étais léthargique et désorientée.

Ne sachant pas combien de temps Jack allait mettre pour revenir, mais ayant de nouveau faim, je suis descendue pieds nus.

— Coucou ! Monica m'a appelée de la cuisine quand j'ai descendu la dernière marche. Viens par ici. Devon est encore en visioconférence pour la postproduction. Je te jure que je serai heureuse quand ce film sera une affaire classée.

— Moi aussi. J'ai tiré un tabouret et me suis assise, les coudes posés sur le marbre frais. C'est quoi la postproduction ?

— Le processus de montage après la première série de coupes. C'est là qu'ils ajoutent des effets supplémentaires, corrigent les problèmes de son, etc. Monica coupait des oignons de printemps. Dis-moi, Jack est sorti d'ici dans une humeur étrange. Je ne veux pas être indiscrète, mais ça va tous les deux ?

— Je… J'ai secoué la tête, les mots me manquaient.

Monica a arrêté de trancher les oignons, son couteau a glissé sur la planche.

— Merde.

Je voulais en dire plus, mais soudain ma gorge s'est nouée. Douloureusement. Et un torrent de larmes s'est formé sous mes paupières, essayant de se libérer. Et en fait je n'ai pas pu le retenir. J'étais si inquiète depuis si longtemps. Et j'avais laissé Jack donner le change. J'aurais pu l'aider à gérer ses soucis. Il avait tellement souffert. Tant de soucis, et j'étais là, dans ma petite bulle égoïste à me demander s'il allait me demander en mariage ou pas. Je ne savais même pas comment expliquer ça à Monica. Ou à qui que ce soit. J'avais l'impression de l'avoir laissé tomber. Mon Jack. De *nous* avoir laissé tomber. Si on se séparait à cause de ça, je n'aurais personne d'autre à blâmer que moi.

Si je l'avais épousé plus tôt, il aurait su que tout allait bien. Il aurait su qu'il n'était pas dangereux. Ou diabolique. Jack était si bon, si aimant, si pur, que j'avais parfois l'impression que son âme brillait si fort que c'était pour ça que les gens ne pouvaient pas s'empêcher de le fixer, où qu'il soit.

J'ai pleuré si fort que le seul son que je pouvais émettre était un gémissement douloureux. C'était le son de ma tentative de respirer dans le seul espace restant autour de tout l'amour, la peur et la tristesse qui explosaient.

J'ai lentement pris conscience que Monica me caressait le dos.

Devon avait apparemment fini son appel, car il a posé une boîte de mouchoirs et un petit verre de whisky devant moi.

— Bois ça. Jack va revenir dans une minute.

— Merde. J'ai inspiré en tremblant et j'ai hoqueté, mon corps essayant encore de pleurer. Je devais me ressaisir avant que Jack ne me voie.

Monica a attrapé une serviette en lin et l'a passée sous l'eau froide avant de s'approcher et de la presser sur mes joues, puis sur mes yeux.

— Il n'y a aucun moyen de cacher ça, ai-je croassé, la voix rauque. Je lui ai pris le tissu des mains et l'ai pressé sur mes yeux, souhaitant qu'ils cessent de couler.

— Quelqu'un peut-il me dire ce qu'il vient de se passer ? a demandé Devon.

— Je le ferais si je le savais, a dit Monica.

— Je... c'est le film, leur ai-je dit et j'ai pris la décision en une fraction de seconde de leur demander de l'aide. J'ai pris une inspiration hésitante. Le fait de jouer son père a vraiment mis le bazar dans la tête de Jack. Peut-être... peut-être, Devon, que tu pourrais lui parler. Il pense qu'il est mauvais. Comme s'il avait son père en lui. Et... Je me suis arrêtée en me demandant si je devais en dire plus.

Devon a froncé les sourcils et s'est passé une main dans les cheveux.

— Merde. J'avais le sentiment que c'était ce qui se passait. Il s'énerve contre moi chaque fois que le metteur en scène ajoute une ligne à la liste des scènes qu'il veut refaire. Et Jack en a déjà fait cinq ou six. Ce mec est un véritable emmerdeur.

— Pourquoi veulent-ils que ce soit refait ? ai-je demandé dans un hoquet. Je pensais qu'ils avaient fini de tourner.

— Eh bien, parfois, on a le plan parfait, mais le réalisateur n'apprécie pas la façon dont la réplique est donnée, ou il y a un bruit qui ne peut pas être éliminé. Ils font alors une liste, puis

Jack retourne dans un studio de sonorisation et redonne la réplique pour qu'elle soit doublée. Cela se produit dans presque tous les films. Jack doit généralement se regarder jouer pendant qu'il le fait.

Oh. Je détestais ça pour lui. D'abord il avait dû écrire le truc, puis il avait dû être son père, et maintenant il devait se regarder dans la peau de son père et redonner les répliques qu'il avait écrites. Pas étonnant qu'il ait eu tant de mal à s'en débarrasser. Il ne pouvait pas. Ça avait fini par s'infiltrer dans sa peau.

— Ça n'explique pas pourquoi tu pleures, m'a gentiment fait remarquer Monica.

J'ai dégluti.

— Je déteste simplement qu'il traverse cette épreuve. Je me sens tellement impuissante. Et il a dit qu'il ne pensait pas qu'on devrait se marier maintenant parce que...

— Quoi ? a couiné Monica.

— Laisse-la finir, chérie, a dit Devon en touchant le bras de Monica.

— Depuis qu'il est revenu, il y a cette distance bizarre entre nous. Elle était si petite au départ que je ne sais même pas comment elle est devenue si grande. Stupidement, tout ce qui m'inquiétait était de savoir pourquoi il ne me demandait pas de l'épouser, qu'il prenait peut-être ses distances volontairement. Je n'ai pas du tout compris qu'il avait du mal à gérer les problèmes avec son père. Je me sens mal. Je ne sais pas quoi faire.

Un bruit de pas est venu des escaliers de la terrasse, puis Jack a ouvert la porte et est entré, respirant lourdement et transpirant après sa course.

— Salut.

Nous étions tous les trois silencieux. J'ai rapidement détourné mon visage avant que Jack ne puisse le voir. Monica a sauté du tabouret à côté de moi.

— Je dois retourner à mes oignons, a-t-elle dit.

Devon, qui n'était pas du genre à balayer les choses sous le tapis, a croisé les bras sur sa poitrine, les mains sous ses aisselles.

— Viens t'asseoir avec nous, a-t-il dit à Jack.

— J'ai besoin d'une douche.

— Viens nous rejoindre d'abord. Quoi que son visage ait exprimé, cela a dû fonctionner, car Jack est entré dans la cuisine et a attrapé un verre sur l'étagère avant de se diriger vers le réfrigérateur pour le remplir. Je l'ai regardé à travers mes doigts, la tête baissée. Son t-shirt gris était humide et collait à toutes les muscles de ses épaules. Ma poitrine s'est serrée.

— Alors, qu'est-ce qui se passe ? a demandé Jack en contournant l'îlot central et en s'asseyant à côté de moi. Puis il a retiré une de mes mains de mon visage. J'ai immédiatement utilisé l'autre main pour couvrir mes yeux. J'ai senti le changement en lui dès qu'il a réalisé que j'avais pleuré. Instantanément, je me suis retrouvée arrachée du tabouret et sur ses genoux, pressée contre son corps en sueur. Keri Ann ?, a-t-il chuchoté dans mes cheveux. Mais qu'est-ce qu'il y a ?

— Je suis désolée, ai-je chuchoté, respirant la mer et le sel sur sa peau humide. J'ai essayé de ne pas pleurer devant eux. Je n'ai pas pu m'en empêcher.

— Je prends en partie la responsabilité de tout ça, a déclaré Devon. Il faut qu'on en parle. Je me suis demandé si ce n'était pas aller trop loin que de te demander de revenir et de faire passer ton père pour plus méchant qu'il n'était. Tu ne pouvais pas laisser passer ça. J'aurais dû te protéger davantage, leur dire d'utiliser ce qu'ils avaient.

J'ai senti Jack se figer en réalisant que j'avais dévoilé son secret à Devon et Monica.

— Je suis désolé, ai-je chuchoté.

Jack a laissé échapper un long soupir. Son cœur battait encore fort à cause de sa course.

J'ai serré les lèvres, attendant de voir s'il allait parler ou partir.

Il m'a regardée fixement pendant de longs moments, puis a semblé prendre une décision. Il a pris une inspiration.

— Tu as raison. C'est... C'est juste que ce film m'a vraiment chamboulé la tête, tu vois ? a-t-il dit à Devon. Et maintenant, nous sommes en postproduction et la dernière fois que j'y suis allé ... Il a fait une pause, en me regardant à nouveau, et je me suis sentie mal de le faire parler de ça si ouvertement. Mais ensuite, je me suis dit que je devais faire tout mon possible pour l'aider à traverser cette épreuve pour nous. Et pour notre enfant.

Il a inspiré. « Donc je suis là, dans la cabine du studio. Je dois me regarder jouer mon père, et c'était déjà assez difficile de le jouer la première fois, tu vois ? Il s'est éclairci la gorge. Et je ne veux pas encore ressentir tout ça. Je ne veux pas puiser dans ce qui est en moi. Je ne peux pas. Je ne peux vraiment, vraiment pas. »

Il y a eu un moment de silence.

— OK, c'est bon, a déclaré Devon. On arrête. D'ailleurs j'ai vu ce qu'ils avaient et c'est déjà incroyable. Ils n'ont pas besoin de tout refaire.

— J'ai vu certains des rushs, a dit Monica. C'est incroyable, Jack. Tu as fait un travail incroyable. Tu n'as pas besoin d'en faire plus.

J'ai serré la poitrine de Jack pour le réconforter, puis j'ai levé la tête.

— Je suis désolée que tu aies eu à traverser ça.

Jack s'est écarté et m'a regardée.

— T'avoir ici est ce qui rend tout cela supportable. Tu comprends ?

J'ai hoché la tête.

— En plus, c'était mon choix d'écrire là-dessus. C'est juste que je n'ai pas réfléchi à la façon de le filmer ou au fait que les gens apprennent la vérité.

— À propos de savoir, ai-je dit à Devon, soulagé que Jack ait enfin parlé et que Devon l'ait clairement soutenu. Qu'est-ce qui va se passer quand les gens sauront qui est Jack ? Qu'il est « Le Comte disparu » dans la vraie vie ?

Jack a remué sous mes fesses.

— Je n'ai toujours pas décidé si je devais dire que le film parle de moi et de mon père. Que je joue le rôle de mon propre père. Il a poussé un gros soupir.

Devon s'est pincé l'arête du nez. Je voyais bien que c'était une conversation que Jack et lui avaient déjà eue auparavant, d'après son langage corporel.

— Écoute, Jack, je te laisse faire, et tu sais que j'y tiens. Mais l'attachée de presse que le studio a engagée pour le film me pousse vraiment à le faire savoir. Il a soupiré. Le truc, c'est que j'ai confiance en elle, je sais qu'elle sait ce qu'elle fait, mais je pense aussi que si je disais non, elle ou quelqu'un d'autre du côté de la production le ferait quand même pour assurer la visibilité du film.

— Donc en gros, ça va se savoir quoi qu'il arrive ? ai-je demandé.

— Plus ou moins, a admis Jack et il a fermé les yeux pendant un moment. Et ça me perturbe. Comme si ça allait soudainement devenir réel. Même si je sais que c'est déjà réel. C'était mon père. Ça ne peut pas être plus réel que ça.

— Tout va bien se passer, tu sais, lui a assuré Monica. Les personnes dont nous devrions le plus nous inquiéter sont ta mère et Jeff, qui risquent le plus de dommages collatéraux, mais elle a été si à l'aise avec le fait que tu fasses ce film. Elle t'a même encouragé. Je pense que laisser le monde savoir que tu es « Le Comte disparu » ne fera qu'assurer le succès du film. Alors tout cela aura valu la peine. Sinon, toute cette douleur n'aurait servi à rien.

J'ai souri à Monica, reconnaissante pour sa contribution.

Jack a fait tourner mon visage et m'a embrassée brièvement.

— Je suis simplement inquiet pour toi, avec toute cette publicité, a-t-il dit.

— Jack, j'ai eu des années pour m'habituer aux caméras et à la presse. Si je ne suis pas d'accord avec ça maintenant, il n'y a plus d'espoir. J'ai rigolé. Sérieusement, ça ne peut pas être pire que lorsque toute cette histoire avec Audrey a explosé. Et je m'en suis sortie. Tu t'en es sorti. On s'en est tous sortis. Tout va bien se passer.

C'était sur le reste, comme le fait qu'il se croit capable de cruauté et de violence, que nous devions encore travailler. Mais avec un peu de chance, nous étions sur la bonne voie pour qu'il réalise qu'il ne l'était pas.

— OK, m'a dit Jack en m'aidant à descendre de ses genoux.

On peut aller en haut ? Je veux te parler. J'ai des choses à te dire.

— Allez-y, alors, a dit Monica. Le dîner sera prêt dans quarante minutes.

Jack a pris ma main et nous sommes montés à l'étage.

Dès que nous sommes entrés dans la chambre, il a fermé la porte.

Je me suis mordu la lèvre.

— Je suis vraiment désolée de leur avoir dit...

Il a pris mon visage entre ses mains, sa bouche s'est posée sur la mienne. Douce, mais exigeante.

Je me suis accrochée à ses poignets.

— Mon Dieu, Keri Ann, a-t-il dit entre deux baisers. Je suis tellement désolé de t'avoir fait pleurer. Il a parlé contre ma bouche, puis dans mon cou et dans mes cheveux en me serrant contre lui. Je suis désolé. Je suis en sueur et dégoûtant, mais je... il s'est arrêté en sifflant.

— Tu as besoin de moi tout de suite.

— Oui. Mon Dieu, oui. Il m'a embrassé à nouveau, sa langue a pénétré dans ma bouche. On a trébuché en arrière, mon dos heurtant la porte de la chambre. J'ai envie de toi. Il m'a soulevée et j'ai enroulé mes jambes autour de sa taille, m'accrochant à ses épaules. Je t'aime, a-t-il chuchoté. Tellement, putain.

Je savais que nous avions besoin de parler et nous le ferions, mais parfois, c'était la meilleure façon pour Jack de communiquer. Si c'était la façon dont il avait besoin de se connecter avec moi, alors pour le moment, comme la nuit dernière, nous le ferions à sa façon.

Son t-shirt était humide et frais sous mes mains, mais la chaleur de sa peau s'en échappait.

Il a pressé le bas de son corps entre mes jambes, me faisant me tortiller.

« J'ai tellement besoin de te faire l'amour. »

CHAPITRE ONZE

Ses gestes étaient frénétiques. Ses lèvres prenaient, et ses mains pétrissaient. Sous mes paumes, son corps tremblait.

Jack avait besoin de moi. Il avait besoin de me faire l'amour.

Il a fait les quelques pas jusqu'au lit et m'y a déposée. J'ai déboutonné mon jean, et il l'a fait descendre le long de mes jambes avant d'enlever son t-shirt pour révéler sa poitrine couverte de sueur. Je ne me lasserais jamais de le regarder.

Il s'est arrêté au bout du lit en me regardant fixement. Ses cheveux étaient mouillés de sueur.

— Enlève ton pull, a-t-il murmuré.

Si Jack aimait me déshabiller, il aimait encore plus que je me déshabille pour lui. Je me suis assise sur les genoux, en m'appuyant sur mes talons et j'ai passé le pull par-dessus ma tête. Suivi de mon t-shirt. Je me suis retrouvée en soutien-gorge et en culotte. J'ai tendu la main derrière moi.

— Attends ! Son short était tendu, et il a passé une main sur lui, les yeux sombres, sa langue mouillant ses lèvres. Mes entrailles se sont pincées d'excitation. « Juste les bonnets. »

J'étais étourdie et essoufflée. J'ai fait glisser les mains le long de mon ventre et j'ai abaissé un bonnet, puis l'autre, mes seins débordaient par-dessus.

« Bon sang, tu es magnifique. » Il a tendu une main, a fait courir un seul doigt sur la peau de ma poitrine et il a effleuré mon téton.

Ma respiration déjà courte est devenue laborieuse, et j'ai serré mes cuisses l'une contre l'autre alors que l'envie profonde que je ressentais toujours quand nous étions ensemble comme ça devenait presque insupportable.

J'ai attrapé sa main et l'ai ramenée contre ma poitrine, faisant courir sa paume sur la courbe de mon sein tendu et sensible.

— Jack, ai-je chuchoté.

Même si nous étions ensemble depuis des années maintenant, j'adorais que notre vie sexuelle ne reste jamais la même. Une des choses que j'avais apprise sur Jack, c'est que sa façon de faire l'amour était liée à toutes ses humeurs et émotions changeantes, et qu'il n'y avait jamais deux expériences identiques. Semblables parfois, oui, mais jamais routinières. Il était exigeant et généreux dans la même mesure. Et j'avais appris à l'être aussi.

— Laisse-moi te regarder un moment. Il m'a lâchée.

J'ai acquiescé. Une charge électrique a crépité entre nous, me rendant presque insupportable le fait que nous ne nous touchions pas.

« Je ne me lasserai jamais de te regarder. Jamais. »

— Je connais ce sentiment, ai-je dit, laissant mes yeux courir le long de son corps.

Mais je ne me lasserai jamais de ton âme non plus, Jack. Tu es si beau pour moi. Tu es si... bon.

Son regard s'est assombri. Il savait ce que je faisais, c'est-à-dire apaiser ses craintes.

C'était un pari de continuer à les évoquer, mais je voyais dans son regard combien il voulait désespérément me croire.

J'ai hoché la tête. « C'est vrai. »

Il a fermé les yeux, et je l'ai attiré sur moi.

— Mais le besoin que j'ai de toi est parfois si fort, a-t-il gémi dans mon cou, le bas de son corps pressé contre moi. J'ai tellement envie de toi en ce moment.

— Tu peux être vilain, parfois. Méchamment bon, mais jamais mauvais.

J'ai haleté quand sa bouche a sucé ma clavicule et remonté le long de mon cou jusqu'à mon oreille. Ses cheveux étaient frais et humides, sa peau était musquée par la sueur. Je crois que j'étais devenue fétichiste de Jack comme ça. En sueur, salé, tendu par l'effort, cherchant désespérément à se soulager, à se perdre en moi.

Ses lèvres ont rencontré les miennes, ouvertes.

— J'ai besoin de toi. Tu es mon calme, tu es le bien de mon mal, a-t-il râlé contre mes lèvres.

— Tu n'es pas mauvais, ai-je soutenu dans un gémissement.

— Chuut. Je ne crois pas que je puisse encore attendre plus longtemps d'être en toi.

Je me suis pressée contre lui, j'ai glissé mes mains le long de son dos musclé et j'ai baissé son short.

— Alors, ne le fais pas.

En quelques instants, nous étions nus et il m'a pénétrée rapidement.

J'ai haleté, excitée au-delà de la cohérence.

Ses yeux brillaient quand il me regardait. Sa langue a glissé dans ma bouche. Il a passé un bras autour de mon dos arqué et, sans autre avertissement, m'a soulevée pour que je sois assise à califourchon sur lui.

— Aahh. J'ai crié, essoufflée. Je n'avais aucun moyen de pression. Je me suis accrochée à ses cheveux noirs ébouriffés tandis qu'il me tenait, remuant les hanches délibérément, avec une sauvagerie déterminée, à son propre rythme.

Nos langues ont dansé ensemble.

Mon pubis frottait contre le sien à chaque poussée et sous cet angle, je me suis rapidement retrouvée au bord du précipice. Mon corps a tremblé et s'est tendu, j'ai arraché ma bouche de la sienne, prenant une bouffée d'air précieuse avant d'enfouir mon visage contre la peau chaude de son cou. En criant sans mot dire contre les muscles de son cou, mon corps a été pris de spasmes et s'est arqué contre le sien.

— Merde, Keri Ann. Jack a gémi entre deux respirations laborieuses, puis il a appuyé si fort sur mon clitoris pendant qu'il jouissait que j'ai senti qu'un autre orgasme arrivait, encore plus puissant.

J'ai été totalement prise au dépourvu.

— Oh mon Dieu, ai-je crié et je me suis serré contre lui, alors que je frissonnais dans une autre vague de plaisir.

Jack m'a serrée dans ses bras, nous étions tous les deux à bout de souffle. Ses mains ont couru dans mon dos et dans mes cheveux tandis qu'il inclinait ma tête en arrière pour que je le regarde sous mes paupières lourdes.

— Je suis toute molle, ai-je chuchoté. Épuisée. Comment as-tu fait ça ?

Il a gloussé, puis a reposé son front contre le mien.

— Aucune idée. C'est cette alchimie entre nous. Il a embrassé mon nez, puis mes deux paupières. Je t'aime. Et je suis désolé de t'avoir fait pleurer.

— Je t'aime aussi, ai-je marmonné. Tout va bien ?

— Mieux maintenant. Il a soupiré et m'a serrée à nouveau contre lui, nos respirations étant toujours laborieuses. Allons nous laver. Je vais te faire couler un bain.

* * *

NOUS NOUS SOMMES ALLONGÉS dans la grande baignoire qui se trouvait au milieu de la salle de bain des invités. J'avais toujours aimé cette pièce. Je me suis blottie de dos entre les cuisses de Jack. Il avait pris une douche, puis me voyant dans la baignoire en train de me relaxer, il avait décidé d'y entrer et de me rejoindre.

— On n'a pas beaucoup de temps avant que le dîner soit prêt, ai-je dit en le sentant se détendre derrière moi. Même si j'aimerais rester comme ça pour toujours, jusqu'à ce qu'on soit tout fripés.

— Je sais. Il a pris de l'eau dans sa main et l'a versée sur ma poitrine, réchauffant ma peau. Je suis désolé d'avoir flippé hier soir, a-t-il dit dans mes cheveux. Et de toutes les choses que j'ai dites avant ça, sur mon père. Tout ça a pris tellement d'ampleur dans mon esprit. J'aurais dû t'en parler plus tôt. Peut-être que ça ne serait pas devenu si envahissant.

J'ai tendu le bras pour caresser son cou et sa mâchoire.

— J'aurais aimé que tu le fasses. Et je suis contente que tu en aies enfin parlé, même si j'ai failli avoir une crise cardiaque.

— Pourquoi une crise cardiaque ?

Je me suis redressée et je l'ai regardé par-dessus mon épaule.

Il a pris un peu plus d'eau et l'a fait couler sur ma colonne vertébrale.

97

— J'ai cru que tu allais rompre avec moi, ai-je dit d'une petite voix.

— Oh non, merde !

Jack s'est assis brusquement, faisant déborder l'eau de la baignoire. Ses bras se sont enroulés autour de moi.

Je me suis agrippée à ses solides avant-bras.

— Je te sentais si distant, ai-je tenté d'expliquer. Une part de moi s'attendait à ce que tu rompes avec moi.

Les yeux de Jack se sont plissés comme s'il ne pouvait pas croire ce que je disais. Ou qu'il ne voulait pas l'entendre.

« Je savais que tu allais dire que tu ne voulais pas m'épouser, ai-je poursuivi timidement. Même avant que tu ne le dises. Je pensais que c'était pour ça que tu étais devenu si distant. Et quand tu l'as dit, j'ai pensé que tu remettais notre couple en question. »

— Oh, mon Dieu. Jack a fait une grimace en disant ça. Je n'en avais aucune idée. Je suis tellement désolé. Je ne peux pas imaginer ne pas être avec toi. J'ai besoin de toi. Je ne peux pas... je sais que ça semble pathétique, mais je ne peux pas vivre sans toi.

— Je n'aurais pas dû tirer de conclusions hâtives. Je manque de confiance en moi, je suppose. Tu me l'as dit un million de fois.

— Mais je crois que récemment... j'ai... bon sang, je crois que j'ai eu peur. J'ai laissé mon esprit m'emmener Dieu sait où.

— Vers un endroit sombre.

Il a respiré par le nez.

— Ouais. Un endroit vraiment sombre.

— Quand je t'ai rencontré, tu étais déjà dans un endroit sombre. Différent. Mais pareil. Parfois, j'ai l'impression qu'au fond de toi, tu ne te sens pas digne d'être aimé. J'ai caressé sa joue. Et je n'ai jamais rencontré quelqu'un d'aussi digne d'être aimé que toi.

J'ai plongé le regard dans ses yeux verts profonds. Je voulais qu'il me croie.

— Et parfois, a-t-il dit en écho à ma déclaration, je n'arrive pas à croire à la chance que j'ai de te connaître.

Mon estomac a choisi ce moment pour laisser échapper un long grondement, interrompant notre séance d'admiration mutuelle.

— Excuse-moi, ai-je gémi, gênée. J'ai tellement faim.

— Je suppose que ton estomac en a marre d'entendre toutes ces conneries à l'eau de rose. Jack a rigolé. Allez, viens. Allons manger. Ensuite, il faut que tu vérifies si Cooper arrive bientôt pour que je puisse organiser ton foutu anniversaire. Je veux dire, avant le jour J.

— Ce ne serait pas la fin du monde d'avoir une fête d'anniversaire le jour de mon anniversaire. J'ai roulé des yeux avec un sourire en m'essuyant, puis j'ai pris soin d'éponger l'eau qui avait coulé sur le sol.

— Mais ce ne serait plus une surprise, alors, s'est moqué Jack.

Je me suis redressée et je l'ai regardé fixement.

« OK, a-t-il dit en secouant la tête. »

Roulant des yeux, j'ai gloussé et je suis sortie de la salle de bains. Je me sentais en pleine forme. Jack et moi avions au moins fait des progrès. Il n'avait peut-être pas complètement exorcisé son père, mais je pensais qu'il commençait peut-être à croire à nouveau en lui. J'ai regardé mon téléphone et j'ai vu que j'avais quelques textos.

. . .

JAZZ : *Je ne peux pas t'expliquer maintenant, mais ça devient vraiment la merde par ici. Je vais avoir besoin de toi demain pour faire diversion ou pour carrément limiter les dégâts. Oh la vache, cette pauvre fille !*

J'ai grimacé. Je suppose qu'elle voulait parler de Nicole. Quand j'étais partie dans l'après-midi, la mère était sur le point d'annuler le mariage de sa propre fille. Si j'avais été Nicole, je me serais déjà enfuie. Mais je n'avais pas encore vu l'ombre de son fiancé, David. Donc, qui savait quel genre de gars c'était…

JAZZ : *Oh, et Cooper arrive demain. Enfin.*

CHAPITRE DOUZE

Jack était déjà parti quand je me suis réveillée le lendemain matin dans la chambre d'amis de la maison de Devon. Le soleil levant perçait les stores alors que je cherchais à tâtons mon téléphone pour regarder l'heure. J'avais fait la grasse matinée au-delà de 9 heures.

J'avais un texto de Jack.

Jack : *Bonjour, ma belle. Désolé d'être parti quand tu te réveilles. J'ai dû aller à Savannah. Tu me manques déjà. xxx*

J'AI SOURI et posé le téléphone sur ma poitrine. Mon esprit est allé vers mon ventre, et j'ai glissé ma paume vers le bas pour la poser sur mon abdomen. Être enceinte semblait irréel. Se sentir malade pendant quelques jours n'était pas synonyme de grossesse. Mes seins pouvaient être sensibles juste parce que mes règles allaient arriver.

Si je faisais le test de grossesse maintenant, j'en serais sûre.

Je n'avais pas bu une goutte d'alcool ou de caféine depuis

mes soupçons. Mais si ma fête d'anniversaire arrivait, et que je ne buvais pas, il n'y aurait aucun moyen de cacher à Jack que je pensais être enceinte sans faire des efforts extraordinaires.

Jack et moi semblions être sur la bonne voie pour surmonter ses problèmes. Il avait l'air plus léger depuis que nous avions parlé avec Devon et plus proche de moi pendant nos ébats, d'une manière que nous n'avions pas ressentie depuis longtemps.

La sensation de faim dans mon estomac s'est instantanément transformée en une remontée d'acide nauséabonde. J'ai sursauté, j'ai écarté la couette et je me suis précipitée dans la salle de bains.

Cinq minutes plus tard, j'étais assise par terre, adossée au mur carrelé, les jambes étendues devant moi. Faire pipi sur un bâton n'allait pas me dire quelque chose que je ne savais pas déjà.

Je me suis levée et je me suis traînée vers le lavabo que j'utilisais. Il y en avait un de l'autre côté de l'entrée de la salle de bain pour Jack. Là, sur le granit, se trouvait un coquillage décoloré, presque en dentelle. Un mot plié était à côté. Je l'ai ouvert et j'ai vu les l'écriture de Jack.

TU TE SOUVIENS que tu disais qu'il était impossible de trouver des coquilles intactes à Butler Cove ? J'ai trouvé ça en courant. Et comme je savais que tu verrais son intégrité, et non sa forme actuelle, je l'ai ramassé pour toi. Je ne peux pas m'empêcher de penser que c'est un signe. Je sais que je ne suis pas parfait, mais je sais aussi que je suis résistant. C'est en partie grâce à toi. La façon dont tu vois toujours le bien en moi, même quand je ne le vois pas. Je n'avais jamais pensé pouvoir être aimé de la façon dont tu m'aimes.

Ce coquillage a l'air fatigué et on dirait qu'il a des histoires à raconter, mais il est quand même arrivé en un seul morceau sur notre plage pour pouvoir vivre ses jours sous ta protection (à moins que tu ne sois sur le point de le jeter à la poubelle - il sent un peu - auquel cas ignore mon analogie bancale avec un coquillage). Et j'aimerais moi aussi finir mes jours sous ta protection.

Je t'aime.

Jack

J'AI SOURI, les mots s'estompant sous un voile de larmes. Après m'être brossé les dents et avoir pris une douche rapide pour pouvoir manger au plus vite, je lui ai répondu :

J'aime le coquillage. Tu as raison. La seule chose que je voie, c'est sa beauté.

En fouillant dans mon sac, j'ai trouvé le dernier paquet de biscuits écrasé que Jazz m'avait donné la veille. Je ne pensais pas qu'il était possible d'attendre d'être en bas pour manger, tant j'avais faim. Et la faim, j'avais compris, était synonyme d'acidité gastrique, donc de nausées instantanées. C'était parti pour des biscuits salés en poudre. Je serais bientôt de la taille d'un éléphant si je continuais à manger à chaque fois que mon ventre se tordait. J'ai ouvert le plastique et je l'ai versé dans ma bouche, en essayant d'en faire quelque chose qui ne ressemble pas à de la colle. Mon téléphone a sonné alors que j'avalais la dernière bouchée.

JACK : *Enfin, tu viens juste de te réveiller ?*
Moi : *Oui. Quelqu'un m'a épuisé la nuit dernière.*
Jack : *émoji *clins d'œil**

Moi : *Et oui, j'aimerais bien m'occuper du coquillage pour le reste de ses jours.*

Jack : *Juste le coquillage ?*

Moi : *Bon, OK, toi aussi.*

J'AI BU un peu d'eau pour faire passer les biscuits, puis j'ai attrapé mon téléphone quand une pensée m'est venue.

MOI : *J'espère que ce n'est pas une proposition. Par texto !*

Jack : *émoji de bague*. (Effacé rapidement.)

Moi : *Jack !*

Jack : Je plaisante. Bien sûr que non. Tu me connais mieux que ça. Je m'assure juste, puisque j'ai été un peu un *émoji caca* récemment (et tu dois prendre en compte mes traits de personnalité potentiels), que lorsque je te le demanderai, tu diras oui. J'ai décidé d'être un connard d'égoïste.

Lorsque.

Il avait écrit *Lorsque*.

Lorsque, pas si.

J'ai regardé mes yeux brillants dans le miroir. Je rayonnais, peut-être. OK, peut-être que c'était juste à l'intérieur. J'ai détourné le regard de mon teint pâle et de mes traits tirés qui me faisaient face.

MOI : *Je connais tous les traits de ta personnalité. Chacun d'entre eux. Et je les aime. Tous (même les plus vilains).*

. . .

JE N'AI PAS PU m'empêcher d'ajouter la dernière partie. C'était difficile de ne pas juste taper « Oui, oui, oui » dans la barre de réponse.

JACK : *Ce n'est pas une réponse.*

J'AI PINCÉ LES LÈVRES, essayant de contenir ma joie et de ne pas la laisser éclater en un cri.

MOI : *Si tu me le demandes, je te répondrai.*

MON TÉLÉPHONE A SONNÉ dans ma main, me faisant sursauter.

J'ai répondu.

— *Quand* je te le demanderai, pas *si*. La voix de Jack a grondé dans mon oreille, pleine de tension sexuelle.

Donc, son choix de mots, et le mien ne lui avaient pas échappé. Mon cœur a fait une danse de la joie et je me suis permis une longue expiration, d'où un petit couinement s'est échappé.

« Est-ce que tu viens de couiner ? »

— Non, bien sûr que non, ai-je répondu avec une indignation maîtrisée tout en souriant si largement qu'il était difficile de former des mots corrects.

— Si.

— Bon, OK. Je me retenais d'éternuer, ai-je plaisanté. Au fait, Jack…

Je me suis mordu les lèvres en cherchant le meilleur moyen

de lui faire comprendre que je ne voulais pas lui mettre la pression.

— Oui, Keri Ann… ?

— Seulement quand tu seras prêt, d'accord ?

— Je suis prêt, mon amour. Je suis prêt depuis que tu as atterri à mes pieds dans ce pyjama « Charlotte aux fraises ». J'ai juste… été effrayé pendant un moment. Mais jamais à propos de toi.

J'ai gloussé et mon cœur s'est accéléré en même temps. C'était le lendemain du jour où je l'avais rencontré pour la toute première fois. La vérité transparaissait sous paroles, et je me sentais à la fois émue et exaltée par cette déclaration romantique. Je ne me sentais pas capable de répondre de la sorte. Cela ne pourrait que paraître pâle en comparaison.

— Ce n'était pas *Charlotte aux fraises*. C'était un pyjama *Hello Kitty*.

J'avais décidé d'être insolente.

— Oui, bon, il était tout petit, je pouvais voir les tétons et tu sentais la fraise. Tu as atterri en dessous de moi sur le dos. Il aurait pu y avoir le Capitaine Kangourou[1] dessus, ç'aurait été pareil. Il a gloussé, et j'ai fermé les yeux en me délectant du timbre de sa voix.

— *Squeak,* ai-je dit à voix basse en l'imaginant sourire.

Je n'avais pas envie de raccrocher.

— Bonjour mon amour, a-t-il murmuré, comme s'il se rappelait tardivement que nous ne nous étions pas encore salués.

— Bonjour mon chéri. J'ai adopté le même ton intime que lui.

Il a inspiré.

— J'aimerais être avec toi en ce moment.

Le son d'un haut-parleur a aboyé derrière lui.

— Où es-tu ?

— Je suis allé chercher un de tes cadeaux d'anniversaire.

— Dans un magasin ?

— Je porte une casquette et des lunettes de soleil, pas de soucis pour l'instant.

— Jack. N'en fais pas trop, d'accord ? C'est juste un anniversaire parmi d'autres.

Il me gâtait toujours avec des objets luxueux que je ne m'achèterais jamais.

— Ce n'est rien de cher.

Ça excluait probablement une bague de fiançailles pour mon anniversaire. Je trouvais ça légèrement décevant pour une raison quelconque, même si je n'avais jamais été une fan des célébrations conventionnelles.

— Je te fais confiance.

— Bien. Donc je pensais que je ne t'avais pas sortie depuis un moment. Ça va être la folie avec tes amis qui reviennent ici, ton anniversaire et puis Thanksgiving. Et si je passais te prendre juste avant 17 heures ?

— 17h ? Tu m'invites au thé dansant du Grill ?

— Ouais, c'est ça fais ta maligne. Je veux voir le coucher du soleil. Et c'est ton moment préféré de la journée.

— C'est vrai.

— Bon. Mets une robe.

— Pardon ?

— Désolé. S'il te plaît, ma chérie, porte une robe parce que j'aime fantasmer sur la possibilité que tu me laisses glisser ma main sous ta jupe si je joue les bonnes cartes.

— Espèce de vieux dépravé, ai-je gloussé.

— Et j'aime encore plus quand tu utilises des mots savants.

J'ai soufflé.

— Eh bien, tu es pardonné alors. Et oui, je porterai une robe pour toi.

On s'est dit au revoir, et j'ai appuyé sur le bouton de fin d'appel de mon téléphone avec un sourire ridicule sur le visage. Maintenant, il fallait trouver une robe. Je me suis dirigée vers la penderie. Monica avait l'habitude d'accrocher des trucs qu'elle me donnait là-dedans. C'était comme avoir mon propre magasin pour faire du shopping. Sauf que je ne payais rien, ce qui me rendait souvent folle quand je voyais les étiquettes de prix. Mais Monica n'acceptait pas le paiement, prétendant qu'elle ne pourrait jamais retourner les articles de toute façon.

La seule robe était une robe en soie grise aux chevilles avec des bretelles spaghetti qui semblait mouler tous les bons endroits. Je ne pourrais probablement pas porter de soutien-gorge. C'était sexy et élégant, peut-être trop élégant pour Butler Cove, mais j'ai décidé que si Jack voulait que je porte une robe, j'allais l'étourdir.

Je suis descendue manger, puis je suis allée voir Jazz. J'avais une liste de choses à faire qui incluait une visite chez le fleuriste pour les roses blanches et la recherche de rubans. Maintenant, j'y ajoutais une réservation au spa pour quelques soins, une manucure-pédicure et un brushing pour mes boucles sauvages.

* * *

JAZZ EST VENUE à mon secours et m'a proposé de me déposer et de venir me chercher au lieu que je rentre en vélo après être allée chez le coiffeur. J'ai rencontré David, le fiancé de Nicole, qui n'était pas du tout comme je l'imaginais. J'imaginais quelqu'un de plus grand, plus gentil, plus drôle, peut-être ? En plus, il avait l'air de mieux s'entendre avec la mère de Nicole qu'avec sa future épouse.

Je comprenais que Jazz ait besoin d'une pause. Elle leur avait laissé un après-midi de libre pour lire, se détendre et écouter la musique des trois groupes locaux qu'elle avait provisoirement réservés pour le mariage.

— Un rendez-vous ? ! Tu sais où il t'emmène ? a-t-elle demandé.

La façon dont elle avait tout laissé tomber pour m'accompagner, alors que je savais qu'elle était occupée, m'a soudain paru suspecte.

— Aucune idée. J'ai ri et j'ai secoué la tête. J'avais l'intuition très nette que ce soir allait être ma fête d'anniversaire surprise. Surtout que mon anniversaire était le lendemain.

— Ne leur demande pas de faire quelque chose de trop parfait avec tes cheveux, au cas où il y aurait du vent là où tu vas.

J'ai jeté un coup d'œil à Jazz, me demandant si je devais me méfier ou pas du fait que ma fête d'anniversaire ait lieu le soir même.

— Qu'est-ce que tu sais ?

— Rien, m'a-t-elle assuré, les yeux écarquillés. Mais il a mentionné qu'il fallait d'abord regarder le coucher de soleil, non ? Donc ça veut dire que tu seras probablement dehors, quelque part dans la campagne.

J'ai décidé de faire semblant de ne rien soupçonner. Si elle faisait autant d'efforts pour organiser une fête d'anniversaire surprise, alors le moins que je puisse faire était de faire semblant d'être surprise.

— Tu as raison.

Je lui ai parlé de la robe, lui demandant si c'était trop.

— Pas du tout. Je pense que c'est parfait. Tu ne te mets jamais sur ton 31 à moins que ce soit pour une soirée people avec Jack, fais-le pour toi. De plus, tu ne pourras bientôt plus porter de robes comme ça. Tu dois profiter de ton corps de déesse.

— Grrr. Merci pour le rappel, super copine.

— Pas de problème, a-t-elle dit d'un ton chantant. Je vais être tata !

— Stop.

— Alors tu vas lui dire ? D'habitude, tu ne bois pas de vin quand vous sortez ?

J'ai froncé les sourcils.

— Je n'ai pas pensé à ça. Je peux prétendre avoir mal à la tête et ne pas vouloir l'aggraver ?

— Ou juste commander un verre et faire semblant de le siroter.

— Je ne suis vraiment pas encore prête à lui dire. Nous sommes si près du moment où il redeviendra lui-même. Je n'ai vraiment pas envie de lui parler de la grossesse pour tout gâcher.

J'ai raconté à Jazz la conversation que j'avais eue avec Jack ce matin-là, et le fait que Devon lui avait dit qu'il n'aurait plus à travailler sur le film.

— Peut-être que tout ce dont il avait besoin, c'était d'en parler.

J'ai baissé la vitre pour profiter de la brise des marais salants alors que nous roulions sur Broad Creek.

— J'imagine. Je veux dire que je sais ce que c'est que de garder quelque chose pour soi jusqu'à ce que ça devienne un truc énorme.

— Ha. On est deux ! C'est de là que vient l'expression : un problème confié est un problème réduit de moitié.

— J'espère que c'est plus que la moitié. Quoi qu'il en soit, je pense qu'il considère les sentiments qu'il éprouvait de façon plus objective maintenant, de toute façon.

— Tu as déjà fait pipi sur le bâton ? Jazz a quitté la route des yeux pendant une seconde pour me regarder.

— Non.

— Alors tu n'es peut-être pas enceinte.

J'ai posé ma paume sur mon bas-ventre.

— Je le suis certainement. Mais être enceinte semble être quelque chose d'abstrait. Je ne me sens pas du tout concernée.

— Parce que c'est encore de la taille d'une rognure d'ongle. Fais juste pipi sur le bâton. Moi, je veux être sûre.

— Mais ensuite je serai obligée de lui dire.

— Tu devras lui dire à un moment ou un autre. Dis-lui demain, pour ton anniversaire.

J'ai croisé les bras.

— Je me sens déjà comme une merde parce qu'il n'est pas le premier à savoir. Écoute, chaque chose en son temps. Je comprends Jack. J'ai besoin de lui donner un peu de temps pour surmonter l'obstacle mental que représente son père. Et tu peux dire que je suis vieux jeu, mais j'aimerais que sa demande soit faite avant le bébé, même si c'est destiné à être un mariage forcé de toute façon.

— Je me suis toujours posé la question. Jazz a mis son clignotant alors qu'on approchait du centre commercial où se trouvait le salon de coiffure. On dit un mariage forcé parce que ça arrive vite ou parce que quelqu'un pointe un flingue sur la tempe du mec qui a mis sa fille enceinte ?

J'ai pensé à Joey.

— Ou sa sœur. Et dans mon cas, je suppose que c'est une bonne chose que Joey n'ait jamais été à fond dans les armes à feu.

— Une très bonne chose. Jazz a écarquillé les yeux. S'il avait su que Jack hésitait à se marier, il aurait pété les plombs.

— Heureusement, on semble avoir évité cette crise. J'ai ouvert la portière. Mais je ne sais toujours pas quand ça va arriver.

— J'espère que ce sera avant que ça se voie, a-t-elle dit en montrant mon ventre.

J'ai souri avec regret.

— Avec un peu de chance…

Jazz a baissé sa vitre et s'est penchée.

— Ça arrivera, a-t-elle dit avec conviction. Jack t'adore. Il veut te mettre la bague au doigt depuis toujours. Elle a remué ses doigts pour me faire un léger signe de la main et a démarré.

Je l'ai saluée en retour, puis je suis allée au salon pour me faire belle pour ma soirée d'anniversaire.

CHAPITRE TREIZE

Lorsque je suis rentrée à la maison avec à peine un peu d'avance, il n'y avait personne.

La salle de bain avait gardé la vapeur d'une douche récente et l'odeur de pin de Jack. De toute évidence, il s'était préparé avant moi, mais là, il était introuvable.

Je me suis maquillée soigneusement, reconnaissante d'avoir pris une douche le matin pour ne pas abîmer mes cheveux. Ils avaient réussi à dompter mes boucles, que j'attachais normalement en un chignon désordonné, en de douces vagues plus distinguées que j'étais heureuse de pouvoir laisser tomber sur mes épaules. Cela ne m'a pas empêchée d'ajouter un chouchou à mon poignet, au cas où.

J'ai enfilé la robe, en l'associant à une paire de boucles d'oreilles pendantes en verre ancien, et je me suis regardée dans le miroir de l'armoire pendant une longue minute. J'avais l'impression d'en faire trop, mais je ne pouvais pas nier que la robe était à couper le souffle. Elle était faite pour moi. J'ai plissé les yeux en regardant ma poitrine et j'ai décidé de prendre un cardigan. Je serais sûrement gelée sans, et cela provoquerait un spectacle qui n'était destiné à personne d'autre qu'à Jack. J'ai pris le cardigan en cachemire crème qu'il m'avait offert pour Noël quelques années avant et j'ai mis un peu de brillant à lèvres.

Je suis descendue en me demandant où il était, au moment où mon téléphone a sonné.

JACK : *Tu es prête ?*

Moi : *Oui, où es-tu ?*

Jack : *Tu peux me retrouver au bord de la piscine ?*

Moi : *C'est comme ça que tu viens « me chercher » ?*

Jack : *Je viens te chercher au bord de la piscine parce que la lumière y est magnifique et je veux te regarder descendre les escaliers jusqu'à moi.*

J'ai expiré, toute contente et impatiente et j'ai glissé mon téléphone et mon gloss dans ma petite pochette de soirée.

* * *

UNE FOIS DEHORS, j'ai resserré le cardigan autour de moi dans la brise fraîche qui soufflait de l'océan. La plage, au-delà des dunes que je pouvais voir de ma position élevée, était dorée par le soleil qui se couchait derrière moi.

Jack m'attendait sur le patio de la piscine. Il portait un jean bleu foncé, soigneusement délavé et usé aux bons endroits, et une veste sombre qui mettait parfaitement en valeur ses yeux verts.

Il a levé les yeux lorsque j'ai descendu les marches et a affiché un énorme sourire.

— Waouh ! Tu es éblouissante.

— Pareil. Je me suis arrêtée à mi-chemin, en soupirant de bonheur. J'ai mis une main sur ma poitrine. Je vais défaillir. Donne-moi un moment.

Il a ri et a tendu la main.

— Viens ici, toi.

Je l'ai laissé m'attirer dans ses bras. Il a déposé un baiser sur mon nez. « J'espère que tu ne t'attendais pas à ce que ce gloss reste jusqu'à ce qu'on sorte. »

— Je n'attendais rien de moins que tu me l'enlèves avec un baiser.

Il ne m'a pas lâchée tout de suite, il m'a juste serrée contre lui, en posant le menton sur ma tête et en me caressant le dos de bas en haut.

— Tu te souviens du premier jour où tu es venue ici et où tu as nagé avec moi ?

Je me suis reculée pour pouvoir voir son visage.

Bien sûr que je m'en souvenais. C'était le premier jour où nous nous étions embrassés. Le jour où il s'était confié à moi sur son enfance. Le jour où j'avais flippé et où je m'étais enfuie avant qu'il ne vienne frapper à ma porte quelques heures plus tard.

—Je m'en souviendrai toujours.

— Je pense souvent à ce jour-là. À quel point je mourrais d'envie de t'embrasser, et comment, même si je savais que ce serait irréversible et que ça changerait tout, je voulais le faire quand même. Rien d'autre ne semblait avoir d'importance. J'ai continué à penser, je vais juste apprendre à la connaître davantage et cette fascination prendra fin. Elle sera juste une fille, et je serai juste un gars. Mais à chaque nouvelle chose que j'apprenais sur toi... Bon sang, même la façon dont tu me regardais avec un sourcil levé comme si tu me défiais sans même dire un mot... Jack a gloussé et a secoué la tête. Je ne savais pas que les gens pouvaient tomber amoureux aussi fort. Je ne savais pas que je le pouvais jusqu'à ce que je me retrouve à ta porte, prêt à dire ou faire n'importe quoi pour être avec toi.

Souriant malgré la douleur logée dans ma gorge, j'ai posé une main sur sa joue fraîchement rasée, sa peau lisse et fraîche sous le bout de mes doigts.

— Je me souviens de ce sentiment. Parfois, je te regarde, comme maintenant, et j'ai l'impression de vivre dans un rêve.

— Moi aussi.

— Tu te regardes et tu as l'impression de rêver ? J'ai levé un sourcil.

— Bourrique, a-t-il grogné en m'attirant contre lui. Tu sais bien ce que je veux dire. Allons nous promener sur la plage.

— On a le temps, je croyais que tu voulais regarder le coucher de soleil ?

— Profitons du coucher de soleil drapé dans ses couleurs, au lieu de le chasser de l'autre côté de l'île.

— Mais quel poète ! Je viens de passer un après-midi à dompter mes cheveux et à me faire belle. J'ai poussé un soupir dramatique. Mais pour toi, je veux bien être toute pleine de sable et balayée par le vent.

Jack m'a pris la main, et nous nous sommes dirigés vers le chemin en bois sur les dunes.

La plage et l'océan sont apparus à nouveau, et j'ai soupiré, respirant l'air marin. J'espérais que je ne me lasserais jamais de cette vue. J'ai plissé les yeux sur l'horizon, voyant un bateau de pêche à la crevette au loin. Légèrement sur la droite, je pouvais voir une langue de terre lointaine et le phare de Tybee Island en Georgie. Nous étions sur la toute dernière partie de la Caroline du Sud.

— Ça te manque de vivre ici à Butler Cove ? a demandé Jack.

J'ai haussé les épaules.

— Parfois. Mais tu sais que j'aime l'isolement et la tranquillité de Daufuskie. On a l'impression d'être dans une autre époque quand on est là-bas.

— L'isolement, c'est bien. Mais j'ai peur que tu te sentes seule quand je suis en déplacement.

— C'est un court trajet en bateau jusqu'ici.

— Tu me le dirais si tu n'étais pas heureuse, hein ?

Je me suis arrêtée pour lui faire face.

— Je ne suis pas malheureuse. Je t'aime. Mais ce dernier mois a été bizarre.

— Merci de m'avoir aidé à le surmonter.

— C'est fini ?

Il a glissé une mèche de cheveux derrière mon oreille.

— Je ne cesserai jamais de t'aimer. De nous aimer. D'essayer de construire un avenir pour nous. Tu en feras toujours partie. Si tu le veux.

— Je le veux, ai-je dit, consciente qu'il n'avait pas vraiment répondu à ma question.

Jack a souri et m'a serré la main.

— Viens.

Nous avons tous les deux enlevé nos chaussures, et il a remonté le bas de son jean.

Nous avons quitté les planches pour nous diriger vers le bord de l'eau, et j'ai relevé ma robe.

— Alors, où as-tu trouvé ce coquillage ?

— J'ai couru jusqu'au bout de l'île, jusqu'au Sound, là où on peut voir Daufuskie, là où la plage devient juste une bande étroite.

J'ai hoché la tête, sachant exactement de quel endroit il parlait. C'est là que j'avais le mieux exploré les plages.

— Les courants doivent être fous là-bas parce que les dauphins y pêchent tout le temps. C'est pour ça que je trouve parfois des trésors de l'océan qui sont arrivés là au lieu de s'enfoncer dans le sable.

— C'est là que j'avais trouvé ce morceau de verre rouge, il y a des années.

Je me suis souvenue du verre poli rouge qu'il m'avait donné et j'ai serré sa main.

— Il n'y a presque jamais de verre poli sur cette île, ma grand-mère devait aller partout ailleurs pour sa collection. Je n'arrive toujours pas à croire que tu l'aies trouvé là, et de cette couleur si rare en plus.

— C'est le destin. Il a baissé les yeux vers moi, son regard était intense.

— Alors. J'ai décidé de le sonder à nouveau. Comment te sens-tu, maintenant ?

Il s'est arrêté et a touché mes cheveux qui balayaient mon visage.

— Je sais que je me suis déjà excusé, mais je suis vraiment désolé de t'avoir fait douter de mes sentiments pour toi. Tu es la personne la plus importante pour moi. J'ai laissé mes peurs et mes doutes assombrir notre relation.

— Moi aussi, Jack. Mes doutes et mon manque de confiance en moi m'ont amenée à penser au pire, alors que tu ne faisais que te battre tout seul et demander de l'aide.

— Mais je n'étais pas tout seul. Tu n'as pas douté de moi une seule seconde. Tu étais forte quand je n'y arrivais pas. Et ce que tu as dit l'autre soir, de ne pas laisser mon père gagner après tout ce temps, c'était comme un coup sur la tête.

J'ai grimacé, et je lui ai tendu ma main libre.

— Désolée.

— Non, c'était ce dont j'avais besoin. Si j'ai écrit cette histoire, c'était pour regarder enfin le monstre en face, pour savoir à quoi j'avais affaire. Il a toujours été tapi dans l'obscurité. Jack a tourné la tête et le soleil bas a illuminé ses yeux. Je pensais que si je pouvais tout voir, chaque facette, chaque vilain souvenir mis à jour, il cesserait d'avoir du pouvoir sur moi. Le processus a fait remonter encore plus de choses que j'avais dû enfouir. Après l'avoir écrit, je me suis senti renaître. Débarrassé de toute cette laideur. Mais ensuite, on a commencé le tournage, les montages, les *retakes*, et... comme dans tout bon film, le méchant revient toujours pour un dernier coup quand on le croit mort.

— Il est mort maintenant ? ai-je demandé timidement. Tu l'as tué finalement ?

Jack s'est retourné vers moi, la main dans mes cheveux glissant vers mon visage pour pouvoir passer son pouce sur ma mâchoire.

— C'est toi qui l'as tué, Keri Ann. Ta foi inébranlable en moi et en nous. Tu l'as tué une bonne fois pour toutes. Tu m'as sauvé. Il a souri ironiquement, comme s'il percevait le côté mélodramatique de ses paroles, mais dans ses yeux, j'ai vu la sincérité. Tu es mon ange exterminateur.

Il a baissé la tête vers moi et a frotté ses lèvres sur les miennes.

— Tu as réussi, Jack, ai-je dit contre sa bouche. Et je suis si fière de toi.

Il a posé son front contre le mien pendant un moment avant que nous nous séparions.

— Je ne dis pas que ça ne me dérange plus du tout. Je m'inquiète surtout du moment où l'on saura que cet ignoble personnage que je joue dans le film était en fait mon père dans la vraie vie. Les gens pourraient me voir comme étant comme lui. Ils pourraient vraiment croire que je suis comme ça. Je pense que j'ai accepté le fait que je suis différent. Je ne suis pas lui. Mais - et je sais que c'est vain - je ne me suis pas encore fait à l'idée que d'autres personnes puissent croire que je suis comme lui.

— Je ne le croirai pas, lui ai-je assuré. Aucune personne qui te connaît ne le croira.

— Je sais. Il a fait un petit sourire. Et c'est ton opinion la plus importante. La seule qui compte.

— Et la tienne. Ton opinion sur toi-même compte beaucoup. Je me suis tournée vers la direction que nous avions prise. Mes orteils se transforment en glaçons, on continue à marcher ou on fait demi-tour ? Devant nous, vers la où la plage s'incurvait, je pouvais voir quelques personnes que je n'avais pas remarquées auparavant, rassemblées autour de quelques tables et un feu alors que le soleil se couchait. On va dans l'autre sens ? Il y a des gens là-bas.

Mais Jack n'a pas répondu. Il me tirait par la main.

Je me suis retournée pour le regarder et j'ai dû baisser les yeux. Il avait un genou à terre dans le sable et me fixait.

CHAPITRE QUATORZE

— *J*ack… ai-je commencé en le voyant mettre un genou à terre. Puis j'ai mis la main sur ma bouche.

Le vent ébouriffait ses cheveux, l'odeur du sel et du feu de camp flottait dans l'air. Ses yeux verts brillaient dans le soleil couchant. Ils brillaient d'émotions, sa fossette creusant sa joue, même si son sourire était retenu, nerveux, de travers.

« Oh ! »

J'étais sous le choc, les larmes ont inondé mes yeux instantanément. C'était en train de se passer ? En ce moment même ? Mon cœur battait la chamade, mes orteils s'enfonçaient dans le sable froid. C'était comme un rêve. Jack, si pudique, avait posé un genou à terre en plein air. Tout le monde pouvait le voir. Et supposer qu'il faisait sa demande. Attendez. Est-ce qu'il faisait sa demande ?

« On est en public. J'ai regardé par-dessus mon épaule les gens au loin et je me suis tournée vers la maison. Puis de nouveau vers Jack. Les gens pourraient penser… »

Il a lâché ma main et a sorti une boîte de la poche de sa veste, ce qui m'a fait inspirer brusquement.

— C'est bon. Je me fiche que Google Earth ait capté ça. J'espère que le satellite est au-dessus de nous en ce moment pour que l'univers entier puisse voir ça.

J'ai ri et les larmes ont coulé sur mes joues.

— Je t'aime, Keri Ann. Les mots ne semblent jamais suffisants. Je sais que je t'ai fait peur…

— C'est bon, Jack.

— Chuut. Laisse-moi finir. S'il te plaît.

J'ai hoché la tête, trop émue pour en dire plus.

— Depuis que je t'ai rencontrée, j'ai passé chaque moment à essayer de trouver la meilleure façon de te demander d'être mienne pour le restant de nos jours.

J'avais la gorge nouée.

— Je suis désolée, ai-je dit, en pensant à toutes les fois où je lui avais fait comprendre que je n'étais pas prête. Combien cela avait dû le blesser.

— Chuut ! Je sais que j'aurais pu te le demander n'importe quand et espérer que tu acceptes. Mais le fait est que je ne voulais pas seulement que tu sois prête, je voulais que ce moment soit le plus parfait qu'on ait jamais eu. Parce que tu es la chose la plus parfaite dans ma vie. Depuis que je t'ai rencontrée, tu m'as donné envie d'être un homme meilleur. Un homme d'honneur. De principes. Le genre d'homme qui mérite que tu l'aimes. Chaque fois que je me sens perdu ou confus, quand les décisions ne sont pas bonnes ou mauvaises ou justes ou fausses, et que je ne sais pas vers quoi me tourner, tu es toujours là. Dans mon cœur. Il a pressé une main contre sa poitrine. Ces derniers jours me l'ont montré plus que jamais. Tu es ma boussole, Keri Ann. Ma plage où je retournerai toujours. Ma maison. Tu es ma vie. Et je veux passer le reste de celle-ci lié à toi dans l'amour, l'honneur et les orgasmes. J'ai avalé de travers. La servitude, je voulais dire la servitude ! Jack a souri et m'a fait un clin d'œil qui a révélé que ses yeux n'étaient pas aussi secs qu'il l'espérait probablement. Et les orgasmes. »

Mon sourire s'est transformé en rire. La pression dans ma propre poitrine menaçait d'écraser mes poumons. J'ai pris une inspiration haletante à travers mes larmes et je suis tombée à genoux moi aussi en jetant mes bras autour de lui.

Jack s'est immédiatement inquiété.

« Ta robe... »

— Tais-toi, ai-je dit et je l'ai embrassé à travers mes larmes. Le goût de Jack et des larmes salées s'est mélangé sur mes lèvres. Je l'ai serré plus fort. Mon Dieu, j'aimais tellement cet homme que j'avais l'impression que l'amour vivait en dehors de ma peau, parfois. C'était cette chose vaste, sauvage, vibrante que j'essayais d'apprivoiser et qui voulait être libérée.

Nous nous sommes regardés sans nous quitter des yeux, et quelque chose de profond est passé entre nous.

— Oui, ai-je chuchoté, en hochant la tête.

— Je sais, a-t-il murmuré en retour, en souriant bêtement. Mais je ne t'ai pas encore officiellement demandé. Son autre main a tâtonné sa poche, puis il s'est penché en arrière et a tenu la boîte ouverte entre nous. Keri Ann Butler, veux-tu m'épouser ?

— Oh putain ! ai-je répondu quand j'ai vu la bague. Je veux dire, désolée, argh, oui, bien sûr, oui. Mais bon sang...

J'ai cligné des paupières pour fermer mes yeux qui avaient manifestement atteint la taille d'un ballon de plage. « J'ai foiré ma réponse. Je suis vraiment désolée. Oui, oui. Un millier de fois oui. »

Jack a rigolé.

J'ai tendu la main et passé le doigt sur le symbole étincelant de l'engagement de Jack. La bague était magnifique. Une pierre centrale en diamant, de taille modeste, mais enchâssée dans une grappe de diamants plus petits, presque en forme de fleur, qui lui donnait un air vintage, ancien, même si elle brillait comme une étoile. Je n'aurais pas pu choisir quelque chose de plus parfait pour moi, sauf peut-être un peu plus petit.

« Elle est parfaite, j'ai respiré. C'est... c'est... »

— Elle attire le regard, je sais. Mais toi aussi. Et la pierre centrale était celle de ma mère. Jack m'a aidée à me lever et a sorti le bijou de la boîte, en prenant ma main gauche.

J'ai froncé les sourcils, perdue. Ce n'était sûrement pas celle de son mariage avec l'horrible père de Jack.

— Non, pas sa bague de fiançailles, a-t-il répondu à ma question non exprimée. Cet héritage familial peut rester dans la vieille maison poussiéreuse du National Trust qui apparte-nait à mon père. Pour être honnête, je ne sais même pas où se trouve cette pierre. Ce diamant a appartenu à la mère de ma mère. Ma mère l'a toujours gardé pour que je le donne à la fille que j'épouserais un jour. Et c'est toi. Si tu veux bien de moi. Il a glissé l'anneau sur mon doigt et l'a mis doucement en place. S'il te plaît, fais-moi l'honneur de porter ma bague et de devenir ma femme.

— Oui. Oui, Jack. Oui. Je pleurais à nouveau, et je riais, et puis il m'a embrassée et m'a soulevée en me balançant et mes pieds ont quitté le sable frais.

Une énorme acclamation s'est élevée, portée par la brise.

J'ai retiré mes lèvres de celles de Jack, inquiète.

— Et ces gens au fait…

— Ils viennent de nous voir nous fiancer ! ai-je glapi. Tu crois qu'ils savent que c'est toi à cette distance ?

— Je pense que oui. Tourne-toi.

Et quand je l'ai fait, j'ai vu une fille blonde se détacher du groupe et courir vers moi.

Jazz.

Je me suis retournée vers Jack. Il a embrassé mon nez.

« Vas-y », a-t-il dit en souriant et en faisant un signe de tête à Jazz.

J'ai remonté ma robe sur mes chevilles et j'ai couru vers ma meilleure amie.

CHAPITRE QUINZE

*J*azz et moi nous sommes accrochées l'une à l'autre.

— Tu le savais ! J'ai pleuré dans ses cheveux alors qu'on se serrait sur la plage.

— Oui. Jazz s'est reculée et m'a tenue à bout de bras. Et d'ailleurs, c'est ce qu'on avait prévu quand tu m'as surprise au téléphone. Une fête de fiançailles, pas une fête d'anniversaire. On l'avait prévu avant qu'il ne parte en tournage. Bien que je dois avouer que Jack m'a fait peur aussi ces derniers jours. Laisse-moi voir la bague sur toi.

Je lui ai tendu ma main.

Elle a ouvert la bouche, et ses yeux se sont inondés instantanément.

— Elle est à couper le souffle sur toi. Je savais qu'elle le serait.

— Je suis surprise que tu ne l'aies pas poussé à choisir une monture plus simple.

Elle a haussé les épaules en faisant un clin d'œil.

— Toi, tu aurais choisi une monture plus simple. Moi, je savais que celle-ci t'irait à merveille.

Joey nous a rejoints. J'ai jeté mes bras autour de son cou. J'avais l'impression de ne pas l'avoir vu depuis une éternité.

— Félicitations, frangine, a-t-il dit d'un ton bourru, en pressant sa joue dans mes cheveux.

— Tu es d'accord avec ça ? lui ai-je demandé, en me reculant.

— Jack m'a demandé la permission avant de te demander...

— Il y a longtemps, je dois dire, l'a interrompu Jazz.

— C'est vrai ? J'ai hoché la tête lorsque Jack est arrivé derrière moi, glissant une main autour de ma taille. Maintenant tu sais pourquoi je pensais qu'il n'allait jamais demander.

— Je pense que nous sommes quittes, a grommelé Jack à mon oreille avant de l'embrasser doucement. Qu'est-ce que c'est quelques mois à côté de quatre ans ? Quoi qu'il en soit, j'ai une surprise pour toi. Allons rejoindre les autres.

— Viens par ici ! a crié une voix masculine depuis le groupe rassemblé près du feu. J'ai levé les yeux pour voir les visages familiers de mes amis.

— Oh mon Dieu ! ai-je crié quand j'ai vu la mère de Jack et son nouveau mari, Jeff. Je me suis précipitée vers elle et l'ai prise dans mes bras. Qu'est-ce que vous faites ici ? Je croyais que vous ne veniez que pour Thanksgiving.

Charlotte a gloussé.

— Eh bien, Jack avait planifié cette petite surprise depuis un moment. Je n'allais pas manquer vos fiançailles tant attendues. Félicitations, ma chérie. Fais-moi voir la bague. Elle a pris ma main dans la sienne pour mieux la voir. Magnifique, a-t-elle murmuré, les yeux remplis de larmes.

— C'est ce que tu faisais à Savannah aujourd'hui, hein ? Tu es allé les chercher ? J'ai demandé à Jack et je l'ai encore serrée dans mes bras. J'adore la bague. Merci.

— Ne pleure pas toi aussi, maman, a dit Jack à côté de moi.

Charlotte a reniflé.

— Je ne peux pas m'en empêcher, a-t-elle dit en tournant son visage contre l'épaule de Jeff.

J'ai déposé une bise sur la joue libre de Jeff et lui ai souri.

— C'est sympa de vous revoir ici.

— C'est génial d'être de retour, a dit Jeff.

— On devrait en faire une tradition, a dit Charlotte. Surtout que nous ne fêtons pas Thanksgiving en Angleterre. Autant venir profiter du vôtre chaque année.

Devon était en train d'attiser un petit feu et les gens avaient installé une table avec des boissons, de la nourriture et des chaises autour.

Monica nous a tendu des verres en plastique avec du champagne rosé.

— Désolée, ce n'est pas du verre, a-t-elle dit en fronçant le nez. Les règles de la plage et tout ça.

Je l'ai serrée dans mes bras, et Jack et moi avons traversé le groupe en remerciant tout le monde d'être venu faire la fête. J'ai salué mon amie Liz et son fils Brady. Mon ami Vern. Jasper. Mme Weaton et Paulie, qui étaient venus ensemble. Nicole et son fiancé étaient là aussi. Un couple d'amis du Savannah College of Art & Design avec qui j'avais gardé contact et quelques autres amis que j'avais connus à Butler Cove toute ma vie. C'était un petit groupe. Jack et moi avions tendance à garder notre cercle restreint. Même la présence de Nicole semblait nous faire sortir de notre zone de confort. Enfin, pas Nicole, mais certainement son fiancé.

— Attends, où est Cooper ? J'ai regardé autour de moi.

— Il est en chemin. Jazz a roulé les yeux et a sournoisement échangé ma boisson. Pétillant de raisin, a-t-elle chuchoté. Il a dit qu'il voulait faire une entrée remarquée, quoi que ça veuille dire.

Il y avait un panier rempli de plaids au cas où la température baisserait encore. Vern a tripoté un petit haut-parleur et bientôt la musique a rempli l'atmosphère festive.

— Il faut que je mange, ai-je chuchoté en me penchant sur Jack après lui avoir présenté l'invitée de Jazz et la future mariée, Nicole. Je suis affamée.

Paulie avait amené un tas de nourriture du Snapper Grill où j'avais travaillé après le lycée et où j'avais innocemment pensé que j'allais retrouver des amis ce soir-là. Le même grill où j'avais rencontré Jack un soir, cinq ans auparavant.

Jack et moi avons rempli deux assiettes et pris deux sièges pliants et nous avons mangé. Le feu me réchauffait les orteils. Il faisait presque nuit noire avec seulement la lumière du feu et quelques lanternes. J'ai repensé à mon enfance sur l'île, aux fêtes que nous avions l'habitude de faire sur la plage. C'était normal que je sois ici avec tous mes nouveaux, mes anciens et mes meilleurs amis.

— Je ne sais pas pour vous, mais moi, j'ai envie d'un gâteau au bord de l'océan, a dit Jazz en s'approchant de moi. Goûte-moi ça, c'est celui qu'on a choisi pour Nicole. J'ai pensé qu'on pourrait voir s'il avait du succès.

Le gâteau avait l'air parfait.

On s'est dirigées vers la table, en passant devant Paulie qui faisait tournoyer Mme Weaton au son de la musique. Par une tournure improbable des événements, elle avait commencé à sortir avec lui, qui était de dix-huit ans son cadet. Ils avaient insisté sur le fait qu'ils étaient juste des amis qui s'étaient rapprochés en jouant à la canasta le mercredi après-midi. Mais lorsque notre maison avait été rénovée pour devenir la maison d'hôte Butler, Mme Weaton avait dû déménager du petit cottage situé sur le terrain. Je m'en voulais de lui demander de déménager, mais elle m'a dit qu'elle et Paulie avaient déjà acheté un petit appartement ensemble dans une résidence séniors de Tide Point.

— Ils couchent ensemble non ? m'a demandé Jazz. Il était clair que son attention s'était également égarée vers ce couple improbable.

— Honnêtement, je n'en ai aucune idée. Ils pourraient être de bons amis qui vivent ensemble pour se tenir compagnie.

— S'il te plaît… Regarde-les flirter. Jazz nous a coupé un gros morceau de gâteau chacune et m'a tendu une assiette et une fourchette. On dirait aussi que Mme Weaton a retrouvé une nouvelle jeunesse.

J'ai pris une bouchée du gâteau au beurre à six couches et j'ai gémi.

— C'est vrai, j'ai fait une grimace et ensuite gémi. C'est encore meilleur que dans mes souvenirs de l'autre jour. Normalement, je n'aimais même pas le goût des amandes. Du moins, c'est ce que je pensais. Papilles gustatives bizarres de grossesse. Je pense que je prendrai le même gâteau à mon mariage, ai-je décidé.

— Maintenant qu'il t'a enfin demandé, sais-tu quand tu aimerais rendre ça officiel ?

J'ai soupiré et ri.

— Laisse-moi souffler, je viens juste d'avoir la bague. En plus, il y a , tu sais, cette autre chose dont je dois lui parler.

— Je sais. Mais plus tu attends, moins tu as de chances d'éviter la présence des paparazzis à ton mariage.

Jazz avait raison de me le rappeler, mais cette idée m'agaçait.

— J'aimerais juste profiter d'être fiancée au moins pour une nuit.

Elle a posé une main sur mon bras, ayant clairement entendu l'irritation que je tentais de cacher.

— Je sais, ma grande. Profites-en maintenant, on planifiera plus tard.

— C'est vrai pourtant. J'ai besoin de réfléchir rapidement. Surtout avec le film de Jack qui sort bientôt. Son attachée de presse demande toujours si elle peut nous faire photographier avant la sortie. Elle a tendance à favoriser le marketing de guérilla. J'ai le sentiment qu'elle serait prête à faire un cirque de tout ça pour aider le film. Lâcher le morceau exprès, pour ainsi dire.

— Est-ce que Jack a les mêmes préoccupations ?

— Il les partage, évidemment, mais celle-ci pourrait être trop importante pour qu'aucun de nous ne puisse l'étouffer.

— Tu entends ça ? a demandé Jazz.

— Un hélicoptère ? On s'est retournées et on a levé les yeux. L'hélicoptère blanc des garde-côtes volait à basse altitude le long du rivage.

— Il n'a pas fait ça, a dit Jazz.

— Qui n'a pas fait quoi ?

L'hélicoptère a ralenti et s'est mis en vol stationnaire. Le vent froid s'est légèrement levé, mais heureusement, il était encore trop loin pour soulever du sable sur notre groupe.

— Qu'est-ce qui se passe ? a demandé Joey. Vous avez obtenu un permis pour faire du feu sur la plage, non ?

— Bien sûr, a répondu Jazz. Puis elle a tendu le bras vers l'hélicoptère. Regarde ça, abruti.

La porte de l'hélicoptère s'est ouverte et une corde est descendue.

— Il est sérieux, là ? a demandé Jasper en plissant les yeux, bien que sa voix soit empreinte de ce qui ressemblait à de l'envie.

Une silhouette sombre a saisi la corde et a commencé à descendre. Alors qu'il approchait du bout, l'hélicoptère a fait un bref virage pour se rapprocher de la plage et la personne a sauté de la corde pour s'accroupir sur le sable.

Vern et Jasper ont hué et sifflé.

Est-ce que tout le monde savait ce qui se passait à part moi ? J'ai jeté un rapide coup d'œil autour de moi. Jack a haussé les épaules. Nicole regardait avec des yeux écarquillés, comme si elle assistait à la résurrection du Christ.

L'homme s'est relevé et s'est brossé les cheveux. Il portait un costume sombre et une cravate.

— Est-ce que c'est ... Cooper ? ai-je demandé en secouant la tête, bien que mon cerveau ait déjà fait le rapprochement.

— Quel frimeur celui-là, a grogné Jack, mais son ton disait qu'il plaisantait. La dernière fois que nous avions vu Cooper en Californie et que nous étions sortis dîner, ce dernier avait dit à Jack qu'il en avait assez qu'il le devance toujours auprès des femmes.

— C'est une façon comme une autre de le faire, ai-je dit.

L'hélicoptère des garde-côtes s'est incliné et est reparti par où il était venu. Vern et Jasper avaient rejoint Cooper et essayaient de le plaquer sur le sable, comme des gamins qu'ils étaient redevenus. Ils n'étaient pas à la hauteur de Cooper. Ils se sont rapidement retrouvés sur le dos. Cooper a réajusté sa veste et a continué à marcher, le visage fendu d'un énorme sourire.

J'ai fait un signe de la main.

Mon amie Lizzie a gémi bruyamment lorsque Cooper s'est approché de nous.

— Qu'est-ce qu'il est beau, a-t-elle murmuré. Qui aurait cru qu'il deviendrait aussi sexy ?

Même Charlotte s'éventait théâtralement le visage tandis que Jeff roulait des yeux.

— Son entrée était plutôt spectaculaire, je lui accorde ça.

— David ferait mieux de faire attention, m'a chuchoté Jazz avec un clin d'œil et elle a fait un signe de tête en direction de son invitée et cliente. Nicole a immédiatement secoué la tête, j'ai donc manqué ce que Jazz avait vu. Mais je n'ai pas manqué le regard noir de David, ni la main forte qu'il avait posée sur son bras.

Mais Cooper était là, et j'ai fait quelques pas vers lui.

— Tu as manqué mes fiançailles juste pour arriver comme James Bond ? ai-je demandé d'une voix sévère.

— Oh naan. Dis-moi que ce n'est pas vrai. Cooper a eu l'air déçu pendant environ deux secondes, puis il a fait un clin d'œil. Je ressemblais quand même un peu à James Bond, non ?

J'ai éclaté de rire et j'ai secoué la tête.

— C'est sûr.

Jack et lui se sont serré la main et se sont tapés dans le dos.

— T'as fini par me voler la vedette, mec. Heureusement que j'ai demandé à Keri Ann de m'épouser avant que tu arrives.

J'ai donné un coup de coude à Jack, qui m'a souri en déposant un baiser sur mon nez.

— Comment as-tu fait ça ? ai-je demandé, en faisant un signe de tête vers le ciel.

— Je me suis entraîné avec un copain qui a laissé tomber l'armée, mais qui a fini par rejoindre les garde-côtes. Il me devait une faveur. Sérieusement, a dit Cooper. Je suis désolé d'avoir manqué ça, mais félicitations. Ça vous a pris assez longtemps à tous les deux.

— Beaucoup trop longtemps, a convenu Jack et il m'a serrée contre lui.

Je me suis blottie contre son torse pendant que Cooper saluait tout le monde.

Pour la première fois depuis quelques jours, avec un peu de nourriture dans le ventre et un sentiment de satisfaction, je n'avais pas la nausée. J'ai regardé l'assemblée et je me suis demandé comment la vie pouvait être plus parfaite. Si seulement Nana et mes parents pouvaient me voir en ce moment.

Le morceau suivant était un slow. Cooper a pris la main de mon amie Lizzie et l'a attirée sur le sable pour danser. J'ai immédiatement regardé autour de moi pour voir si Jasper avait vu. Jasper était venu de Charleston pour la soirée. Il était avocat désormais. Il s'était orienté vers le droit de la famille, et il était sacrément bon. Sa spécialité était la violence domestique, et il avait même créé un refuge pour femmes pour lequel Jack et moi avions fait des dons, bien que nous n'ayons aucune idée de l'endroit où il se trouvait. Je suppose que c'était le but d'un refuge, qu'il soit secret.

Jasper jetait des regards noirs en direction de Cooper pendant qu'il faisait tourner Lizzie. Ça m'a fait sourire et secouer la tête. J'ai regardé Jazz et elle a roulé des yeux. Elle aussi avait vu le regard de Jasper. Lizzie ne sortait avec personne, pour autant que je sache. En tant que mère célibataire, étudiante, tout en travaillant, elle avait à peine le temps. Mais Jasper était à fond sur elle depuis des années. Je me demandais ce qui le retenait. Il y avait eu un moment, quand Jack et moi nous étions rencontrés, où j'avais pensé que Jasper et Lizzie pourraient enfin s'entendre, mais rien ne s'était produit, à ma connaissance.

— Danse avec moi, a chuchoté Jack à mon oreille, et je me suis retrouvée dans ses bras.

Nous nous sommes balancés sur la musique. Jack était tellement détendu. C'était presque troublant après avoir été si distant et nerveux.

La lumière du feu dansait dans ses yeux verts. « J'aime bien te voir si heureuse », a-t-il dit. Chaque fois que je te regarde, tu souris ou tu ris de quelque chose ou de quelqu'un. »

— J'ai beaucoup de raisons d'être heureuse ce soir, mais ce qui me rend le plus heureuse, c'est de te voir si apaisé. Ça fait longtemps que tu n'as pas été comme ça.

Il a souri.

— Je dois te remercier pour ça. Je suis désolé de nous avoir fait subir ça ces derniers jours. Je suis désolé d'avoir laissé tous mes soucis s'accumuler depuis le tournage et exploser comme ça, si soudainement.

— Tu t'es déjà excusé, Jack.

— Je sais, mais honnêtement, je ne savais pas que tu avais remarqué tout ce qui s'était passé dans ma tête depuis mon retour du tournage. Ce n'est que récemment que ça a pris de l'ampleur. Je n'arrive pas à croire que je t'ai inquiétée pour une chose qui semble maintenant ridicule.

— Ce n'était pas ridicule. Et comme tu l'as dit, tu as été effrayé. J'ai haussé les épaules en citant ses mots.

— Non, s'il te plaît. L'éclat de voix de Nicole s'est élevé au-dessus des conversations à ma droite. Je ne veux pas rentrer !

J'ai tourné la tête pour voir Nicole et David en train de se disputer.

— Ce ne sont pas tes amis. La voix de David était menaçante. Et tu te comportes comme une...

— Une quoi, David ?

— Tu sais quoi.

— Dis-le, a-t-elle exigé. Comme il ne le faisait pas, elle a continué. Tu es horrible depuis que Cooper est arrivé. Si quelqu'un se comporte mal, c'est bien toi. Tu es jaloux, encore une fois.

David a ricané.

— Oh, je t'en prie. Ce troufion ?

— C'est un gars des forces spéciales.

Elle semblait tellement fière que j'ai presque souri.

— Peu importe.

Le bruit de leur conversation s'est estompé alors qu'il réussissait à l'emmener à l'écart de la fête.

J'ai réalisé que Jack et moi avions arrêté de danser et étions immobiles, en train de les regarder s'enfoncer dans l'obscurité. Une lampe torche de téléphone portable s'est allumée alors qu'ils négociaient leur retour vers l'accès à la plage.

— Eh bien, je sais que tu te sens mieux maintenant, ai-je dit à Jack. Mais si tu veux connaître les signes d'une escalade de la jalousie et de la possessivité, je suis presque sûre que nous venons d'en être témoins.

— Est-ce qu'elle va s'en sortir ? Jack a continué à les regarder fixement.

J'ai doucement serré son bras.

— Je vais aller chercher mon sac à main et lui envoyer un SMS pour m'en assurer.

Jack a hoché la tête.

— S'il te plaît, fais-le.

Je détestais le regard d'impuissance dans ses yeux.

CHAPITRE SEIZE

Nous sommes restés sur la plage jusqu'à presque minuit. La mère et le beau-père de Jack étaient partis avec Jazz, Joey et Cooper pour pouvoir passer la nuit à la Maison Butler. Dès que Monica et Devon ont proposé d'aider Jasper à ramener les tables dans son camion, Jack a attrapé les quelques chaises qui appartenaient à Devon et nous avons dit au revoir. Comme moi, j'imaginais qu'il voulait que nous soyons seuls. Jack s'est précipité maladroitement dans les dunes, une chaise pliante sous chaque bras.

Je me suis moquée de sa hâte, mon rire s'est perdu dans le vent.

Le clair de lune éclairait le paysage.

— Viens, a-t-il insisté. Il s'est précipité sous la maison de Devon et est revenu sans chaise. J'ai souri et j'ai grimpé l'escalier de la terrasse jusqu'à la porte arrière. Je suis entrée dans la maison avant qu'il ne me rejoigne. Il m'a suivie et m'a attrapée par la taille.

J'ai poussé un cri de surprise et me suis retournée dans ses bras.

« Keri Ann. » Il respirait difficilement t après notre court sprint.

J'ai glissé une main entre nous, la posant sur sa poitrine.

— Jack.

— J'ai du mal à croire que tu as dit oui, a-t-il chuchoté et il a penché la tête, en posant son front contre le mien.

— Tu es fou ? Bien sûr que j'ai dit oui. Je t'aime. Je me suis dressée sur la pointe des pieds et j'ai pressé mes lèvres contre les siennes.

Il a approfondi le baiser, une main remontant jusqu'à ma joue, et j'ai apprécié la sensation de sa bouche chaude. Ses mains sont descendues vers ma taille, pour ouvrir mon cardigan.

— Je mourais d'envie de voir le reste de ta robe.

J'ai fait un pas en arrière, lui permettant de faire glisser mon gilet sur mes épaules et ça m'a plu de l'entendre respirer plus fort.

« Cela devrait être illégal. » Le froid dans l'air, et les frissons provoqués par les baisers de Jack, ne laissaient aucun doute dans mon esprit sur ce qu'il regardait à travers le satin doux. « Tu es si belle. » Il a laissé tomber sa bouche sur mon épaule nue, sa paume glissant le long de ma taille pour caresser ma poitrine à travers le tissu soyeux.

J'ai gémi, et nous nous sommes serrés plus fermement l'un contre l'autre, nos corps se touchant de la poitrine aux pieds.

— Allons à l'étage. J'ai à nouveau capturé sa bouche. Tu as un goût si...

Le goût du champagne et du gâteau sur sa langue était délicieux. Non, pas délicieux...

Mon estomac s'est rebellé. « Oh merde ! » ai-je glapi et je l'ai repoussé. Je me suis précipitée dans la salle de bains du rez-de-chaussée juste à temps pour vomir tout ce que j'avais mangé. J'ai vomi violemment, encore et encore, tombant à genoux, remarquant tardivement que Jack tenait mes cheveux en arrière d'une main et en faisait glisser une autre le long de ma colonne vertébrale.

Mes yeux se sont mis à larmoyer. Je crachais et recrachais le goût âcre de ma bouche. « Merde. Je suis désolée. »

— Je vais te chercher un verre d'eau, tiens bon. Je l'ai entendu se lever et aller à la cuisine.

Il ne pouvait pas croire que j'étais à nouveau nauséeuse après la dernière fois. Je ne pouvais pas dire que j'avais chopé un virus. J'ai attrapé du papier toilette, tamponné mes yeux et essuyé ma bouche, avant de m'effondrer contre le mur de la salle de bains, épuisée.

Jack est revenu avec un verre d'eau et s'est accroupi à côté de moi, le regard sombre. « Ça va ? » m'a-t-il demandé.

J'ai pris une petite gorgée et j'ai hoché la tête.

— Tu m'aides à me relever ?

Me relevant maladroitement, j'ai pris une plus grande gorgée d'eau et l'ai fait tourner dans ma bouche avant de la recracher dans le lavabo.

« Beurk, il faut que je me brosse les dents ». J'ai levé les yeux et j'ai vu à quel point j'étais pâle dans la lumière de la salle de bain moderne et lumineuse.

— Viens, allons te rafraîchir avec de la menthe et te mettre un pyjama chaud.

J'ai grimacé à l'idée du goût de la menthe, me sentant à nouveau légèrement nauséeuse. Mais oui, je préférais la fraîcheur de la menthe à ce qui se passait dans ma bouche.

— Oui, s'il te plaît. J'ai hoché la tête, m'appuyant sur la

solide carcasse de Jack alors qu'il me conduisait en haut des escaliers et dans la salle de bain pour me brosser les dents.

Alors qu'il m'enlevait tendrement mes vêtements et m'habillait avec un bas de pyjama en flanelle et un de ses t-shirts, je me suis sentie extrêmement triste.

« Je suis désolée, ai-je chuchoté, les yeux remplis de larmes. J'ai gâché notre nuit de demande en mariage. »

— Chuut, arrête. Mais non.

— Si, ai-je insisté et ma voix s'est brisée. Tu étais si gentil, tu avais tout prévu, et maintenant tout ce dont tu vas te souvenir c'est que j'ai vomi dans la cuvette des toilettes.

Jack a gloussé et m'a emmenée dans la chambre.

— Arrête de rire, ai-je protesté. Ce n'est pas drôle.

— Si, ça l'est.

— Grrr. Je lui ai jeté un oreiller. Nous étions censés passer une nuit torride. J'allais t'envoyer au septième ciel. Et maintenant je suis juste dégoûtante et pleine de vomi. Je me suis dissoute dans une nouvelle série de larmes.

— Tu t'entends parler ? a demandé Jack, en grimpant sur le lit et en me prenant dans ses bras. Je t'ai demandé de passer le reste de ta vie avec moi. Nous avons tous deux été malades auparavant. Je suis sûr que nous retomberons tous les deux malades à un moment ou à un autre. C'est pour ça que je m'engage. Pour que nous traversions tout ça ensemble. Pour le meilleur et pour le pire, tu te souviens ?

— Mais ce soir, ce soir était censé être tellement spécial.

Il a embrassé le haut de mes cheveux.

— C'était le cas. Et ça l'est.

— Je sais. J'ai reniflé. Tu as raison. Je voulais juste... Je voulais que ce soit parfait. Je voulais qu'on s'aime.

— Eh bien on s'aimera un autre jour, quand tu te sentiras

mieux. Bien que franchement, je me sens comme un lâche absolu de dire ça. Je ferais l'amour avec toi quoi qu'il arrive. J'en suis arrivé à la conclusion, après un examen approfondi et une délibération prudente, que tu n'es jamais, jamais, *pas sexy* pour moi.

J'ai levé les yeux vers lui.

« Je suis sérieux. Je t'ai tellement dans la peau. Tellement, tellement. »

J'ai à nouveau reniflé.

— C'est vrai ?

— C'est vrai. Il a souri et m'a embrassée sur le front. Maintenant, parlons du fait que je pense que tu pourrais être enceinte.

* * *

PENDANT UN MOMENT après que Jack ait annoncé qu'il pensait que je pouvais être enceinte, j'ai ressenti une pointe de culpabilité du fait qu'il avait deviné avant que je ne le lui dise. Mais en regardant son visage alors qu'il planait au-dessus de moi, ses yeux brûlants d'amour, le soulagement m'a envahi.

— Je ne sais pas, ai-je dit, puis je me suis léché les lèvres et j'ai hoché la tête. Mais, ouais, je pense que oui.

Il a soufflé et s'est mis à rire.

— Non ? C'est vrai ? Ses yeux se sont immédiatement fixés sur mon ventre alors qu'il s'écartait de moi. Précautionneusement, il a posé une main sur moi, sa chaleur s'infiltrant à travers mon pyjama et sous ma peau. Avons-nous créé quelqu'un ? Sa voix était calme.

Cette question monumentale m'a coupé le souffle. Tout à coup, le concept n'était plus abstrait. Je ne me sentais plus déconnectée de mon propre corps comme je l'avais ressenti ces derniers jours. La vérité de la vie naissante à l'intérieur de moi remplissait tout mon être.

— J'ai acheté un test, mais je ne l'ai pas encore utilisé.

Il a semblé détourner son regard de mon ventre avec effort.

— Quand ? Je veux dire, quand l'as-tu su ?

— Je ne le savais pas vraiment, jusqu'à ce que je le sache d'un coup. Tu m'en veux de n'avoir rien dit ?

Il a dégluti.

— Je ne sais pas. Mais - et s'il te plaît ne le prends pas mal - je suis presque content que tu ne l'aies pas fait.

J'ai froncé les sourcils.

« Je veux dire, l'idée m'a traversé l'esprit, a-t-il poursuivi. Mais ensuite, je me suis souvenu que tu prenais ta pilule, alors c'était pratique de rejeter l'idée. Je suis vraiment désolé de t'avoir laissé gérer ça toute seule. »

— Jack. J'ai posé ma main sur sa joue. C'est moi qui suis désolée. J'ai choisi de ne pas t'accabler avec ça parce que je savais que tu avais déjà beaucoup à gérer.

Il a retiré ma main de sa joue, a glissé ses doigts entre les miens et a posé nos mains jointes sous mon nombril.

— Ce n'est pas un fardeau. C'est incroyable. Mais, est-ce qu'on est sûrs ? J'aimerais bien me réjouir, mais si tu n'es pas enceinte ?

— Tu veux que je fasse le test tout de suite ?

— Oui. Mille fois oui. Il s'est relevé et a sauté du lit. Où est-ce qu'il est ? Tu veux que je te laisse seule ? C'est instantané ? Je peux venir avec toi ? C'est bizarre que je veuille te regarder faire pipi ?

J'ai gloussé en descendant du lit et en fouillant dans mon sac.

— Oui. C'est bizarre. Bon, calme-toi, maintenant.

Jack se dandinait d'un pied sur l'autre.

— Non. Je ne vais pas me calmer.

— Aide-moi à lire les instructions. Je les lui ai tendues puis reprises avec un sourire en coin. En y réfléchissant bien, tu n'es pas doué pour les instructions.

* * *

— Ce sont les trois minutes les plus longues de ma vie, a dit Jack d'un air renfrogné.

On s'est assis au bout du lit en se tenant la main. Le test était sur le meuble de la salle de bain pour qu'on ne le regarde pas tout le temps.

« Et si le résultat s'efface avant qu'on puisse le voir ? Tu aurais dû acheter un test numérique. »

— Ça va aller. J'ai serré sa main. Attends, ça peut s'effacer ?

— Est-ce que ça dit quelque chose dans les instructions ?

Je les tenais toujours serrées dans ma main, je les ai relues.

— Ça ne dit rien. Essaie Google ?

— Je suis déjà dessus. Jack a tapé la question dans le navigateur de son téléphone avec son pouce droit, sa main gauche serrant toujours la mienne.

Je me suis penchée sur lui en regardant par-dessus son épaule.

Le mystère de la disparition des résultats de test de grossesse, ai-je lu.

— Oh, merde, a-t-il dit et nous nous sommes tous les deux levés d'un bond.

À la porte de la salle de bains, nous nous sommes arrêtés et avons fixé le bâton posé si innocemment sur le meuble-lavabo, trop loin pour être lu.

— Ça ne fait que deux minutes.

— La boîte dit « en moins de deux minutes. »

— Mais si ça n'a pas encore marché et qu'on pense que c'est négatif ?

— Je suppose que nous serons tous les deux déçus. Il m'a regardée dans les yeux, effleurant ma tempe d'un doigt.

— Ouais, c'est sûr, n'est-ce pas ?

Il a souri.

— Alors on fera l'amour dans l'intention que ça arrive, la prochaine fois.

Je lui ai donné un léger coup de poing dans le bras et j'ai gloussé.

— Jack !

— Ça me rend triste qu'on ne sache pas à quel moment je t'ai mise enceinte. Il a commencé à faire la liste de ses moments préférés, ce qui a fait monter la température de mes joues.

J'ai levé les yeux au ciel.

— Quand on aura fait la première échographie, on essaiera de remonter le temps, d'accord ?

— OK. Il a hoché la tête avec enthousiasme, comme un idiot.

— Guignol.

— Je suis à bonne école, a-t-il dit et il m'a embrassée sur le front. Maintenant ça fait trois minutes.

On a pris une grande inspiration et on s'est précipités dans la salle de bains vers l'oracle en forme de bâton.

CHAPITRE DIX-SEPT

Nous fixions le bâton en plastique blanc qui allait prédire notre avenir.

— Eh bien, a commencé Jack après une longue pause, on dirait que mes gars savent nager. Puis il s'est tourné vers moi avec de grands yeux. On va être parents !

— Waouh ! ai-je réussi à dire après un moment.

Jack m'a entourée de ses bras, si fort que j'ai quitté le sol.

Je me suis accrochée à lui, il m'a portée jusqu'au lit et m'a allongée. Après s'être mis en caleçon, il s'est glissé sous les couvertures à côté de moi et a relevé la tête pour que je puisse poser la mienne sur son épaule.

Sa main a retrouvé son chemin vers mon ventre et j'ai entrelacé ses doigts.

— Je n'arrive pas à y croire, a-t-il chuchoté.

— Je sais. C'est fou.

— Il faut qu'on prenne rendez-vous chez le médecin. Joey connaît-il des médecins pour bébés ?

J'ai rigolé.

— Je suis sûre qu'il en connaît. On lui demandera demain.

Puis j'ai fait une pause. Je dois annoncer demain à mon frère que je suis enceinte et célibataire.

Jack a roulé vers moi, en glissant une jambe entre les miennes et il a appuyé sa tête sur sa main.

— *Presque* mariée. Mais oui, ça bouleverse un peu l'ordre des choses.

— Je ne veux pas me marier en ressemblant à une baleine, ai-je gémi.

Ses yeux verts se sont fixés sur moi avec sérieux, même s'il riait.

— Tu seras belle quoi qu'il arrive.

— Merci. Rooh, je sais que ça peut paraître vain, mais je n'avais pas prévu d'être enceinte dans une robe de mariée. Nana doit se retourner dans sa tombe.

— Donc tu veux attendre ? a demandé Jack en faisant une grimace qui donnait l'impression qu'il souhaitait que je veuille le contraire.

— Non. Je ne sais pas, ai-je répondu avec prudence. Je veux dire que je ne veux absolument pas organiser un mariage rapide. Je veux que ce soit réfléchi, pas précipité.

— Tu penses après qu'il soit né ?

— Il ?

— Ou elle. Jack a fait un sourire en coin. Je ne sais pas pourquoi j'ai dit ça.

— J'adorerais avoir un petit Jack. J'ai levé la main et passé un doigt sur ses sourcils, le long de son nez jusqu'à ses superbes lèvres. C'était difficile de se concentrer sur son visage avec l'énorme bague en diamant juste là.

— Et moi, j'aimerais une petite Keri Ann, a-t-il marmonné, puis sa langue est sortie pour attraper mon doigt et l'attirer dans sa bouche, et j'ai oublié la bague.

Remplaçant mes doigts par mes lèvres, nous nous sommes embrassés pendant de longues minutes. Doucement, sans hâte. Chaque contact était une douce caresse, chaque soupir était une adoration révérencieuse. Mes paupières sont devenues lourdes, mon corps languissant.

— Bon anniversaire, a murmuré Jack un peu plus tard. Nous en reparlerons demain matin.

Le matin de mon anniversaire, je me suis réveillée enceinte et avec un mariage à organiser. Mais ma dernière pensée était que quelqu'un allait se marier dans la maison de mon enfance, et que ce ne serait pas moi. Même allongée dans le confort des bras de Jack avec tout notre avenir devant nous, cette pensée m'a rendue un peu triste.

* * *

J'AI OUVERT les yeux sur Jack en train de porter un plateau chargé à bloc. Il s'est cogné à la porte et a failli perdre l'équilibre.

— Merde, désolé, a-t-il murmuré. Joyeux anniversaire.

— Qu'est-ce que tu fais ? J'ai roulé sur le côté, mon corps n'était plus détendu, je me sentais lourde et nauséeuse. Ma tête était brumeuse. J'ai cligné des yeux pour y voir plus clair.

J'ai arrêté la caféine, l'alcool et c'est comme ça que je me sens ? ai-je grommelé. Je devrais me sentir super bien. Je ne me sens pas bien du tout. J'ai la gueule de bois sans m'être amusée.

Jack a rigolé.

— Tu es en manque, c'est pour ça. Et tu as une poussée hormonale. Tu ne te sens peut-être pas super bien, mais tu es incroyable. Tu fabriques un petit humain ! a dit Jack en posant le plateau sur la commode. Bon, j'ai lu des trucs. Tu vas peut-être te sentir un peu malade à certains moments, pas seulement le matin. La meilleure défense c'est d'avoir toujours quelque chose dans ton estomac.

J'ai grogné. Est-ce que je pourrais manger pendant neuf mois d'affilé ? Ce serait génial.

— Est-ce que je peux manger du gâteau d'anniversaire pendant neuf mois ?

— Je ne savais pas ce qui te plairait alors je suis allé au magasin et j'ai pris des crackers, des céréales, du lait et un donut. Il m'a jeté un rapide coup d'œil avant de retourner à son inventaire, d'un air inquiet. J'ai fait des œufs brouillés et du bacon, mais si tu en veux, prends les maintenant parce que les œufs froids c'est juste, il a secoué la tête, non.

Le sourire que j'avais ébauché au début de sa liste s'est transformé en éclat de rire.

— Tu es le copain le plus mignon du monde.

— Fiancé. Il a grogné et m'a fait un regard sévère.

— Oops. J'ai souri et baissé les yeux sur ma bague. Le soleil a choisi ce moment pour scintiller sur les diamants. Oh la vache ! Il était vraiment gros et très, très beau.

— Tu… as oublié qu'on s'était fiancés hier soir ?

Jack a rampé sur le lit.

— Comment je pourrais alors que j'ai besoin de mon autre bras pour soulever le poids de cette bague ? l'ai-je taquiné. La nuit dernière j'ai presque dû te réveiller pour m'aider à me tourner.

Jack a posé les mains de chaque côté de mon visage et s'est penché sur moi.

— Bourrique. Bientôt tu auras besoin de moi pour te tourner à cause de ton gros ventre, alors fais attention… m'a-t-il répondu d'un air taquin. Bon, alors qu'est-ce qu'il veut comme petit-déjeuner ce matin notre bébé ?

J'ai posé la main sur mon estomac et j'ai fait semblant d'écouter attentivement.

— Des œufs et du bacon, s'il te plaît.

— Tu m'étonnes qu'il veut ça !

— Elle.

Jack a fait un clin d'œil et s'est écarté.

— Tu penses que c'est déjà un il ou une elle ? J'essaie de me souvenir du cours de biologie. Combien de temps avant que les cellules se développent d'une manière ou d'une autre ?

— Aucune idée. Tu pourrais probablement utiliser cette espèce d'ordinateur de poche que tu trimballes partout, ai-je ironisé en faisant référence à son smartphone.

— Hmm. Je pourrais probablement. Il m'a déjà été très utile pour me dire tout ce qui se passe en toi, a-t-il dit et il a mis de côté tout ce qu'il y avait sur le plateau, sauf les œufs, le bacon et une canette de soda au gingembre.

— Attends, j'ai envie de faire pipi, ai-je glapi et me suis précipitée dans la salle de bain.

Quand je suis revenue, Jack tenait toujours le plateau, les sourcils levés.

— C'est vraiment impossible de t'apporter le petit-déjeuner au lit.

— Désolée. J'ai gloussé et je suis retournée sous les couvertures, me calant sur les oreillers. J'ai tapoté mes genoux.

Jack a posé le plateau et j'ai commencé à manger immédiatement.

— Mmmm, très bon, merci, ai-je réussi à dire après avoir avalé la première bouchée d'œufs tièdes et beurrés.

— Un peu froid.

— Parfaits. J'ai secoué la tête. C'est gentil d'avoir cherché ce qui se passe en moi avant ce qui se passe pour le bébé.

Il a grimpé prudemment sur le lit, sur le côté, pour ne pas renverser le plateau.

— Je voulais qu'on cherche ensemble des trucs sur les bébés, pour que je puisse découvrir tout en même temps que toi.

— Alors, lis-moi des articles pendant que je mange, d'accord ?

— Bien sûr. Il a souri, et mon cœur s'est serré devant son enthousiasme de petit garçon. OK, on en est où ? Il a fait défiler son écran. Ah !

Il a commencé à lire, mais comme je ne savais pas quand nous l'avions conçu, tout cela semblait un peu hypothétique.

— Stop, ai-je dit après quelques minutes. J'aimerais imaginer une petite personne, mais la réalité c'est que nous avons un haricot blanc avec un pouls. Peut-être même pas de pouls.

Jack a levé les yeux de son téléphone.

— Je suis d'accord. Tant qu'on n'a pas une idée de la durée de croissance de Bean[1], ça semble inutile.

— J'aime bien, Bean. On n'a plus à se demander si c'est il ou elle pour l'instant.

— Et Bean a totalement éclipsé nos fiançailles et l'anniversaire de maman, a-t-il dit sévèrement à l'attention de mon ventre. Cela m'a fait rire.

Jack a pris mon plateau, et je me suis penchée pour prendre mon téléphone afin d'appeler Joey pour lui annoncer la nouvelle et lui demander de me recommander un médecin.

— Tu vas être tonton, ai-je dit quand il a répondu.

— Qui est-ce ? a demandé Joey, et j'ai momentanément

éloigné mon téléphone pour le regarder. Non, c'était bien le bon numéro.

— Quoi ? a marmonné Jack.

J'ai secoué la tête en souriant et j'ai remis le téléphone à mon oreille juste à temps pour entendre mon frère.

— …citations ! Waouh, Keri Ann. Tu rigoles ou quoi ?

— Nooon, ai-je crié joyeusement.

— Je pensais que tu appelais pour m'engueuler de ne pas t'avoir souhaité plus tôt un bon anniversaire. Joyeux anniversaire, au fait.

— Merci !

— Eh ben ça a été rapide ! Tu ne voulais pas profiter un peu d'être fiancée ou mariée avant ? Mon frère a éclaté de rire.

— ça ne fait pas un jour que je suis enceinte, andouille !

— Évidemment, je rigole. Alors, tu es enceinte de combien ?

— Je ne sais pas. Je prenais la pilule. Une pensée m'a traversé l'esprit. Merde, c'est dangereux pour le bébé que j'aie pris la pilule ?

Jack est revenu vers le lit et s'est assis, le visage inquiet.

— Merde, a-t-il répété.

— Non, ça ne devrait pas, a dit Joey dans mon oreille. Ça arrive tout le temps. La pilule n'est pas efficace à cent pour cent contre la grossesse de toute façon. Mais je vais chercher une étude récente pour te rassurer.

Jack me regardait avec des yeux écarquillés en attendant une réponse.

J'ai secoué la tête en posant une main sur son avant-bras.

— C'est bon, je crois, ai-je chuchoté.

— C'est Jack ? a demandé Joey. Tu peux me mettre sur haut-parleur ?

J'ai éloigné le téléphone de mon oreille et appuyé sur le bouton haut-parleur.

— Voilà.

— Salut, Joey.

— Salut Jack. Félicitations, mec. Écoute, je sais que tu dois avoir peur que ça se sache, mais j'ai une amie obstétricienne à Hilton Head Island, et elle est digne de confiance. Je peux vous recommander. Keri Ann a besoin d'un check-up dès que vous pourrez le faire. Ce docteur a un cabinet à l'extérieur de l'hôpital, alors peut-être qu'elle pourrait vous voir le week-end pour minimiser les risques que quelqu'un vous reconnaisse tous les deux.

— Ce serait génial, Joey. Mon fiancé m'a regardée pour avoir mon accord.

Mon fiancé ! J'ai acquiescé.

— Merci, Joey.

— Est-ce que je vais être le premier à apprendre quelque chose à Jazz, pour une fois ? a demandé Joey.

— Bien sûr. Jack m'a regardée en haussant les épaules.

Je me suis mordu la lèvre et j'ai fait la grimace.

— Elle est déjà au courant, désolée.

Jack a ouvert la bouche d'un air choqué.

— Les gars, me suis-je exclamée. C'est Jazz ! Et puis, j'ai pratiquement vomi sur ses pieds au moment où j'ai réalisé que j'étais probablement enceinte. Ça aurait été un peu difficile de garder ça pour moi. J'ai croisé les bras. Pourquoi est-ce que je me justifie ? C'est Jazz. Bien sûr qu'elle le sait. J'ai terminé en soufflant.

— C'est bon, a dit Jack, en s'asseyant et en levant un sourcil devant mon emportement. Vraiment.

Joey riait.

— Oh, vous alors ! Je me suis assise contre les oreillers en soupirant.

— Donc, pour en revenir aux nouvelles de la nuit dernière, a dit Joey avec un petit rire. Cela signifie-t-il que vous allez vous marier plus tôt que prévu ?

— Nous ne savons pas encore, a répondu Jack et il s'est penché pour embrasser mon nez.

J'ai attrapé son visage et plaqué mes lèvres sur les siennes.

— Je te rappelle, Joey, a dit Jack. Je l'ai lâché et j'ai appuyé sur le bouton rouge, mais il s'est levé.

— Où tu vas ? Tu m'en veux parce que je l'ai dit à Jazz en premier ? On s'était récemment amusé du fait que Jazz et moi semblions toujours savoir ce que l'autre voulait dire et que les gars ne comprenaient pas.

Jack n'a rien dit, il est allé dans la salle de bains avec son téléphone et il a fermé la porte.

J'ai serré les lèvres. Le lit était si confortable, je n'avais pas envie de me lever tout de suite.

Une minute plus tard, il est revenu et a jeté son téléphone sur la commode. Puis il s'est assis au bout du lit et a enlevé son t-shirt gris chiné, révélant son ventre plat en ébouriffant ses cheveux.

J'ai respiré plus vite. A. Chaque. Fois. Il était juste trop beau pour être vrai.

— Qu'est-ce que tu fais ?

Il a ôté ses chaussures et son jean, puis il a enlevé son boxer.

J'ai dégluti. Mon corps a réagi à la vue de son érection.

— Tu dois savoir que Monica et Devon sont sortis, a-t-il dit avec un clin d'œil malicieux.

— Et donc ? ai-je demandé, en faisant semblant de m'at-tendre à ce qu'il développe, ce qu'il n'a pas fait. Attends. Est-ce que tu viens encore d'appeler mon frère depuis les toilettes ?

— Ouaip.

— Pourquoi ?

— ça ne te regarde pas.

Il a passé la main sous la couette, a attrapé le bas de mon pyjama et l'a fait descendre le long de mes jambes avec détermination.

Mon cœur battait la chamade.

— Oh, mon Dieu, tu as demandé à mon propre frère si on pouvait faire l'amour sans danger maintenant que je suis enceinte ? J'étais horrifiée. Horrifiée et ridiculement excitée.

En un clin d'œil, Jack a plongé sous les couvertures et s'est glissé entre mes jambes.

— Oh, ai-je réussi à dire, haletante, quand des mains ont écarté mes jambes et que j'ai senti un souffle chaud sur mon pubis. Et toutes les pensées ont quitté mon esprit. Oh, ai-je répété. Sa langue chaude est entrée en contact avec moi, et j'ai eu l'impression que j'allais m'évanouir.

Je ne pouvais pas le voir sous les couvertures, je pouvais seulement sentir la chaleur exquise et le mouvement de sa langue qui m'aimait, ses mains qui me tenaient offerte à lui, et bientôt les sons étouffés de son excitation. D'une certaine manière, l'incapacité de voir ce qu'il me faisait amplifiait le plaisir diabolique de la chose. J'étais perdue dans la sensation, vaguement consciente que je gémissais fort, que je m'ouvrais davantage à lui, que je m'agrippais aux draps alors qu'il me poussait vers le sommet du plaisir. Je cherchais de l'oxygène qui ne semblait pas venir. Je luttais presque contre ma ruée vers le bord, voulant que la sensation dure pour toujours. Et j'ai vacillé, suspendue là, quand sa bouche m'a brusquement quittée.

J'ai laissé échapper un son de consternation, mais ensuite il était sur moi, et me regardait alors que je clignais des yeux.

— Et oui, c'est sans danger. Dieu merci.

Et puis il m'a remplie.

Son sexe m'a remplie.

L'amour dans ses yeux m'a remplie.

Je me suis sentie si complète à ce moment-là que j'en ai eu les larmes aux yeux. Je l'ai tenu fermement tandis qu'il enfouissait son visage dans mon cou, dans mes cheveux, m'embrassant, son sexe s'activant dans le mien par des mouvements lents et délibérés. J'ai bougé avec lui, en voulant davantage, souhaitant qu'il y ait un moyen pour nous de nous rapprocher, même si nous étions aussi proches que possible. Mon corps, déjà prêt et rendu frénétique par sa langue, s'est précipité vers l'orgasme.

La bouche de Jack a quitté la mienne et il m'a regardée dans les yeux.

— Merci d'avoir accepté d'être ma femme. De porter mon enfant. D'être tout ce qui est bon et parfait pour moi.

Je me suis approchée de son visage, le tenant pour pouvoir garder ces magnifiques yeux vert foncé sur les miens alors que son cœur et son âme me faisaient l'amour de la même manière que son corps.

— Je t'aime, Jack. Je t'aime tellement. Et, j'ai pris une inspiration, en essayant de ne pas être distraite par la sensation incroyable de ce qu'il me faisait. J'ai échoué. C'était tellement bon. J'ai gémi. Mes hanches se sont soulevées pour aller à sa rencontre, mes jambes sont montées plus haut, s'enroulant autour de lui, le prenant profondément, suppliant silencieusement de ressentir ce dernier mouvement qui me ferait jouir.

Les hanches de Jack se sont écrasées sur les miennes. Il a crispé le visage et froncé les sourcils.

— Je t'aime aussi. Les mots l'ont quitté précipitamment, comme s'il ne pouvait pas les retenir. Et j'aime être en toi. J'ai juste peur de te faire du mal. De faire du mal au bébé. Son corps a bougé dans un rythme implacable, sexy et puissant.

— Encore, Jack. J'ai haleté. J'ai besoin...

Non, je n'avais besoin de rien de plus. J'avais Jack. Pour toujours. « Jack », c'est la dernière chose que j'ai réussi à dire avant que mon corps ne se contracte presque douloureusement avant de s'envoler, se dématérialisant à la vitesse de l'éclair. Je me suis accrochée à lui et j'ai crié, longtemps et fort.

Jack a suivi.

Quelques minutes plus tard, à bout de souffle, notre peau se refroidissait à mesure que l'air nous séchait et Jack a roulé sur le côté. Il m'a attirée dans le creux de son bras et a embrassé le haut de ma tête.

J'ai posé la main qui portait sa bague sur sa poitrine, sentant son cœur battre lentement jusqu'à un rythme plus régulier.

Sous ma paume, j'ai senti qu'il prenait une inspiration plus profonde avant de parler.

— Est-ce que tu veux bien m'épouser la semaine prochaine ? m'a-t-il demandé doucement. S'il te plaît ?

CHAPITRE DIX-HUIT

Jack et moi avons ralenti pour marcher et reprendre notre souffle. J'étais déterminée à continuer à faire de l'exercice pendant cette grossesse si je devais manger comme je l'avais fait ces derniers jours. Il n'avait pas fallu beaucoup de temps pour persuader Jack de faire un jogging sur la plage, puisque c'était son passe-temps favori ces jours-ci.

La brume matinale s'était dissipée sur l'eau, et le soleil, bien que déjà haut, laissait la brise rafraîchir nos corps.

Je me suis arrêtée et me suis penchée, les mains sur les hanches.

— Pouh. Je manque d'entraînement.

— Ou tu as juste moins d'énergie en ce moment, a suggéré Jack. De toute façon, c'est pas comme si on avait le temps de faire une longue course.

Nous devions déjeuner avec sa mère et son beau-père.

— Alors, on leur dit que je suis enceinte ? ai-je demandé à Jack en me redressant et en reprenant la marche.

Il a pris ma main. La brise matinale était fraîche et je me suis blottie contre lui.

— Eh bien, a-t-il dit en embrassant mon front. Si tu as décidé que tu veux m'épouser la semaine prochaine...

— Jack, l'ai-je réprimandé. Tu as promis de me laisser le temps d'y réfléchir.

— Tu as eu deux heures, a-t-il plaisanté. De combien de temps as-tu encore besoin ?

J'ai ri et j'ai secoué la tête.

— Je sais. C'est un long moment effectivement.

— Sérieusement, j'ai déjà eu mon attachée de presse au téléphone à propos de l'annonce de nos fiançailles. Je veux qu'elle attende, évidemment. Parce que s'il y a trop de temps entre l'annonce et le mariage, ça risque de devenir un vrai cirque. Nous pourrions aussi bien commencer à prévoir des éléphants qui dansent ou des acrobates du Cirque du Soleil pour divertir les invités. Le mariage serait un truc énorme. Tous les gens que j'ai croisés s'attendraient à être invités.

J'ai roulé des yeux.

— Tu exagères.

— Eh, pas vraiment. Et peut-être pas les éléphants, c'est cruel, mais les acrobates se serait génial.

— Nicole est sur le point de se marier. Je ne peux pas soudain faire mon propre mariage. Je sais que je viens juste de la rencontrer, mais je peux difficilement faire ça à quelqu'un.

— Et ton intérêt pour les gens que tu connais à peine est une autre chose que j'aime chez toi. Même si c'est extrêmement gênant. Jack a fait la moue.

— Fais attention à ne pas trébucher sur ta lèvre.

— Et j'aime ta langue acérée, aussi.

Je me suis arrêtée et je me suis mise sur la pointe des pieds pour presser mes lèvres sur les siennes.

Il a rapidement glissé sa main dans mon chignon en désordre et m'a serrée contre lui. Son baiser s'est approfondi, salé par la sueur et l'air marin, puis il s'est écarté pour donner de petits coups de langue le long de mes lèvres et de ma mâchoire.

J'ai frissonné. Je me suis demandé si cet homme me ferait de l'effet jusqu'à mes quatre-vingts ans.

« Encore une ou deux choses, a dit Jack contre mon oreille. C'est toi qui as dit que tu ne voulais pas ressembler à une baleine, même si ça n'arrivera pas, mais cela signifie que le plus tôt sera le mieux. »

Je me suis écartée et j'ai soupiré. Il avait raison, j'avais dit ça.

— Et l'autre chose ?

— Tu crois que je ne sais pas que ça te fait mal de voir quelqu'un d'autre planifier son mariage ici, à la Maison Butler, ta maison familiale ?

J'ai serré les dents, pris une courte inspiration, puis je l'ai retenue, en gonflant mes joues. Ça ne me dérangeait pas tant que ça. Si ?

Jack m'a regardée, dans l'expectative.

J'ai expiré.

— OK, peut-être un peu. Ce n'était pas mortel non plus. Mais est-ce que j'aimerais que ce soit Joey ou moi qui nous mariions les premiers là-bas ? Oui. Pour le bien de Nana. Si ce n'est le nôtre. J'ai serré l'avant-bras solide de Jack. Mais la maison n'est même plus à nous, en fait. Alors qu'est-ce que ça peut faire, tu vois ? Bien qu'à en juger la boule dans ma gorge, cela me rendait un peu triste. L'auberge appartenait au public maintenant, et à Jack, en tant que propriétaire et investisseur. Ce n'était plus seulement la maison de mon enfance.

Jack a pris ma main, l'a glissée autour de sa taille et m'a attirée contre lui. Il m'a regardée fixement, ses yeux verts cachés par ses lunettes de soleil.

Il les a descendues sur son nez pour que je puisse les voir.

— C'est toujours à toi, a-t-il dit. J'ai peut-être été l'investisseur, mais j'ai mis toute la propriété à ton nom et à celui de ton frère. Joyeux anniversaire.

— Quoi ? Je lui ai enlevé ses lunettes de soleil et je l'ai regardé fixement.

— J'ai toujours voulu faire ça pour toi, après avoir stabilisé la situation financière.

Des années auparavant, lorsque nous avions failli perdre la maison à cause du poids des augmentations massives de la taxe foncière et de l'entretien que nous ne pouvions pas payer, Jack était intervenu et avait fait une proposition commerciale à mon frère. Il voulait investir dans l'immobilier, mais il fallait que ce soit source de revenus. Jazz avait proposé le concept de la chambre d'hôte Butler, et après quelques réserves, j'avais cédé. Jack était devenu un investisseur pour que notre propriété puisse avoir une nouvelle vie.

C'était une décision affective difficile, mais une décision financière facile.

— La seule raison pour laquelle j'ai accepté que tu m'aides, c'est parce que je t'aidais aussi et que je ne me contentais pas de profiter de tes largesses. Je n'arrive pas à croire que tu aies été aussi sournois.

Cela dit, il avait fait ça pour m'aider à me sentir en sécurité. J'avais eu une crise de panique à propos de cette même chose quelques jours plut tôt - sur le fait que j'avais l'impression de ne plus avoir de maison sans Jack. À sa manière, Jack s'était assuré que j'aie mon indépendance si je le voulais.

— Avant que tu ne paniques, a dit Jack rapidement, et j'ai réalisé que mon visage devait être en train de refléter toutes les émotions qui défilaient dans ma tête. C'est juste un acte de propriété. J'ai mis un capital d'exploitation non garanti aussi, et l'entreprise me paie toujours en tant qu'investisseur. Je te le promets. Donc, ne te mets pas en colère contre moi.

— Je...

— Et tant que j'y suis, je devrais te dire que j'ai mis notre maison sur Daufuskie entièrement à ton nom aussi.

J'ai secoué la tête, n'en croyant pas mes oreilles.

« J'allais garder ça comme cadeau de mariage, mais c'est nul comme cadeau en fait. »

— Non, pas du tout. J'ai ri de façon ironique. Ce ne sont pas des cadeaux d'anniversaire débiles non plus. Mais...

— Si, c'est nul. Surtout parce que je n'étais pas sûr de savoir comment tu réagirais si je faisais ça. Comment tu le prends ? Tu es en colère ? Si tu penses que je te gâte trop, ce n'est pas le cas.

— Non, je ne suis pas en colère. Et oui, tu me gâtes. Je ne peux pas accepter ça, c'est trop.

— Ce n'est pas de la générosité. C'est en fait assez égoïste. Tu te souviens que je disais que j'avais peur parce que parfois j'avais l'impression que tu *devais* être avec moi, plutôt que de *vouloir* être avec moi ?

J'ai grimacé. Je pensais qu'on en avait fini avec ça.

— Non, Jack. Je ne pense jamais ça. Je *veux* être avec toi.

— Laisse-moi finir. Je sais que tu veux voler de tes propres ailes et ne pas être dans mon ombre. Et c'est ce que tu fais. Mon Dieu, tu es incroyable. Mais, je veux que nous soyons égaux. Et je ne veux pas que tu te sentes obligée de rester avec moi.

Il essayait de rayer toutes les raisons qui m'auraient poussée à rester avec lui par nécessité.

J'aurais dû être fâchée qu'il ait encore agi dans mon dos, mais le désintéressement total de cet acte m'a sidérée.

Peut-être que c'était mes hormones, ou le fait que nous étions fiancés, mais oh mon Dieu, cet homme était à part. Jack était un sacré donneur de cadeaux extravagants.

— Je t'aime, Jack. Je ne me sens pas obligée d'être avec toi. J'admets avoir eu une petite crise de panique quand j'ai réalisé que j'étais enceinte et que tu remettais en question le mariage. Mais ça ne veut pas dire que rationnellement je me sentirais obligée de rester avec toi juste pour l'argent et le logement.

— Je sais. Mais un jour ça pourrait arriver, et je ne veux pas que ça devienne un problème entre nous. Ça me briserait le cœur encore plus que le fait que tu ne m'aimes pas si j'avais l'impression de t'avoir en quelque sorte... piégée.

J'ai accroché les lunettes de soleil que je lui avais enlevées sur le devant de mon t-shirt et j'ai passé les mains dans ses cheveux bruns et luxuriants. Ils étaient soyeux, froids, et balayés par le vent.

— Enferme-moi dans le piège alors. Je viens de mon plein gré. Si quelqu'un doit s'inquiéter de piéger quelqu'un, c'est bien moi, qui porte ton bébé que tu n'abandonneras jamais, je le sais.

— Jamais, a-t-il dit en abaissant son front sur le mien. Mon Dieu, je suis en vrac.

— Pas plus que moi. J'ai la tête qui tourne. Tu es passé de l'idée effrayante du mariage à l'envie de te marier le plus vite possible. Maintenant, tu m'accordes toutes ces choses. J'ai juste... On est en train de faire quelque chose d'énorme. Se marier, fabriquer un être humain, ce ne sont pas des choses à faire à la légère. Nous devons juste respirer un moment.

— Ouais. Je sais. Il m'a attirée contre lui en posant le menton sur mon crâne. Mais voilà le truc, maintenant que j'ai pris le contrôle de mes doutes et que nous avons un petit humain en route, je veux qu'on commence tout de suite à s'occuper de ce bel avenir sécurisé. Je crois que je ne me suis jamais senti aussi vulnérable et aussi responsable.

J'ai brièvement pressé mes lèvres sur les siennes.

— Moi aussi. Maintenant, allons prendre mon déjeuner d'anniversaire avec tes parents. Je suis de nouveau affamée.

LA MAISON BUTLER, nichée parmi les chênes verts de la route principale de Butler Cove, semblait calme et accueillante lorsque nous sommes arrivés dans la Jeep. Pendant que Jack se garait, j'ai regardé à travers le pare-brise et j'ai admiré les lignes majestueuses de cette merveille du Sud qui avait été restaurée dans sa gloire d'antan. Elle était toujours à moi. L'ampleur de cette pensée m'a à nouveau frappée. Le porche, les colonnes, les volets noirs impeccables, les camélias roses que Jazz avait plantés sur les côtés. Tous les souvenirs à l'intérieur. Les larmes me montaient aux yeux. C'était encore à moi. Notre maison. Je n'avais pas réalisé jusqu'à ce moment à quel point je m'étais éloignée émotionnellement de ma maison parce que j'avais l'impression qu'elle ne m'appartenait plus. Je suis sortie de la Jeep, juste au moment où Jack en faisait le tour pour ouvrir ma portière. J'ai attrapé sa main et j'ai respiré profondément.

— Merci, ai-je dit, en le pensant de toutes les fibres de mon être.

Sa fossette a creusé sa joue alors qu'il me souriait.

— Je t'en prie.

Nous avons monté les marches de la maison au trot, juste au moment où la porte s'est ouverte et où David, le fiancé de Nicole, est sorti en trombe, un sac en bandoulière.

Jack m'a tirée sur le côté.

— Désolé, a dit David, en nous regardant de travers.

Nous sommes entrés, en nous regardant l'un l'autre. Les yeux de Jack étaient méfiants, comme si nous venions de passer devant un animal enragé. Jazz était au téléphone à l'accueil.

Que diable venait-il de se passer ?

« Il n'y a pas Uber dans ce trou perdu ? » a demandé David derrière nous.

Je me suis retournée et j'ai secoué la tête.

— Non, a dit Jack.

— C'est juste génial, putain !

J'ai levé les sourcils.

— Vous pouvez appeler un taxi. Pour aller où ?

— À l'aéroport.

Jazz s'est approchée et nous a éloignés de la porte d'entrée, l'air calme et posé. Ses yeux se sont brièvement posés sur les miens.

— J'ai pris la liberté d'en appeler un pour vous, M. Roth-stein. Il devrait être là sous peu. Êtes-vous sûr que vous ne voulez pas attendre dans la bibliothèque ?

— Non, a-t-il répondu avec raideur. Je vais attendre ici.

— Je peux vous apporter quelque chose pendant que vous attendez ?

— Une machine à remonter le temps, a grogné David. Pour que cette salope ne soit jamais venue ici.

J'ai ouvert la bouche. Un sifflement a retenti derrière moi.

— Cooper ! a aboyé Jazz et je me suis retournée pour voir mon ami, les bras croisés sur sa large poitrine, ses yeux lançaient des éclairs au petit homme aux cheveux noirs sous le porche.

Waouh, ai-je dit silencieusement à Jack, qui m'a rendu mon regard choqué. Nous avons fait un pas de côté vers la cuisine, sachant tous les deux que prendre de la distance avec cette situation explosive était probablement la meilleure chose à faire.

« Je m'en occupe, merci, a dit Jazz à notre ami. Keri Ann et Jack, vous voulez bien emmener Cooper à la bibliothèque puisque M. Rothstein ne l'utilisera pas ? »

— Euh, bien sûr, ai-je dit doucement, mais Cooper avait déjà fait demi-tour et était reparti dans cette direction. Nous l'avons suivi, et Jazz a doucement fermé la porte d'entrée sous le nez d'un David Rothstein à l'air confus.

Le silence a régné pendant trente bonnes secondes alors que nous étions tous en train de digérer la situation.

— Où sont mes parents ? a fini par demander Jack.

Jazz a fait la grimace.

— Ils se cachent dans la cuisine. Ce n'était pas une bonne première impression de notre chambre d'hôtes. Puis elle a tourné le verrou de la porte d'entrée.

— Ne t'inquiète pas pour ça. Il en faut plus que ça pour décourager mes parents. Jack a glissé ses doigts entre les miens. D'ailleurs, tu n'as pas besoin de leur approbation.

Cooper s'est assis dans un fauteuil dans le recoin de la bibliothèque et a pris un magazine people.

— Il y a quelque chose sur toi là-dedans, Jack ?

— J'ai rejoint l'Église de Scientologie, vous ne le saviez pas ? a-t-il plaisanté.

Cooper a levé les yeux au ciel.

— Ah bon ?

— Mais non ! Jack a levé les yeux au ciel en riant. Pourquoi Jazz insiste-t-elle pour garder ces magazines ici ?

Elle a laissé échapper une longue inspiration et s'est dirigée vers les escaliers.

— Parce qu'ils me divertissent. Je vais juste voir comment va Nicole.

— Sa mère est toujours là ? ai-je demandé.

— Elle est partie hier après-midi. Heureusement, elle avait fait un gros chèque d'acompte.

— Tu ferais mieux de l'encaisser avant qu'elle ne l'annule, a marmonné Cooper.

— Ça va, Coop ?

Il s'est renfrogné.

— Ouais, ça va. Mais ce type est un connard. Bref, je vais aller chercher mon bateau à la marina de Skull Creek cet après-midi. Vous avez besoin d'un chauffeur pour aller à Daufuskie Island ?

J'ai levé les sourcils en regardant Jack. Nous n'avions pas discuté de la date à laquelle nous ramènerions Charlotte et Jeff à la maison.

— Aujourd'hui, ça irait, ai-je dit. Surtout maintenant que je n'ai plus besoin de rester ici pour aider Jazz à organiser le mariage.

. . .

— OK. Jack a haussé les épaules. C'est logique. Merci, Cooper.

Cooper a hoché la tête et a ramassé un journal par terre.

— Je t'enverrai un message quand le bateau sera prêt.

— Bon, allons sauver mes parents, a dit Jack.

Nous nous sommes dirigés vers la cuisine.

— Je peux dire que j'adore que tu les appelles tes parents au lieu de ta mère et Jeff ?

Jack a fait un petit froncement de sourcils, comme s'il venait de s'en rendre compte.

— Euh, je suppose que oui. Je veux dire, ils sont ensemble depuis au moins quinze ans. Il est grand temps.

— Je dirais que oui. J'ai serré sa main. Tu es prêt à leur dire qu'ils vont être grands-parents ?

CHAPITRE DIX-NEUF

Je dévorais un délicieux hamburger, juteux, mais bien cuit, lorsque Jack s'est excusé pour quitter la table et prendre un appel.

Les parents de Jack étaient en train d'essayer les crevettes et le gruau de Paulie, et ils adoraient chaque bouchée.

Le Snapper Grill n'avait pas beaucoup changé depuis trois ans, à part un chalet isolé que Paulie avait récemment construit. Il n'avait pas caché qu'il s'attendait à ce que Jack et moi continuions à venir, et il nous avait fourni un endroit où nous pouvions manger en toute intimité.

C'était l'automne et la basse saison pour les touristes, ainsi que la fin du service du déjeuner, donc avoir de l'intimité n'était pas un problème. Jack m'avait demandé s'il pouvait annoncer que nous attentions un bébé, mais jusqu'à présent il n'avait rien dit.

— Bon, alors, Keri Ann et moi avons pensé que nous pourrions vous déposer à l'auberge après le déjeuner pour que vous puissiez faire vos bagages pendant que nous ferons quelques courses, et ensuite Cooper nous emmènera tous à Daufuskie dans son bateau, dit-il en revenant à la table.

— Ça m'a l'air bien, chéri, a dit sa mère distraitement. Ce sont peut-être les meilleures crevettes que j'ai jamais mangées.

J'ai levé les sourcils en regardant Jack pour savoir quand nous allions le dire à ses parents, mais il m'a simplement fait un clin d'œil. OK, donc rien encore sur le bébé.

— Et, a dit Jack, en s'adressant à son beau-père. Je sais qu'on vient juste de se fiancer, mais j'ai une question importante. Jeff, je me demandais si tu voulais bien me faire l'honneur d'être mon témoin.

Jeff a levé les yeux de son assiette, la bouche pleine, une queue de crevette qu'il n'avait pas encore mordue dépassant de ses lèvres.

J'ai mis la main sur ma bouche, essayant de ne pas rire, mais aussi émue et surprise par la demande de Jack.

— Oh, s'est exclamée Charlotte. Oh, c'est merveilleux.

Jeff a écarquillé les yeux et s'est empressé de manger la queue de crevette, qu'il a avalée d'un trait.

— Je suis désolé. Je ne voulais pas te faire un choc. C'est juste que ça signifierait beaucoup pour moi de t'avoir à mes côtés. Tu as été là presque toute ma vie après tout. Du moins, les moments dont je me souviens.

J'ai attrapé ma serviette pour tamponner mes yeux, remarquant que Charlotte faisait de même.

— Mon Dieu, a réussi à dire le beau-père de Jack. Tu es sûr que tu n'as pas un ami à qui tu préférerais demander ? Devon, peut-être ? Ou ton ami Max, en Angleterre ?

Max était un vieil ami de Jack de l'internat, qui possédait maintenant un petit hôtel sur la côte sud de l'Angleterre. Je l'avais rencontré quand Jack m'avait emmené en Angleterre pour notre premier Noël.

— Je préférerais que ce soit toi, si tu acceptes, a dit Jack solennellement.

— Bien sûr. Alors j'accepte. J'accepte.

Charlotte a pris la main de son mari à travers la table et l'a serrée.

* * *

— Je nous ai obtenu un rendez-vous chez le médecin, a dit Jack après que nous ayons déposé ses parents à l'auberge pour qu'ils rassemblent leurs affaires. La personne recommandée par Joey a dit qu'elle pouvait nous voir tout de suite.

— Quoi ? Je me suis assise sur le siège passager de la Jeep. Waouh ! Je, euh, n'avais pas réalisé qu'elle pouvait nous voir si tôt.

— Est-ce que ça va ? Soudain, Jack avait l'air inquiet. J'ai pensé que nous devions fixer un rendez-vous au plus tôt.

— Non, non. C'est bon. J'ai frotté mon ventre. Est-ce que j'étais repue, avais-je à nouveau faim, étais-je nerveuse ou avais-je la nausée ? Je ne savais plus vraiment ces jours-ci. Peut-être que le médecin verrait un hamburger intact à l'échographie, puisque je l'avais avalé si vite.

Le visage de Jack s'est détendu, l'air soulagé puis il a rapidement été rattrapé par l'excitation.

— Merci, mon Dieu. Je meurs d'envie de m'assurer que c'est réel, que tu vas bien et que le bébé va bien.

J'ai attrapé sa main qui était sur le levier de vitesse.

Il a entrelacé mes doigts et porté ma main à sa bouche.

— Tout va bien se passer, ai-je dit avec plus de calme que je n'en ressentais.

Il a acquiescé.

— Je suppose que c'est pour ça que tu ne l'as pas encore dit à tes parents.

— Dès que j'ai pensé que le médecin pourrait nous caser, il m'a semblé sage d'attendre.

— Un samedi.

Jack a hoché la tête.

— Un samedi.

— Tu ne l'as pas soudoyée, n'est-ce pas ?

— Non. Apparemment, ton frère a le chic pour que les gens lui doivent des faveurs qu'ils sont pressés de rendre.

— Hum... J'ai haussé un sourcil.

Jack m'a jeté un bref regard alors qu'il faisait demi-tour dans l'allée pour se rendre au cabinet du médecin.

— C'est elle qui l'a dit.

— Intéressant. Espérons qu'elle n'est pas jeune et belle et qu'elle ne lorgne pas sur Joey. Ou bien il faudra informer Jazz d'une rivale potentielle.

LE DR ASHLEY BERRY était jeune et effectivement très séduisante. Mais aussi d'après les photos de famille encadrées autour de son bureau, elle semblait être très heureuse en ménage. Son mari était un beau brun, pas autant que mon Jack, bien sûr, mais il n'était pas mal. Ses adorables petites filles avaient l'air rassurées par l'adoration de leurs parents. J'ai poussé un soupir de soulagement.

— C'est merveilleux de vous rencontrer tous les deux, a dit

le Dr Berry en nous faisant entrer dans son bureau. Prenez place. Nous allons d'abord discuter un peu et voir comment vous allez. Nous ne ferons peut-être même pas d'examen aujourd'hui si c'est trop tôt.

Jack a pris la chaise la plus éloignée pour moi, puis s'est installé sur une autre en enlevant la casquette qu'il portait toujours en public et en s'ébouriffant les cheveux.

Le docteur m'a posé quelques questions de base tout en remplissant mon dossier.

— Bon anniversaire, au fait, s'est-elle exclamée quand j'ai donné ma date de naissance.

— Merci.

— Avez-vous eu des contrôles gynécologiques réguliers ? a-t-elle demandé.

J'ai hoché la tête.

— Je vais dans un petit cabinet à Butler Cove, mais Jack a estimé, nous avons estimé, ai-je corrigé en lui jetant un coup d'œil, que nous pourrions avoir besoin de quelque chose de plus éloigné et de plus discret étant donné la situation.

— Des maladies familiales que je devrais connaître ? Elle a énuméré une série de problèmes auxquelles j'ai, heureusement, pu donner une réponse négative.

Le Dr. Berry a hoché la tête.

— OK, je vais rédiger une ordonnance pour des vitamines prénatales, mais j'ai ici quelques échantillons pour vous permettre de commencer. D'après les informations que vous avez fournies, je dirais que vous êtes très tôt dans la grossesse. Je pourrais faire une échographie maintenant, mais il est peut-être encore trop tôt pour entendre le cœur battre et cela pourrait être décevant.

— Mais on est sûrs qu'elle est enceinte ? a demandé Jack,

qui s'était soudain penché en avant, l'air préoccupé. Vous ne faites pas, genre, un test ou quelque chose comme ça ?

— Vous avez fait un test en pharmacie, n'est-ce pas ? a demandé le Dr Berry.

Jack a acquiescé.

— Eh bien, oui, mais ils ne sont pas totalement fiables, n'est-ce pas ?

— Un résultat négatif peut ne pas être fiable, mais un résultat positif l'est à 99%. C'est la même technologie, si vous voulez, que nous utilisons dans nos cabinets. Elle nous a regardé tous les deux en souriant. Si vous avez fait pipi sur un bâtonnet et que le résultat est positif, vous êtes très certainement enceinte.

J'ai dégluti en entendant cette confirmation si catégorique.

Jack s'est assis et a soupiré avec ce qui semblait être un soulagement et m'a pris la main.

Je l'ai regardé et j'ai vu qu'il souriait.

« Cependant, je dois vous dire ce qui suit parce que c'est mon devoir, et ce n'est pas pour vous inquiéter inutilement, a dit doucement le Dr Berry, et j'ai vu le sourire de Jack s'estomper un peu. Les trois premiers mois, surtout d'une première grossesse sont, je suis désolée de le dire, plus enclins à spontanément... ne pas prendre.

— Oh mon Dieu, a dit Jack.

Mon cœur a fait un bond.

— Mais avant que vous ne paniquiez et que vous ne gardiez Keri Ann dans du coton, elle a regardé Jack, qui semblait apparemment le plus perturbé de nous deux, il n'y a vraiment rien à faire. Ce n'est pas dû à ce que vous mangez, ni à un exercice physique intense, ni à quoi que ce soit d'autre. Les grossesses sont plus résistantes qu'on ne le pense. Mais souvent, le corps vous fait une faveur, en s'occupant d'un problème médical potentiel avant que quelque chose ne tourne mal. Si cela se produit, vous devez le voir comme la façon dont Dieu, ou la nature, décide que ce n'est pas le bon moment.

Jack avait l'air complètement paniqué. J'ai pensé à Jazz et à sa première grossesse et je me suis sentie mal et frissonnante. J'ai posé ma main libre sur ma poitrine. Jack était si content. Ce serait terrible si quelque chose se passait mal. Vraiment terrible.

« A votre place, je n'annoncerais donc pas la nouvelle avant que vous ayez atteint au moins le troisième mois. J'aimerais aussi que vous reveniez dans une semaine ou deux pour nous permettre de faire une bonne échographie, d'écouter les battements du cœur et de mesurer le bébé. À ce stade, ils se développent tous à peu près au même rythme, donc nous serons en mesure de vous donner une date de conception et probablement une date d'accouchement, à un jour près.

— Waouh ! a fait Jack, suivi d'un rire nerveux.

Il semblait que nous étions tous les deux soulagés d'avoir tourné la page sur le scénario catastrophe.

« J'espérais que nous pourrions dire la date de conception, mais je ne suis pas sûr. C'est tellement génial... » Jack s'est arrêté en réalisant ce qu'il voulait dire.

J'ai roulé les yeux en souriant et j'ai capté le regard du Dr Berry.

— Il veut vraiment savoir à quel moment il... vous savez...

Le Dr Berry a rougi, puis a dit en riant :

— Les hommes. Mon mari était exactement pareil.

On a échangé un regard et j'ai décidé que le Dr Berry était plutôt géniale. Je lui faisais confiance. J'espérais que Jack ressentait la même chose.

— Hé. Jack a gloussé. Ce sera quelque chose dont on pourra être fier. Je veux dire ça n'est pas moi qui le fait pousser, mais au moins je pourrai savoir ce que nous faisions exactement quand Bean a été créé. Il a fait un clin d'œil.

— Jack ! J'ai secoué la tête en riant, les joues brûlantes.

Nous avons terminé la consultation, et je savais que Jack se sentait infiniment mieux en sachant qu'un professionnel était impliqué. C'était aussi mon cas et je lui étais reconnaissante d'avoir suivi le conseil de Joey.

Alors que nous quittions le centre médical pour nous rendre sur le parking vide, Jack a remis sa casquette et m'a pris la main.

— Alors, on le dit à mes parents maintenant ou on attend trois mois ?

— Jazz et Joey sont au courant, alors ce serait bizarre que tes parents ne le sachent pas, ni même Devon et Monica d'ailleurs. J'ai serré la main de Jack. Et si quelque chose tourne mal, ce sera bien d'avoir leur soutien.

Jack m'a fait m'arrêter du côté passager de la Jeep et a incliné mon visage vers le sien.

— Rien ne va mal se passer. Et peut-être que plus il y a de gens qui aiment et attendent ce bébé plus il sera en sécurité ? Il a pressé ses lèvres sur les miennes. Attendons d'être à Daufiskie pour le dire à mes parents. Ils seront ravis.

CHAPITRE VINGT

J'ai soufflé sur le dessus du chocolat chaud que la mère de Jack avait préparé lorsque nous étions rentrés de notre promenade matinale dans le froid intense sur la plage de Daufuskie.

— Nous devons faire une déclaration publique au sujet de nos fiançailles, a dit Jack alors que nous nous installions dans notre salon. Il a empilé quelques bûches dans notre cheminée et a allumé le feu.

— Qu'y a-t-il à dire ? a demandé Charlotte.

Charlotte et moi étions devant un puzzle de cinq cents pièces sur lequel nous avions travaillé et qui était installé sur la table de jeu dans le coin. C'était agréable d'être de retour sur l'île, et les parents de Jack étaient des invités très faciles à vivre.

— Je suppose qu'ils veulent un rendez-vous ou quelque chose comme ça. Je cherchais une pièce de puzzle insaisissable dont j'étais sûre qu'elle avait un bord bleu. Et l'attachée de presse de Jack a dit qu'elle était inondée d'offres pour des photos de fiançailles exclusives dans les magazines.

— Les gens du studio sont tout excités parce que ça me

donnera plus de visibilité avant qu'ils n'annoncent que *Le comte disparu* est mon histoire. Ils demandent à ce que la nouvelle soit relayée. Jack serrait les dents en parlant. Au moins, je leur donnerai le feu vert pour confirmer les fiançailles, avant que ça ne soit une rumeur.

— Quelle sera la date du mariage ? a demandé Charlotte, qui n'avait heureusement pas remarqué la tension de Jack. Elle a inséré avec facilité la pièce que je cherchais dans le puzzle. Avez-vous au moins parlé d'une saison pour le mariage ? Je veux dire, vous avez été ensemble assez longtemps. Il n'y a pas beaucoup de raison d'attendre.

J'ai fait un petit bruit.

Jack et moi avons échangé un regard alors qu'il se levait, le feu dansant joyeusement derrière lui.

J'ai plissé les yeux en signe d'avertissement, et il m'a fait un clin d'œil malicieux.

— Évidemment, je ne veux pas attendre, a-t-il dit.

— Il faut un peu de temps pour planifier les choses, a dit Charlotte. Organiser un mariage prend du temps, même s'il est petit.

— C'est exactement ce que je pense. J'ai souri sereinement à Jack.

Il a froncé le nez et s'est dirigé vers le canapé. J'ai trouvé deux autres pièces et les ai insérées. Le puzzle allait plus vite maintenant.

— Mais dis-m'en plus sur le fait que le studio divulgue ta véritable identité, a poursuivi Charlotte. T'ont-ils dit comment ils allaient procéder ?

Nous savions tous que cela affecterait Charlotte et Jeff aussi. Jusqu'à présent, ils avaient vécu une vie plutôt anonyme.

Seule une poignée de leurs amis en Angleterre savait que Jack Eversea était le fils de Charlotte.

— Juste qu'ils vont « divulguer » la nouvelle de qui je suis après une série de communiqués de presse sur le fait que le film est basé sur une histoire vraie. Je crois que le magazine *Hello !* fait un article sur le vieux mystère du comte disparu avec des photos de moi quand j'avais six ans.

— Mais ils ne sauront pas si l'enfant de six ans est bien toi, n'est-ce pas ? a demandé Charlotte.

— Exactement. Et il n'y a pas de bonnes photos de toi non plus, maman. Donc je pense qu'on peut contrôler comment ça se passe.

— J'ai pris toutes nos photos de mariage quand je l'ai quitté, a ajouté la mère de Jack. Toutes celles que j'ai pu trouver en tout cas.

Jeff s'est levé de son fauteuil où il lisait un journal et a posé sa main sur l'épaule de Charlotte. Il l'a serrée. Elle a levé les yeux vers lui avec un faible sourire. Jeff avait fait partie de l'équipe juridique qui avait aidé Charlotte et son jeune fils à fuir le pays. Il avait été avec elle pendant ses moments les plus sombres.

Cela faisait chaud au cœur de savoir qu'ils étaient tombés amoureux et avaient trouvé un tel bonheur après des débuts tumultueux.

— Tout se passera bien, a assuré Jeff à Charlotte.

Ils se sont regardés un long moment. Puis Charlotte a acquiescé comme s'ils avaient eu une conversation silencieuse.

— Nous devrions probablement te dire quelque chose, Jack. Jeff s'est éclairci la gorge. Nous avons décidé de ne pas le faire pour de nombreuses raisons. À l'époque, ça ne semblait pas pertinent.

De l'autre côté de la pièce, Jack restait immobile.

En jetant un coup d'œil entre Jeff et Charlotte, je pouvais sentir leur tension.

Je me suis levée pour aller m'asseoir à côté de Jack et lui prendre la main.

— Continue, a dit Jack doucement.

— Avant de continuer, a dit doucement Charlotte. Sache juste que tu es mon vrai fils.

— Tu me fais peur, vas-tu en venir au fait ?

— Nous avons fait rédiger des papiers d'adoption quand tu étais petit, a dit Charlotte, et Jack a un peu vacillé.

— Ta mère, a repris Jeff, les yeux fixés sur Charlotte, puis sur Jack, sous son nouveau pseudonyme, a adopté un petit garçon, un orphelin, et l'a appelé Jack.

J'ai pris une grande inspiration.

— Je ne comprends pas. Pourquoi ?

— Eh bien, pour brouiller les pistes, a poursuivi Jeff. Nous voulions nous assurer que toute personne susceptible de trouver Charlotte et son fils et de soupçonner leur identité serait déconcertée lorsqu'elle tomberait sur les papiers d'adoption. C'était juste une autre façon d'essayer de cacher la vraie mère et le vrai fils. Si les gens pensaient que son fils était adopté, alors il n'y avait aucune chance que Jack soit le comte disparu.

— Mais je ne suis pas adopté ... si ?

— Non. Oh, mon chéri. Charlotte est venue s'asseoir de l'autre côté de Jack. Tu es vraiment mon fils. Ça semble alambiqué et ridicule maintenant, dit-elle. Mais à l'époque...

Jeff s'est éclairci la gorge.

— Crois-moi quand je dis que nous voulions faire tout notre possible pour opérer une rupture nette avec ton père et vous offrir l'anonymat dont vous aviez besoin pour rester cachés de lui et de cette maudite presse britannique. À toutes fins utiles, Charlotte et toi avez été placés sous l'équivalent de la protection des témoins.

Jack ne bougeait toujours pas, et j'ai commencé à passer doucement mon pouce sur sa main.

Charlotte l'a regardé, l'air désolé.

— Tout ça pour te dire que même si la fuite indique que tu es le « Comte disparu », les gens devront peut-être te croire sur parole. Parce que quelqu'un pourrait trouver ces papiers d'adoption et remettre en question la validité de ta déclaration. Nous avons pensé que tu devrais le savoir pour ne pas être pris au dépourvu si cela arrivait. Cela a été une décision difficile pour toi de tout dévoiler, ce serait terrible si les gens ne te croyaient pas.

Jack s'est assis en avant, les coudes sur les genoux. Son t-shirt sombre se tendait sur ses épaules musclées. Après plusieurs autres minutes de silence, il s'est frotté le visage d'une main et a laissé échapper une longue expiration.

— Eh bien, les événements prennent une tournure sacrément intéressante.

Charlotte a posé une main sur son dos.

— Je suis désolée, Jack. Je, nous, ne pensions pas que nous aurions un jour à te le dire. Tu es mon fils. Nous étions juste très prudents.

— Jusqu'à ce que j'écrive un film à ce sujet. Il s'est levé, s'est penché et a déposé un léger baiser sur le front de sa mère. Je suppose que je dois le dire à Devon. Avec un peu de chance, je n'aurai pas à révéler que je suis le comte après tout. J'ai redouté de faire mon « coming out », pour ainsi dire. Je déteste l'idée que les gens pensent que je pourrais être comme mon père. Ne pas révéler qu'il s'agit de moi sera une chose de moins à craindre.

Nous avons tous regardé Jack quitter le salon et prendre les escaliers deux par deux vers son bureau. J'ai dégluti et pincé les lèvres, ne sachant pas comment Jack se sentait vraiment. Il semblait aller bien. Je voulais aller le retrouver pour vérifier, mais il semblait que parler à Devon était peut-être la meilleure chose à faire pour lui, afin qu'ils puissent tout comprendre.

Je me suis tournée vers Charlotte, en glissant un pied sous mes fesses.

— Tu sais, il s'est beaucoup inquiété récemment sur la part de son père en lui. Je me suis mouillé les lèvres, la bouche soudain sèche à cause de ma nervosité. Il admet que le film l'a bouleversé. Mais je vois qu'il a beaucoup de bons côtés de toi, et non de son père. J'ai vraiment essayé de le convaincre là-dessus.

Charlotte a soupiré.

— C'est le jour et la nuit, tous les deux. Il n'a même pas un soupçon du tempérament de son père, Dieu merci. Honnête-ment, mon ex-mari avait la plus horrible des familles d'après ce que j'ai appris, donc je pense que dans ce cas, c'était vraiment un problème d'éducation et non de nature. Jack est la lumière du jour comparé à cet homme.

— Eh bien. Jeff a gonflé la poitrine. J'aime à penser que Jack a un peu de moi en lui si l'éducation joue un si grand rôle. Je veux dire, maintenant nous savons pourquoi il est si charisma-tique, n'est-ce pas ? Hé, hé ! Il a fait des allers-retours théâtraux devant le canapé.

— Oh, toi ça va ! Charlotte a ri.

— Arrêtez, vous deux, a dit Jack en descendant les escaliers. Il souriait aussi, et je me suis détendue intérieurement en sachant que Devon devait être d'accord pour que Jack ne se dévoile pas. Il a brandi mon téléphone que j'avais laissé en charge dans notre chambre. Keri Ann, on dirait que Jazz t'a appelée.

— Je la rappellerai plus tard.

— Ça fait neuf fois qu'elle appelle. Je crois que tu devrais le faire tout de suite.

— Oh, zut. Je me suis levée d'un bond, mon esprit se portant immédiatement sur Joey.

— Et je ne pense pas que ça ait un rapport avec Joey. Il vient de me laisser un message vocal pendant que j'étais au téléphone avec Devon. Je vais l'écouter maintenant.

J'ai expiré bruyamment et je me suis excusée pour aller appeler Jazz.

* * *

— Jazz ? C'est moi. Tout va bien ?

Elle a laissé échapper une longue inspiration.

— Dieu merci, tu m'as rappelée. Je ne sais pas quoi faire.

— À propos de quoi ? Je me suis rendue dans la cuisine et me suis assise dans le coin petit-déjeuner dont les fenêtres donnent sur un petit jardin d'herbes aromatiques que j'avais plantées.

— Son... son chèque a été annulé. Jazz inspirait et expirait lourdement, comme si elle essayait de se calmer, puis le début révélateur de son envie de pleurer s'est fait entendre. Jazz n'était pas du genre à pleurer pour un rien.

— Jazz. Calme-toi. C'est le chèque de qui ? Tout va bien se passer.

— La mère de Nicole... Elle a reniflé, la voix tremblante.

Elle avait fait un seul chèque pour couvrir tous les frais. Et maintenant que le mariage est annulé, elle a annulé le chèque auprès de sa banque !

— Oh mon Dieu, ai-je dit en fermant les yeux. Après tout le travail que Jazz avait fait pour convaincre les fournisseurs de travailler dans un délai si court. Et maintenant, ils se faisaient voler leur argent. Est-ce qu'ils peuvent se retourner contre elle ? Je sais que tu es l'organisatrice, mais ce n'est pas de ta faute. Ils peuvent la poursuivre en justice, n'est-ce pas ? Pour essayer d'obtenir au moins ce qu'elle leur doit ?

Jazz a laissé échapper un gémissement étouffé.

— C'est justement ça. J'ai pris les devants et payé les fournisseurs avec notre compte d'exploitation en sachant que ce chèque allait arriver. Sinon, nous allions perdre le traiteur et le fleuriste. J'ai fini par payer tout le monde, juste pour être sûre, à cause du planning serré.

— Oh, merde.

— Oui, oh merde. Et j'ai déjà essayé d'appeler chaque fournisseur pour leur expliquer. Mais le fleuriste a commandé des fleurs en gros, le traiteur a commandé de la nourriture à l'avance et a engagé du personnel supplémentaire. C'est juste...

— Un cauchemar, ai-je terminé pour elle. J'avais mal au cœur pour mon amie. Je suppose que c'est pour ça que Joey a appelé Jack, pour lui dire ce qui était arrivé au compte d'exploitation.

— Oui, a chuchoté Jazz. Je suis vraiment, vraiment désolée. Je n'arrive pas à croire à quel point j'ai merdé.

— Oh, Jazz... D'abord, ne t'excuse pas auprès de moi, et oui, c'est une erreur. Mais c'est pas comme si tu l'avais su. Tu ne l'as pas fait exprès.

— Mais c'est l'argent de Jack. Et je n'aurais jamais dû payer sans avoir déjà l'argent. En fait, la mère de Nicole aurait dû les payer directement. Je suis une vraie débutante, s'est lamentée Jazz.

J'ai soupiré.

— Probablement. Mais c'est une erreur honnête, Jazz.

Jazz a eu un hoquet et un gros sanglot. Je ne l'avais jamais entendue perdre les pédales comme ça. J'aurais voulu qu'on soit ensemble pour pouvoir la serrer dans mes bras, ou au moins être là le temps qu'elle se reprenne.

« Je suis vraiment désolée, Jazz. »

Ses pleurs ont redoublé et j'ai serré fort le téléphone.

« Je reviendrai demain et je t'aiderai. On va essayer de récupérer ce qu'on peut, d'accord ? Peut-être qu'ils te feront crédit pour les choses qu'ils n'ont pas commandées. Et peut-être que Nicole pourra convaincre sa mère de changer d'avis ?

Jazz pleurait doucement maintenant. Mes propres yeux se sont remplis de larmes en l'entendant.

— Est-ce que Jack va me tuer ? a-t-elle chuchoté après quelques minutes. Mon Dieu, comment voudra-t-il rester mon associé après ça ?

J'ai levé les yeux au moment où Jack et ses parents entraient. Jack s'est dirigé droit vers moi, m'a rejointe à la table et m'a pris la main. Sa tête me disait qu'il avait parlé à Joey.

— Chut, ai-je dit au téléphone comme Jazz n'arrêtait pas de pleurer. On va trouver une solution. D'une manière ou d'une autre. D'accord ? Demande à Joey de te servir un verre. Tu n'as pas de clients pour l'instant à part Cooper, alors mets le panneau fermé à la fenêtre et prends une nuit de repos bien méritée. Et demain, on décidera ce qu'on fait. D'accord ?

Elle a expiré bruyamment au téléphone, le souffle court.

— OK.

— Je t'embrasse.

— Moi aussi.

J'ai mis fin à l'appel au moment où Jeff posait un verre de vin rouge devant moi.

— On dirait que tu en as besoin, a-t-il dit d'un ton bourru.

J'ai jeté un coup d'œil à Jack.

— Merci.

Il a hoché la tête et s'est éloigné. Nous devions vraiment leur annoncer la grossesse rapidement.

Charlotte s'affairait à remplir une grande casserole d'eau.

— J'ai pensé faire des spaghettis, et nous pourrons nous asseoir et discuter du moment où vous voudrez faire la cérémonie. Des glucides et du vin rouge, c'est parfait pour une journée d'hiver et une prise de décision importante, tu ne crois pas ?

— C'est super, maman, a dit Jack d'un air absent, les yeux fixés sur moi.

— ça va ? Jack tenait toujours ma main libre. Je ne savais pas ce qu'il pensait de cette perte importante d'argent qui ne pourrait probablement pas être récupérée. J'ai posé mon téléphone et saisi ses deux mains. Jazz est effondrée. Je vais y aller demain et voir ce que je peux faire pour l'aider. J'ai serré nos mains jointes plus fort. Je suis tellement désolée. Elle est vraiment désolée. Jazz se sent très mal après ce qui s'est passé.

— Pas moi a dit Jack en haussant les épaules.

— Ah bon ? J'ai froncé les sourcils.

— Non. Ses lèvres se sont écartées en un lent sourire ponctué par sa fossette. J'ai la solution parfaite.

CHAPITRE VINGT ET UN

Jack, ses parents et moi étions assis à la table que j'avais installée dans la « salle Carolina ». C'était mon endroit préféré pour manger, car il y avait une belle vue sur l'océan.

Charlotte a posé le plat de pâtes sur la table. Jack a apporté le vin et un verre d'eau pour moi. On aurait dit qu'il avançait à la vitesse d'un escargot.

— Jack, tu nous dis à quoi tu as pensé, oui ou non ?

Même si j'avais une excellente idée de ce que c'était.

— Je pensais... Il s'est assis à côté de moi, a posé l'eau devant mon couvert et a pris ma main. Je me disais que c'était peut-être le bon moment. Il a regardé mon ventre de manière significative.

Les parents de Jack nous regardaient tour à tour, essayant sans doute de comprendre pourquoi Jack était si énigmatique.

— Oh ! Charlotte s'est couvert la bouche et ses yeux se sont arrondis.

— Qu'est-ce que j'ai loupé ? a demandé Jeff.

Charlotte a éclaté en sanglots.

— Oh mon Dieu, maman. Jack a lâché ma main et s'est écarté de la table pour pouvoir aller vers elle. Ne te mets pas dans un état pareil !

— Quelqu'un peut-il me dire ce qui se passe ? a demandé Jeff

— Je suis enceinte. J'ai soufflé un peu. Ouah, je crois que c'est la première fois que je le dis à haute voix. Un petit rire m'a échappé. Je suis enceinte ! Mais c'est encore tôt.

— Chuut. Jack apaisait sa mère. C'est encore tôt. Keri Ann doit passer sa première échographie la semaine prochaine, mais nous pensons qu'elle en est probablement à un mois.

Charlotte s'est levée pour venir me serrer dans ses bras.

Je me suis levée aussi et je l'ai embrassée.

— Félicitations ! s'est écrié Jeff, excellente nouvelle.

Charlotte s'est écartée en s'essuyant les yeux.

— Regardez-moi, je suis dans un sale état. Je suis tellement heureuse. Mais je ne sais pas si je vais arriver à garder ça pour moi pendant encore deux mois.

— Tu es donc au courant de la règle des trois mois ? a demandé Jack.

— Bien sûr. Je suis sûre que tout ira bien, c'est juste qu'au début de la grossesse, il y a plus de risques que les choses tournent mal.

Jack a pâli.

— C'est bon, Jack. Tu le savais. J'ai froncé les sourcils.

— Je sais, mais que maman le dise, ça m'a encore fait flipper.

— Je ne voulais rien dire par là. Je n'aurais pas dû dire quoi que ce soit, a dit Charlotte, le visage marqué par l'inquiétude. Tout va bien se passer. Alors, sais-tu ce qui se passe dans ton ventre à ce stade ?

J'ai commencé à hocher la tête, puis je l'ai secouée parce que je ne savais pas vraiment.

— Nous avons commandé « Ce à quoi s'attendre quand vous attendez », mais il n'est pas encore arrivé.

— Super, comme ça tu pourras te faire une idée de ce qui se passe, semaine après semaine. De toute façon, il est rare que les choses se passent mal, a-t-elle poursuivi en tapotant la main de Jack. Les femmes sont assez robustes et résistantes. Et les bébés aussi. Ne t'inquiète pas.

— Je vais rappeler Joey, a dit Jack en prenant son téléphone.

— Jack. Assieds-toi, les pâtes vont refroidir. Sa mère a commencé à nous servir. Tu peux appeler après le déjeuner. Mon Dieu, c'est une nouvelle tellement excitante.

— Maman… a dit Jack, exaspéré.

— Jack, a répondu Charlotte en plantant ses yeux dans les siens.

J'ai gloussé.

Charlotte a capté mon regard et a roulé des yeux en souriant et en secouant la tête.

— Être mère, c'est pour toujours.

Jack a grogné et s'est rassis.

— Du vin ? lui a demandé Jeff.

— Bien sûr. Merci, a-t-il grommelé, puis il s'est tourné vers moi. Mais tu te sens bien, non ? Tu me le dirais si quelque chose te semblait bizarre.

— Je me sens bizarre à chaque seconde de la journée, fais-moi confiance. Mais oui, si quelque chose me semblait pire, je te le dirais.

— Et tous ces vomissements ? C'est mauvais pour le bébé ? Bon sang, pourquoi je n'ai pas demandé ça au Dr Berry ?

Charlotte a fini de remplir son assiette et s'est assise.

— Non, sauf si elle ne reçoit pas de nutriments. Mais prendre des vitamines prénatales devrait l'aider.

— Le Dr Berry nous en a donné. Je me suis penchée vers Jack et j'ai embrassé sa joue. C'est bon, Jack, tout va bien.

Il a dégluti et hoché la tête, en rougissant.

— Désolé. Il a soufflé un peu et a saisi son verre pour en prendre une gorgée. Je ne savais pas que je me sentirais comme ça. Excité et terrifié. J'ai l'impression que l'énormité de la situation vient de me frapper. Juste maintenant.

— Vous êtes tous les deux prêts pour ça, a dit Jeff à voix basse. Vous pouvez le faire. L'un des ingrédients les plus importants est l'amour et la sécurité, et vous en avez tous les deux à revendre. Il a regardé Jack. Je sais que je ne suis pas ton père, Jack, mais comme tu l'as souligné, je te connais depuis longtemps. Je t'ai vu passer du statut de garçon à celui d'homme. Et je peux seulement dire que je trouve que la personne que tu es devenue est impressionnante. Tu es travailleur, loyal, respectueux, incroyablement talentueux et tu as réussi. Et tu sais t'entourer de personnes de valeur. Il m'a fait un clin d'œil, puis a levé son verre. Ce n'est pas à moi d'être fier de toi, Jack, mais je le suis. Et votre futur enfant, ou vos futurs enfants, seront les êtres les plus chanceux du monde d'avoir des parents comme toi et Keri Ann.

Charlotte, émue aux larmes, a de nouveau levé son verre.

— Je lève mon verre à ça aussi.

— Merci, a dit Jack, la voix étrangement étranglée. Tu as toujours été un père pour moi, bien plus que le vrai. Je suis honoré que tu sois fier de moi. Merci de faire partie de nos vies. Je suis sûr que ma capacité à réussir est en grande partie due à l'environnement aimant et à la stabilité que tu nous as apportés, à maman et moi, après nos débuts difficiles.

Ma gorge me faisait mal, et le nez me piquait.

— Vous me tuez, les gars. Je riais et pleurais à moitié. Vous ne pouvez pas faire ça à une femme enceinte déjà émotive. Ce n'est pas juste. La nausée me reprenait. J'ai mis une fourchetée de spaghetti dans ma bouche et j'ai mâché.

— Ne parlons plus du bébé jusqu'à ce que tu aies passé le premier trimestre, a suggéré Charlotte.

— C'est une bonne idée, a dit Jeff. Au fait, c'est délicieux.

— Alors, comment va Jazz ? a demandé Charlotte. Ça avait l'air plutôt affreux tout à l'heure. Jack nous a brièvement raconté pendant que tu étais encore au téléphone avec elle.

J'ai hoché la tête.

— Elle est bouleversée. Mais je la comprends. Lorsque nous avons essayé d'organiser le mariage de Nicole, on a dû forcer la main à quelques personnes et accepter de payer un supplément pour que tout le monde puisse organiser ça dans un délai aussi court. Surtout que c'est si proche de Thanksgiving.

— Mais c'est aux mariés de prendre ça en charge, non ?

— Sauf que Jazz a payé les acomptes avec le compte de l'auberge. L'argent des investissements de Jack.

Charlotte est restée bouche bée.

Jeff a soupiré.

— Oh, bon sang, ça n'était pas une bonne idée.

— Je sais, ai-je dit en secouant la tête et en regardant Jack, qui souriait.

Il souriait.

« Qu'est-ce qui te prend ? Mon amie est en train de flipper parce qu'elle t'a fait un sale coup et toi tu es assis ici en train de sourire. Ça ne veut peut-être rien dire pour toi, M. Plein aux as, mais c'était une sacrée somme d'argent. Et Jazz paie toujours ses dettes. Elle et Joey vont se tuer pour te rembourser. J'ai terminé sur un couinement devant le silence de mort autour de la table alors que tout le monde me fixait. Quoi ? Qu'est-ce que j'ai dit ? »

J'ai regardé Jack, son sourire s'était quelque peu effacé. Mais il n'avait certainement pas l'air déconcerté.

« Non ! lui ai-je dit sévèrement. N'y pense même pas. »

— Allez, quoi, m'a-t-il suppliée et il a rapproché sa chaise, passant un bras autour de mes épaules. C'est le plus logique. C'est comme si le destin était intervenu et nous avait donné cette opportunité.

Les parents de Jack avaient l'air perdus.

— De quoi parlez-vous ? a demandé Charlotte.

— J'ai demandé à Keri Ann de m'épouser la semaine prochaine, a répondu Jack en me lançant un regard inquiet.

Charlotte a sursauté et son sourire s'est élargi, visiblement excitée par cette perspective. Puis elle m'a regardée et s'est raclé la gorge.

— Eh bien, c'est rapide.

— Vous croyez ? ai-je couiné et j'ai donné un petit coup de coude dans les côtes de Jack.

— Bon. Écoute-moi, puis après tu décideras. Il a levé un doigt. Plus on attend, plus il y a de chances que les gens le découvrent et s'incrustent. L'annonce tardive garantira un petit mariage. Les personnes les plus importantes dans nos vies sont ici. Sauf peut-être mon ami Nick, et Katie, mon assistante, ainsi que d'autres personnes avec lesquelles je travaille étroitement, qui essaieront probablement de venir si elles le peuvent. Et mon ami Max en Angleterre.

Jack a fait une pause en me regardant attentivement.

— Continue, ai-je marmonné.

Il a souri et a levé un deuxième doigt.

— Si quelqu'un a des soupçons et se renseigne, le mariage qui est réservé ici est celui de Nicole et David, pas celui de Jack et Keri Ann.

J'ai admis à contrecœur qu'il avait raison, mais j'ai gardé la bouche fermée.

« Les fournisseurs sont tous déjà réservés grâce à l'ingéniosité et à la ténacité de Jazz et toi. Y compris les décorations. »

— Des plumes…

— Des plumes. Jack a haussé les épaules. C'est toi qui vas te marier dans la maison de ton enfance. Sans vouloir offenser Nicole, pas une étrangère avec un futur mari débile.

Charlotte et moi nous sommes regardées en grimaçant. Pauvre Nicole. Je ne pouvais pas imaginer ce qu'elle devait ressentir. Je ne connaissais pas les détails de sa rupture avec David, mais si elle savait en plus que sa mère nous avait arnaqués pour les acomptes du mariage, elle devait être dans un état lamentable.

Je ne me sentais pas bien de me marier à sa place. Pas du tout.

— Ça pourrait porter la poisse à notre mariage. Et si son mariage portait malheur, et qu'on recevait tous les mauvais sorts ?

— Et si son mariage n'avait pas eu lieu parce que le destin voulait nous donner cette opportunité ? a souligné Jack.

— Aux dépens de Nicole ? J'ai secoué la tête.

Charlotte a pris ma main.

— Pardonnez-moi de m'en mêler. Au bout du compte, Nicole sera reconnaissante d'avoir eu la chance d'y échapper. Et si son âme sœur était toujours là, quelque part, et que c'était une façon pour le destin de donner une chance à tout le monde ? Nicole ? Toi et Jack ? Même David.

Je me suis assise et j'ai expiré.

— Mais... mais c'est tellement rapide. Tellement tôt.

J'ai jeté un coup d'œil à Jack et j'ai failli rater le regard triste qu'il m'a lancé.

« Il n'est pas trop tôt pour t'épouser, ai-je dit rapidement. Je ... je pensais juste avoir le temps de rêver un peu et de planifier tout ça calmement. »

— Eh bien, quelles idées as-tu eues au fil des ans ? a demandé Charlotte. Nous sommes tous ici. Nous pouvons vous aider. Nous pouvons faire en sorte que tout se passe bien, j'en suis sûre. Je sais que tu ne trouveras pas la robe parfaite dans un délai aussi court...

J'ai gloussé.

— Je ne me soucie pas de ce genre de choses. J'épouserais Jack en jean. Mais... j'ai haussé les épaules. J'avais peut-être pensé que j'aurais le temps d'apprécier le fait d'être fiancée. De me rendre compte que c'était une étape géniale. Prendre le temps de penser à mon genre de gâteau préféré, à mes fleurs préférées... J'ai levé les yeux pour voir Jack qui me regardait d'un air compréhensif. Pour penser au gâteau préféré de Jack...

— Chocolat, a-t-il dit instantanément avec un clin d'œil. Même si le gâteau que nous avons eu à la fête de fiançailles était incroyable. Prenons celui-là.

— J'ai choisi ce parfum avec Nicole. J'ai même dit à Jazz que je voulais le même pour mon mariage. J'ai ri, en m'en souvenant. Peut-être que je croyais avoir besoin de temps pour choisir des choses idiotes comme le gâteau de mariage, mais je l'ai déjà choisi. Ou le menu, j'aime tout ce qu'on a choisi. Je me suis arrêtée en réalisant ce que Jack avait déjà compris. Fleurs blanches, c'est fait. Les huîtres sur la plage ? C'est bon. J'ai regardé Jack.

Les émotions dansaient dans ses yeux : émerveillement, excitation, amour, espoir. Et le plus important, me marier avec toi. Tu as raison, Jack. On n'a qu'à le faire. C'est parfait. Tes parents sont là. Mes plus anciens amis sont tous là. Je suppose que lorsque tu t'engages à passer le reste de ta vie avec quelqu'un, il semble un peu ridicule d'attendre ne serait-ce qu'une seconde de plus.

Jack a attrapé mon visage et a posé ses lèvres sur les miennes pour un baiser long et profond. Ce qui n'était pas facile étant donné que nous étions tous les deux souriants et penchés sur le coin d'une table en bois. J'ai maintenu ses mains contre mon visage pendant un moment, puis j'ai mis les bras autour de son cou. En quelques instants, il m'a attirée sur ses genoux et a enfoui son visage dans mes cheveux. Nous nous sommes serrés très fort. Mon cœur était plein d'amour, mon ventre tourbillonnait d'excitation.

Jeff s'est éclairci la gorge.

— Eh bien, c'est réglé alors.

Je me suis écartée et j'ai regardé Jack.

— On va vraiment le faire ? Sa voix était rauque.

J'ai hoché la tête et me suis mordu la lèvre pour contenir mon sourire. J'avais l'impression que ma poitrine était en train de gonfler.

— On va vraiment le faire. Je suis impatiente de t'épouser, Jack.

Il m'a embrassée à nouveau, puis nous nous sommes séparés et je suis retournée à ma chaise. Mais dès que ma main a été posée sur la table, Jack l'a prise.

J'ai jeté un rapide coup d'œil à Charlotte pour la voir essuyer des larmes tandis que Jeff lui embrassait le front.

« Appelons Jazz. Avant que tout ne soit annulé. »

CHAPITRE VINGT-DEUX

Jazz a répondu à la troisième sonnerie.

— Allo, a-t-elle dit d'une voix monocorde.

J'ai fait un clin d'œil à mon fiancé qui était assis à côté de moi sur le canapé avec le téléphone « sur haut-parleur » entre nous.

— Et si je te disais que le mariage n'est pas annulé ?

Il y a eu un moment de silence.

— Il est bel et bien annulé, a dit Jazz. Non seulement Nicole pleure depuis trois jours, mais après ce que j'ai entendu, je ne la laisserais pas épouser ce type, même s'il me suppliait. Tu savais qu'elle avait trouvé dans son téléphone une photo dénudée d'une de ses demoiselles d'honneur prévue à l'origine ?

Ma bouche s'est ouverte sous le choc.

« Je dis prévue à l'origine parce qu'il est évident qu'elle avait annulé cette idée de grand mariage quand elle a essayé de le déplacer de New York à Butler Cove. Mais je m'égare. Tu sais ce qu'il lui a dit ? »

— Qui ? David ? ai-je demandé, en essayant de suivre les élucubrations de ma meilleure amie.

Jack a roulé les yeux et a secoué la tête.

Désolée, lui ai-je dit silencieusement en m'excusant de ne pas pouvoir encore parler de notre mariage.

— Oui, David. Il a admis avoir eu une liaison avec la demoiselle d'honneur de Nicole au cours des six derniers mois. Et il lui a demandé de s'en remettre parce que, attends, c'était seulement pendant qu'ils étaient fiancés. Ce n'est pas comme s'ils avaient été déjà mariés. C'est ce qu'il a dit, texto. Tu vois le genre d'enfoiré que c'est ?

— Oh mon Dieu, pauvre Nicole.

— Ouais, donc entre ça et le problème du chèque, ça a été deux jours plutôt merdiques. Bref, quand j'ai dit que leur mariage était annulé, je le pensais sincèrement. Leur mariage n'aura pas lieu. Je ne le permettrai pas.

— D'accord. Pas leur mariage nécessairement. Mais un mariage ? Un mariage qui a déjà été payé en grande partie, qu'est-ce que tu en dis ?

— Avec l'argent de Jack ! s'est exclamé Jazz. Si tu veux que Joey et moi nous mariions, je te dis que ça n'arrivera pas.

Eh bien, c'était une idée.

— Oh, non, je...

— Je dois à Jack plus que ce que ton frère doit en prêt étudiant en ce moment. Ça n'est vraiment pas le moment pour qu'on se marie.

— Ce n'est pas vrai que le prêt de Joey est inférieur à l'argent du mariage, ai-je répondu, sachant très bien que le prêt étudiant de Joey comportait plus de six chiffres. Mais je comprends ton point de vue. Ce que je veux dire, c'est que Jack et moi allons nous marier à la place. Je me suis mordu les lèvres et j'ai attendu que Jazz assimile mes paroles.

Il y a eu deux secondes de silence et un regard inquiet

partagé entre Jack et moi, avant que Jazz ne pousse un cri perçant.

Nous sommes retournés et j'ai enfoncé le téléphone dans les coussins pour étouffer le bruit.

— Aïe, a dit Jack en souriant et en se mettant un doigt dans les oreilles.

Le bruit sous les coussins s'est calmé et j'ai repris le téléphone.

— Je suppose que c'était un cri de joie ?

— Putain, oui, s'est exclamée Jazz. Oh, c'est parfait. Attends, je suis sur haut-parleur ?

— Oui, a dit Jack.

Jazz a immédiatement sauté sur l'occasion

— Jack, je suis vraiment désolée que mon erreur de débutante nous ait amenés là. S'il te plaît, ne te marie pas pour m'aider à m'en sortir. Tu as déjà été plus généreux que quiconque jusqu'à présent. Mais si vous le faites parce que vous le voulez, c'est super. Je suis trop contente.

— C'est ce que mes tympans me disent encore, a répondu Jack.

— Ha ha ! Mais s'il vous plaît, ne vous précipitez pas là-dedans juste parce que j'ai tout gâché. Vous méritez un mariage à vous, pas celui de quelqu'un d'autre.

— Jazz, me suis-je interposée, il y a trois jours, Jack m'a demandé de l'épouser la semaine prochaine. Au début, je n'étais pas sûre. Mais maintenant on se dit que c'est ce qui devait arriver. De plus, beaucoup de décisions concernant le mariage ont été prises par toi et moi. Donc j'aurais probablement pris les mêmes si on avait planifié le mien dès le départ.

Il y a eu un silence au téléphone suivi d'un son étouffé.

J'ai froncé les sourcils.

— Jazz ? ça va?

— Non. Sa voix est sortie comme un petit gémissement. Non, ça va pas. Ma meilleure amie se marie la semaine prochaine. Elle a reniflé. C'est... une nouvelle incroyable. Je... je... Je suis tellement heureuse. Sa voix s'est transformée en un véritable sanglot.

J'ai souri à Jack en m'excusant et j'ai pris le téléphone, enlevé le haut-parleur et l'ai porté à mon oreille pendant que Jazz continuait à pleurer.

« Je suis désolée. Je ne pleure jamais d'habitude. »

— Je sais.

— Je suis juste tellement... Ces derniers jours ont été un peu dingues. Et je suis juste tellement... heureuse pour toi.

— C'est bon, je l'ai apaisée et je me suis dirigée vers la chambre. Tu crois que Nicole sera fâchée qu'on reprenne son mariage ?

— Non, je suis sûre qu'elle sera soulagée en fait. Et honorée. Elle t'adore.

— Eh bien, nous allons demander si nous pouvons encore utiliser son nom pour les réservations. Au cas où la presse aurait vent d'un mariage, nos noms ne seront pas mentionnés. On laisse tout comme ça, sauf qu'il y aura deux personnes différentes qui se marieront le jour en question.

— C'est génial, a dit Jazz. Franchement tu ne crois pas que c'est Nana qui œuvre de là-haut ?

J'ai souri, mon cœur se réchauffant dans ma poitrine en pensant à ma défunte grand-mère.

— Ouais, ai-je chuchoté. C'est sûrement ça.

— Je ne m'opposerai certainement pas à son souhait de te voir épouser Jack dans la maison de ton enfance.

— Et elle s'est probablement aussi occupée de Nicole, ai-je

ajouté, pensant que c'était tout à fait le genre de Nana de prendre quelqu'un sous son aile. J'avais le sentiment que Nicole et moi deviendrions amies, mais je n'avais pas réalisé à quel point nos vies seraient liées en quelques jours.

— Bon, a dit Jazz, sa voix reprenant son ton habituel. Parlons un peu de ces plumes. Oui ou non ?

Je me suis allongée sur mon lit et j'ai fermé les yeux, imaginant un magnifique arrangement floral que j'avais vu dans un magazine la dernière fois que j'étais à Londres avec Jack.

— Ouais, on garde. J'ai vu un super bouquet qu'un designer floral britannique avait fait pour un mariage avec des roses blanches et des plumes de faisan. Je l'avais de nouveau regardé pour le montrer à Nicole, mais je suis moi-même amoureuse de ce bouquet. Je dis qu'il faut mettre le paquet sur les plumes et les roses, peut-être un peu de bois blanchi. Des pièces centrales, autour des couverts. En boutonnières pour les hommes. En fait, on pourrait même avoir des coquilles d'huîtres sur la table. Ce n'est pas ce qu'il me manque.

— Super. Je vais te mettre en contact avec le designer avec lequel le fleuriste travaille pour tout assembler. Jazz a rigolé. Des changements dans le menu ?

— Non, mais un ajout. J'aimerais faire faire un *Digi* cake pour le marié le soir du barbecue sur la plage. Je vais demander à Charlotte si elle a une bonne recette.

— Je ne te demande même pas ce que c'est, ou pourquoi ça a un nom si bizarre.

— Didjee, ai-je prononcé lentement. Abréviation de *Digestive*. C'est une marque de biscuits anglais.

— Ouais, ça n'améliore pas mon impression. Ça m'a l'air carrément dégoûtant.

— C'est délicieux, je te le promets. Cela n'a rien à voir avec la digestion.

Pas de réponse.

— Le Prince William en avait pour son gâteau de marié, ai-je dit, exaspéré.

— Ça s'appelle un *fridge cake*.

— C'est la même chose, je te le jure.

— Mouais. Je te laisse gérer ça avec Charlotte. La musique ? J'ai soufflé un peu.

— Maintenant ça fait un peu trop d'un coup.

— Les groupes que j'ai choisis pour Nicole sont tous disponibles ce jour-là. Je t'enverrai un lien vers leurs vidéos quand on aura raccroché. Et comme chanson pour vous deux ? Il y a une chanson que vous voulez entendre pendant la cérémonie ou pour votre première danse ?

J'ai serré les lèvres. Il allait falloir que je réfléchisse à tout ça. Et demander à Jack aussi. Il avait peut-être déjà quelque chose en tête.

« Il doit bien y avoir une chanson dont les paroles vous font penser à votre relation. » a suggéré Jazz.

— Il y en a une, en fait. Mais je ne pense pas que ça puisse être une chanson pour la première danse, et franchement, j'adore les paroles, mais...

— C'est de qui ?

J'ai froncé le nez.

— Beyoncé ?

— Dis-moi que tu ne penses pas à « Halo ». Tu réalises que c'est la chanson de mariage de tout le monde depuis 5 ans ?

— Je n'ai jamais dit que j'étais originale.

— OK, et si j'essayais de trouver un arrangement différent de la chanson ? Quelque chose de plus... apaisant, peut-être qu'on pourrait la jouer à un moment donné, pendant ou après la cérémonie ?

— D'accord, ça me semble bien. Je suis désolée, je ne suis pas très douée pour ce genre de choses. Je pensais avoir plus de temps pour que ce soit parfait. Penser aux bonnes chansons et tout ça.

— Épouser l'amour de ta vie, c'est ce qui rend la cérémonie parfaite. Tous les autres trucs, personne ne s'en souviendra. Donc l'autre chose sur ma liste d'organisatrice de mariage c'est : la licence de mariage.

— Oh là, là, je n'ai pas pensé à ça. Y a-t-il une période d'attente en Caroline du Sud ?

Je me suis dit que je devrais aller au tribunal et attendre trois jours ou plus pour qu'elle soit délivrée. Mais à ce moment-là, le monde entier aurait été informé de nos noces imminentes. Une chose que j'avais apprise depuis que je sortais avec une célébrité, c'est que personne n'était à l'abri des fuites d'informations, et que presque tout le monde pouvait être acheté. Je supposais que c'était la raison pour laquelle notre liste d'invités préférés serait si petite, même si nous avions eu des mois pour la planifier.

— Non, en Caroline du Sud, tu peux obtenir la licence le jour même, mais je vous suggère d'aller la faire dans un bureau rural où personne ne vous connaîtra, et d'essayer de le faire à la dernière minute tout en prévoyant un jour supplémentaire en cas d'imprévu. Parce que si tu le fais par ici, ça va se savoir.

— OK. J'ai hoché la tête.

— Pourquoi on fait ça au téléphone ? Je ne peux même pas te serrer dans mes bras alors que je suis tellement contente pour toi, a dit Jazz sur ton exaspéré. Et pour finir. J'ai une sélection de textes que vous pouvez choisir, y compris les textes religieux standards ou...

— Je suis presque sûre qu'on va écrire les nôtres. Oh et, qui officie ? Qui était prévu pour Nicole ? Parce que je défie le pasteur McDaniel de célébrer mon mariage.

— Eh bien, c'était lui justement, même si j'avais dit à Nicole qu'on pouvait aller chercher quelqu'un plus loin.

— Je vais demander à Jack ce qu'il en pense.

— Fais donc ça.

On a parlé quelques minutes de plus de tous les détails.

Puis Jazz a poussé un cri.

« Le temps presse, je vais raccrocher et rappeler tous les fournisseurs, et aussi confirmer la livraison des bougies, la location des tables et des chaises, le linge de maison, tes rendez-vous beauté pour la journée, etc. Tu ferais mieux d'appeler ton frère pour lui dire. »

J'ai laissé échapper un petit rire excité. C'était vraiment en train d'arriver.

— Tu es une brillante organisatrice de mariage, Jazz, vraiment.

J'ai raccroché puis je suis descendue pour m'organiser avec Charlotte. Nous allions devoir aller acheter des robes. Je me demandais bien comment j'allais pouvoir acheter une robe de mariée sans que tout le monde sache que j'allais me marier.

CHAPITRE VINGT-TROIS

Les vagues de l'océan clapotaient doucement sur la plage dans la lumière du soir. Il faisait exceptionnellement chaud pour la saison, donc personne n'avait besoin d'être emmitouflé pour notre barbecue d'huîtres. Les invités étaient tous en vêtements décontractés et pieds nus.

La semaine avait passé très vite.

Monica, et sa morphologie similaire à la mienne avaient été l'astuce dont nous avions besoin pour trouver une robe. Elle avait demandé à trois stylistes de nous envoyer des robes pour le lendemain, sous prétexte d'en avoir besoin pour un film. Et nous avions fait des essayages avec une couturière locale. Jack avait fait signer à la couturière un accord de non-divulgation.

Il y avait eu un million de petites décisions à prendre et une alliance à trouver pour Jack.

Mais d'une certaine manière, tout cela semblait gérable, pas stressant. La mère de Jack et moi avions coopéré sans problème. J'avais aussi appris à gérer mes nausées, même si j'avais appris à ne prendre les vitamines prénatales que l'estomac plein.

Je me trouvais seule pour la première fois depuis que nous étions arrivés à la fête, et je regardais la scène devant moi.

Un groupe live appelé *Lowcountry Boil* donnait le ton amusant et décontracté de la soirée. Leurs chansons oscillaient entre des reprises de classiques folk et des chansons originales hilarantes qui faisaient rire les gens.

Jazz avait installé des torches tiki tout autour de notre espace ainsi que des bougies sur les longues tables, de sorte qu'il y avait une belle lueur d'ambiance. Entre l'écaillage, la dégustation des huîtres, et la consommation de bière, tout le monde riait et dansait.

Mon frère discutait avec notre ami Colt, ils riaient tous les deux, mais avec un œil sur Jazz qui papillonnait entre le traiteur et la table du bar pour s'assurer que tout était approvisionné. Elle était dans son élément, pas stressée, juste très, très compétente.

Presque tous ceux que nous avions invités avaient pu venir. Et le meilleur de tout, Jack avait découvert que son ami Nick, qui tenait un salon de tatouage en Californie, s'était fait ordonner pasteur. Par conséquent, il allait célébrer la cérémonie le lendemain. Nous avons répété brièvement dans le jardin de la Maison Butler plus tôt dans la soirée, puis nous sommes tous allés à la plage pour les festivités du soir, pendant qu'une équipe mettait la touche finale à l'auberge.

Notre amie et journaliste Shannon est arrivée en ville avec son photographe et a enregistré l'événement pour nous.

J'ai tourné la tête vers Jack. Il se tenait avec ses parents près de l'une des longues tables en bois, et il m'a regardée. La faible luminosité de la nuit éclairée par les flammes rendait ses yeux sombres et brillants. J'ai eu le souffle coupé par sa beauté simple et sensuelle. La brise a ébouriffé ses cheveux, et sa bouche s'est relevée d'un côté dans un lent sourire avant qu'il ne porte une bouteille de bière à ses lèvres. Puis il a fait un clin d'œil et s'est penché pour dire quelque chose à sa mère.

Il avait essayé de faire goûter une huître à sa mère toute la soirée.

— N'êtes-vous pas tous les deux adorables, a dit Katie, l'assistante de Jack, en me rejoignant. Même séparés par une étendue de plage, vous vous aimez tous les deux.

— Bonsoir. Je lui ai souri, et nous nous sommes serrées dans les bras. Je suis si heureuse que tu aies pu venir si rapidement. Je n'ai même pas eu le temps de discuter avec toi.

— Premièrement, je ne voulais pas manquer ça. Je vous ai soutenus depuis le premier jour, et deuxièmement, toute excuse pour quitter ma famille compliquée avant le week-end de Thanksgiving était un don de Dieu. Crois-moi.

J'ai grimacé.

— Désolée. Thanksgiving n'a jamais été un gros truc pour Joey et moi ces dernières années, et Jack ne le fête pas, donc nous n'avons pas fait grand-chose hier à part nous reposer pour aujourd'hui et demain.

— Aucun signe de Max ?

— L'ami d'enfance de Jack ?

Je me demandais comment Katie le connaissait.

Elle a hoché la tête.

« Je n'en ai aucune idée. Jack espérait vraiment qu'il viendrait, mais je pense que son avion a été retardé ou quelque chose comme ça, ou qu'il n'a pas pu avoir de vol. Nous attendons de ses nouvelles. »

Katie a eu l'air déçu, mais s'est vite repris.

— Alors ? Tu es prête pour demain ? Elle m'a fait un grand sourire.

— Oui. Je le suis vraiment, vraiment. Même si les derniers jours ont été un peu chargés, c'est la chose la plus parfaite au monde pour nous de franchir cette étape.

Katie a soupiré, heureuse, et posé une main sur sa poitrine.

— Eh bien, je ne pourrais pas être plus heureuse. Jack le voulait depuis si longtemps. Tu sais que je travaille avec lui depuis ses débuts dans le métier, et je peux sincèrement dire qu'il est devenu un homme meilleur grâce à toi. Et vous deux, ensemble, êtes ce à quoi j'aspire si jamais je trouve quelqu'un.

J'ai ouvert mes bras et embrassé Katie.

— Tu trouveras. J'en suis sûre. Et merci, c'est gentil.

J'ai vu Nicole se diriger vers nous. Elle avait décidé de ne pas retourner à New York, surtout depuis que sa mère avait refusé de rembourser l'argent qu'elle nous devait. Elle « rembourserait sa dette », comme elle disait, en aidant Jazz. Elle ne m'avait pas encore raconté toute l'histoire, visiblement.

« Katie, tu connais Nicole ? » Je les ai présentées brièvement. Je ne voulais pas demander à Nicole comment elle allait, la veille de son ex-futur mariage, à la fête qui lui était destinée à l'origine. Mais elle semblait heureuse.

Nous avons bavardé toutes les trois pendant quelques minutes avant que je ne sente les yeux de Jack sur moi et l'appel du cœur pour retourner à ses côtés.

Je me suis excusée et j'ai laissé Katie et Nicole faire connaissance.

— Allez, maman, insistait Jack quand je me suis approchée. Essaie juste une fois. Jack avait un coude appuyé contre l'une des tables. Le traiteur venait d'apporter un panier grillagé rempli d'huîtres fraîchement cuites à la vapeur dans leurs coquilles et l'a jeté avec un grand bruit sur la surface en bois.

— Je ne mange pas d'huîtres. Tu le sais bien. C'est tellement gluant.

— Pas après avoir été cuites à la vapeur. J'ai attrapé une coquille, en utilisant une serviette pour ne pas me couper les doigts avec le couteau à écailler. J'ai glissé la lame émoussée entre l'ouverture et l'ai tournée latéralement jusqu'à ce que la coquille s'ouvre pour révéler l'huître cuite blanche et douce nichée sur la surface nacrée.

— Ça n'est pas plus engageant, a grommelé Charlotte.

Je me suis mise à rire.

— Et après les avoir trempées dans la délicieuse sauce cocktail au raifort, vous ne pourrez plus vous arrêter. Je vous le promets. J'ai sorti la petite huître hors de sa coquille avec une petite fourchette et je l'ai trempée dans la sauce avant d'avoir la sensation acidulée dans ma bouche. J'ai haussé les épaules, avec un air innocent. Vous voyez ?

Jack s'est renfrogné.

— Tu as le droit de manger des huîtres ? a-t-il demandé doucement pour que seules sa mère et moi puissions entendre.

— Je n'en ai aucune idée. Je n'ai pas le droit aux trucs crus, mais ce n'était pas cru, alors...

— Bien, a murmuré Charlotte. Passe-moi un de ces trucs bidules, je vais essayer.

— Youh, hou, a gloussé Jack.

— Tu ferais mieux de surveiller le nombre de bières que tu bois ce soir, l'a averti Charlotte. Tu n'aimerais pas avoir la gueule de bois pour le mariage.

Jack a roulé des yeux de façon bon enfant.

— Tu ne peux pas arrêter avec tes conseils maternels, hein ? Dépêche-toi plutôt de goûter une huître.

Charlotte a fait comme je lui avais montré puis, avec une

profonde respiration et les yeux fermés, elle a mis une huître pleine de sauce dans sa bouche. Au début, son nez s'est retroussé et elle a eu un frisson, puis au fur et à mesure qu'elle mâchait, ses traits se sont détendus et elle a ouvert les yeux en clignant des yeux.

— Bonté divine.

Jack et moi attendions qu'elle précise sa pensée.

« Délicieux, a-t-elle dit comme si elle était en colère. Et si vous dites que je vous l'ai dit, je ne toucherai plus jamais une huître. Ce sera comme si ça n'était jamais arrivé. »

La bouche de Jack s'est refermée.

J'ai levé les sourcils, essayant de retenir un rire.

— Je vais aller dire à votre mari que vous l'avez rejoint du côté obscur. Il a mangé tellement d'huîtres qu'il ne pourra peut-être pas quitter la plage à pied. Je devais aussi aller faire un tour aux toilettes que Jazz avait fait monter sur la plage. Le bébé était si petit qu'il n'était pas question qu'il appuie sur ma vessie, mais ces derniers jours, j'avais besoin d'aller aux toilettes toutes les cinq minutes.

Jack m'a attirée pour me faire un baiser rapide, ses lèvres étaient froides à cause de la bière glacée.

— Hé, reviens dès que tu peux, j'ai quelque chose à te montrer.

— OK... ai-je dit d'un air interrogatif.

— Je ne te le dis pas maintenant, vas-y, et reviens vite.

— Très bien. Eh bien, moi aussi j'ai quelque chose pour toi.

— Super. Il a souri, puis m'a donné une légère tape sur les fesses alors que je m'éloignais.

* * *

APRÈS ÊTRE ALLÉE AUX TOILETTES, j'ai réussi à rejoindre Jack après avoir discuté pendant environ deux minutes avec plusieurs de ses amis, dont son nouveau manager qu'il avait engagé après avoir viré Andy, le baveux. Mon ami Cooper avait amené quelques amis qui faisaient office de sécurité au cas où des curieux comprendraient ce que nous faisions, mais pour l'instant, seuls les invités avaient une idée de ce qui allait se passer le lendemain.

— Dépêche-toi, a dit Jack quand je suis revenue. Il a attrapé ma main.

— Où est-ce qu'on va ?

— Tu verras bien. Il affichait un tel sourire qu'on aurait dit un malade mental.

J'ai secoué la tête, le laissant me conduire sur la plage, loin de la fête.

— Tu peux courir ? m'a-t-il demandé.

— Mmm, OK.

Mais il était déjà en train de trottiner, me tirant derrière lui. Devant moi, dans l'obscurité, j'ai vu de petites taches de lumière. Soit elles étaient vraiment loin, soit des gens avaient de minuscules lampes-stylos.

— Là-bas. Nous avons trottiné un peu plus loin, puis ralenti pour marcher rapidement. Dans l'obscurité, j'ai vu des silhouettes, tenant certainement des stylos-lampes, courbées et en train de regarder quelque chose.

Et soudain, j'ai su. J'ai mis une main sur ma bouche.

— Des tortues ?

— Ouais, probablement le dernier nid de caouannes de la saison. En fait, c'est tellement tard dans l'année que le groupe m'a dit qu'ils ne pensaient pas que ce nid avait survécu. Jack était devenu un donateur du groupe local de sauvetage des tortues quelques années auparavant, mais nous n'avions jamais réussi à être à Butler Cove une nuit où un nid avait éclos.

On s'est approchés discrètement.

— Salut les gars, a dit Jack en chuchotant. Merci de m'avoir prévenu.

— Pas de problème, a dit un homme âgé aux cheveux gris. Il portait une chemise blanche avec l'inscription « Sauvetage des tortues de la Lowcountry » dans le dos. Et vous n'avez pas besoin d'être silencieux, elles ne craignent pas le son. C'est juste les lumières vives qui les perturbent.

Nous nous sommes insérés dans le groupe d'environ cinq personnes étroitement rassemblées. Je connaissais ces volontaires qui se relayaient pour patrouiller sur les plages pendant la saison de nidification. C'était un groupe non interventionniste qui essayait de ne pas trop interférer ou manipuler les tortues inutilement.

Jack m'a prise par la taille et m'a serrée contre lui.

Lorsque j'ai baissé les yeux sur tout ce que les autres regardaient, j'ai poussé un petit cri.

J'avais envie de regarder partout à la fois. Le sable en mouvement avec les petites créatures qui en sortaient. Les petites tortues qui avaient déjà atteint la surface et qui se déplaçaient sur leurs petites nageoires vers l'océan.

— Vas-y, mon pote, ai-je dit quand l'une d'elles a commencé à dévier en diagonale. Suis tes frères.

— Du moment qu'elle finit par y arriver, a dit une autre bénévole. Nous surveillons celles qui prennent la mauvaise direction et celles qui sont enterrées si profondément qu'elles pourraient ne pas s'en sortir sans un peu d'aide. Mais nous devons attendre que tous leurs frères et sœurs soient sortis.

Je regardais ébahie, même si j'avais eu la chance de voir cela une fois auparavant, quand j'étais enfant. Mes souvenirs étaient si vagues. En regardant Jack, j'ai vu qu'il était aussi ému que moi. Il y avait si peu de caouannes de nos jours. Elles étaient vraiment une espèce menacée.

Après environ une demi-heure, des centaines de minuscules bébés tortues ont quitté le sable et se sont dirigés vers l'océan. Assister à ça avec Jack la nuit avant notre mariage avait une signification magique à mes yeux. Et j'ai failli m'étouffer d'émotion.

— On ne peut pas les emmener jusqu'à l'océan ? a demandé Jack à un volontaire qui avait arrêté une petite tortue qui se dirigeait vers les dunes et qui l'avait délicatement changé de direction.

— On pense que c'est mieux si elles y arrivent toutes seules. Il est difficile de savoir pourquoi les tortues reviennent toujours nicher sur la même plage, et comment elles apprennent à la connaître si bien, mais peut-être que cette petite randonnée en fait partie. Nous ne savons pas.

Finalement, il semblait qu'il n'y avait plus de tortues qui remontaient.

— Il est temps de creuser. Doucement. Vous voulez essayer ?

— Bien sûr, ai-je répondu avec excitation et je me suis laissé tomber à genoux. Les bénévoles nous ont montré, à Jack et à moi, comment glisser nos mains sous le sable et creuser doucement. Très vite, je suis tombée sur quelque chose qui remuait. J'ai crié. J'en ai trouvé une !

— OK, glisse doucement ta main sous elle et nous allons creuser le sable autour de toi pour la laisser sortir.

Jack a creusé le sable autour de ma main, et bientôt la petite créature, éclairée par la douce lampe-stylo d'un volontaire, est sortie du sable et a cligné des yeux.

— Oh, mon Dieu, elle est trop mignonne !

Il y a eu un autre frétillement contre le dos de ma main.

« Oh, il y en a une autre par ici. »

Nous avons aidé les deux dernières petites tortues à se libérer du nid de sable et de coquilles brisées. Pour elles, ça devait être comme escalader des rochers. Elles sont arrivées au sommet et ont commencé à se diriger vers l'océan.

J'ai enlevé le sable de mes mains en me levant. Jack a mis un bras autour de moi et m'a serrée contre lui tandis que nous regardions les deux petites choses pas plus grandes que mon pouce se diriger vers le grand monde.

Le doigt de Jack a effleuré ma joue, effaçant une larme.

« C'était incroyable », ai-je chuchoté.

Un volontaire a suivi les deux tortues, les autres volontaires se sont séparés pour suivre d'autres traces et s'assurer que tout le monde était bien arrivé à l'eau.

Jack et moi sommes restés dans l'obscurité. Mon cœur était rempli d'amour lorsque je me suis tournée vers lui pour l'embrasser.

« C'était incroyable. Le cadeau le plus parfait pour une nuit parfaite. »

Les lèvres de Jack ont trouvé les miennes, et je me suis abandonnée à la sensation des baisers sensuels et de sa peau légèrement abrasive. La chair de poule a parcouru ma peau.

Ses doigts ont glissé dans mes cheveux, inclinant ma tête, et sa langue a taquiné la mienne.

Je me suis accrochée à lui tandis que nos langues glissaient et tournaient ensemble dans un ballet sensuel.

Jack a resserré son étreinte, et un doux grondement est sorti de sa poitrine.

La chaleur m'a envahie.

Je pourrais embrasser cet homme toute ma vie. C'est ce que j'allais faire, d'ailleurs. Demain, il serait à moi pour toujours. Ma poitrine s'est serrée et mes yeux ont piqué. En me reculant doucement, j'ai pris une grande inspiration.

« Je n'arrive pas à croire que je vais pouvoir t'embrasser pour le restant de ma vie. »

Les yeux fermés de Jack se sont ouverts, sombres, langoureux, pleins de la certitude de l'avenir. Il s'est penché en avant et a mordillé mes lèvres à nouveau en me regardant.

— Tu as tout de moi pour le restant de ta vie. Je suis complètement, et totalement à toi.

Il a fait un pas en arrière et s'est penché pour embrasser mon ventre. « Et à toi », a-t-il dit doucement, et mon cœur déjà rempli d'amour m'a donné l'impression qu'il allait fondre dans ma poitrine. « Bon, voilà, je t'ai montré les tortues, a-t-il dit en se redressant, qu'est ce que tu as pour moi ? »

CHAPITRE VINGT-QUATRE

Jack et moi avons couru pieds nus vers la fête en longeant la plage et en soulevant le sable froid.

J'ai ralenti pour marcher, essayant de reprendre mon souffle.

— C'était incroyable, me suis-je exclamée, encore étourdie de bonheur par les tortues que nous venions de voir.

— Où étiez-vous tous les deux ? Jazz nous a accostés dès que nous avons remis les pieds dans le cercle des torches tiki. Peu importe, je n'ai pas besoin de savoir.

— Oh mon Dieu, Jazz. J'ai gloussé. On ne faisait rien du tout. Jack savait qu'un nid de tortues était en train d'éclore. On est allés les aider. C'était incroyable. Et maintenant, c'est l'heure de sa surprise.

Elle a tapé dans ses mains.

— Ce qui veut dire, discours. Un timing parfait.

— Attends, a dit Jack dans mon oreille. Je ne vais pas avoir ma surprise tout de suite ?

— Patience.

Jazz s'est dirigée vers le groupe et, après la fin de la chanson, elle a pris leur micro et a remercié tout le monde d'être venu. Puis elle a tendu le micro à Joey.

Mon frère a croisé mon regard et m'a fait un clin d'œil.

— Je m'appelle Joey. Pour ceux d'entre vous qui viennent du côté de Jack, je suis le frère de la mariée. Et pour ceux qui sont du côté de Keri Ann, vous savez qui je suis parce que je me suis donné pour mission de m'occuper de ma petite sœur.

— C'est faux ! l'a chahuté Colt pour l'amusement de tous.

Joey a pointé Colt du doigt pour le défier, puis a regardé l'assemblée, et plus particulièrement Jack. « Au moins, je pensais que je faisais ça efficacement jusqu'à ce que ce joli garçon arrive. Il a roulé les yeux avec un sourire et tout le monde a ri. Je ne plaisante qu'à moitié. Tous ceux qui nous connaissent vous diront que j'ai pratiquement menacé la vie de quiconque regardait ma sœur. Je ne voulais pas qu'un crétin lui brise le cœur. Vous savez, c'est la meilleure personne que je connaisse. Joey s'est éclairci la gorge. Nous avons perdu nos parents très jeunes. » Il a fait une pause, semblant se ressaisir, ce qui m'a fait m'étouffer d'émotion.

Jack m'a serrée dans ses bras. Je voyais bien que les autres essayaient également de retenir leurs larmes. Les yeux de Jazz brillaient lorsqu'elle me regardait, à côté de Joey.

« Et il y a des jours, probablement pour tout le monde, où il est facile d'oublier d'où nous venons, et les valeurs qui sont importantes pour nous. Joey a soufflé un peu et m'a regardée. Mais il me suffit d'être avec ma sœur pour voir tout ce qu'il y a de meilleur chez mes parents et dans la famille Butler. Je vois le sourire de ma mère. Et je vois les yeux de mon père. Il a souri, les lèvres serrées. Je vois la beauté et la gentillesse de ma mère, sa prévenance et sa créativité. Mon père, Dieu ait son âme, après de nombreuses tentatives d'affaires ratées, était souvent accusé d'être un mauvais juge. Mais je me suis dit que c'était peut-être parce qu'il ne voyait que le meilleur des gens. Et peut-être que ce sont les deux faces d'une même pièce. Et si c'est le cas, alors ma sœur personnifie le meilleur côté de cette pièce. Elle voit même le meilleur en moi, c'est pour dire, a-t-il ajouté sur un ton d'autodérision, en roulant les yeux. Et je sais que lorsque j'ai appris qu'elle sortait avec Jack Eversea, j'ai tiré des conclusions hâtives sur le type d'homme que Jack était. J'ai vu le Jack Eversea que tout le monde croit connaître, je n'ai vu que l'image projetée. Je n'ai pas vu la personne que ma sœur avait vue. Elle voyait au-delà de toutes les conneries. Sans vouloir t'offenser, Jack. »

Jack a levé sa bière vers mon frère.

— Pas de souci.

— Elle pouvait voir jusqu'au fond de son âme. Leurs débuts n'ont pas été simples, c'est sûr, mais au fond elle a vu que Jack était attentionné, loyal, protecteur et aimant et que son cœur serait en sécurité auprès de lui. Et je suis heureux de dire qu'elle avait raison. Il s'avère que Jack est l'un des meilleurs hommes que je connaisse. Si mon père était vivant aujourd'hui, c'est lui qui lui confirait ma sœur. Mais je suis tellement reconnaissant d'avoir cet honneur demain. Et je sais tellement que je parle pour nos parents et aussi pour notre chère Nana, qui aurait adoré voir ce jour, que je le fais sans une once d'hésitation. Il a levé sa bière. À ma sœur et à mon futur beau-frère, à Keri Ann et Jack.

— À Keri Ann et Jack a répondu tout le monde en levant son verre.

Jazz avait des larmes qui coulaient sur ses joues. En fait, il n'y avait pas un seul œil sec sur la plage.

— Okaaaay, a-t-elle dit en prenant le micro des mains de

Joey et en l'embrassant. C'est le premier mariage que j'organise, et j'espère que la prochaine fois je penserai aux mouchoirs.

C'était au tour de Nick. Grand et longiligne, avec des cheveux noirs courts en brosse et les bras couverts de tatouages, il avait l'air un peu effrayant. Sauf que tous ceux qui le connaissaient savaient que c'était un gros bébé sensible, qui buvait des jus détox et qui collectait sans relâche des fonds pour sauver des animaux en voie de disparition.

— Je m'appelle Nick et je vais faire court.

Il nous a regardés. Jack m'a serrée contre lui et m'a embrassée sur le front.

« Depuis que je connais Jack, il y a trois jours qui se distinguent des autres pour moi. Le premier, c'est le jour où je l'ai rencontré, ce petit brun tout maigre qui avait emménagé avec sa mère en face de chez nous, dans un immeuble de cinq étages dans le Queens. À l'époque où le Queens était un quartier populaire. Il m'a demandé si je voulais bien être son ami parce qu'il n'en avait pas et qu'ils venaient de très loin. Nick a fait une pause. Nous sommes toujours amis à ce jour. »

J'ai mordu nerveusement ma lèvre, essayant de me distraire des larmes qui menaçaient en imaginant un petit Jack effrayé. Tout le monde était silencieux et attendait que Nick continue.

Les parents de Jack se sont serrés l'un contre l'autre.

« Le deuxième jour dont je me souviens clairement, c'est la première fois que j'ai vu Jack après sa rencontre avec Keri Ann, a poursuivi Nick. Le Jack qui avait quitté la Californie pour venir dans cette petite ville insulaire n'était pas l'homme qui était revenu. Je savais qu'il avait perdu son cœur avant même qu'il ne dise quoi que ce soit. Il ressemblait à un homme qui aurait soudain vu toutes les belles choses possibles dans la vie, et à qui on aurait dit qu'il ne pouvait pas les avoir. Il avait l'air marqué. Il avait l'air hanté. Et je savais qu'il ne serait plus jamais le même. »

J'ai levé les yeux vers Jack.

Il m'a fait un petit sourire, reconnaissant la vérité dans les mots de Nick.

« Et le troisième souvenir est le jour où il a emmené Keri Ann en Californie pour la première fois, et qu'ils m'ont invité à dîner. Nick m'a regardé. C'est Keri Ann qui a ouvert la porte. « Tu dois être Nick », a-t-elle dit. Puis elle m'a serré fort dans ses bras et m'a dit : merci d'être l'ami de Jack. C'est à ce moment-là que j'ai su que le cœur de mon meilleur ami, Jack, serait en sécurité pour toujours, peu importe le temps qu'il leur faudrait pour arriver à ce moment. Il y a eu un soupir collectif de tous ceux qui écoutaient. La mère de Jack a essuyé ses yeux. Encore une fois.

Et nous sommes ici, à ce moment précis. Le mariage a lieu demain, bien sûr. Mais demain, nous ne serons pas sur une plage sous les étoiles, alors j'aimerais vous demander une faveur. J'aimerais que nous fassions la bénédiction maintenant, avec nos orteils dans le sable et avec le feu de l'amour dans nos cœurs. »

Il a levé sa bière et nous a fait signe de nous mettre en face de lui.

J'ai levé un regard interrogateur vers Jack et j'ai vu qu'il était amusé et pas perturbé pour deux sous. Il m'a rendu mon regard et a haussé les épaules.

— On y va ?

— Allez, a dit Nick, ne soyez pas timide.

Jack a secoué la tête avec un sourire, nous avons tendu nos boissons aux personnes qui se tenaient à côté de nous et nous avons fait un pas en avant.

Nous nous sommes arrêtés devant Nick, puis nous nous sommes tournés l'un vers l'autre, les mains jointes.

« OK, formons un cercle autour d'eux », a dit Nick et tout le monde s'est mis en cercle l'air stupéfait

Il a pris nos deux mains droites. Puis il a fouillé dans sa poche de pantalon et en a sorti un morceau de verre dépoli sur une ficelle, attaché à un autre et un autre et encore un autre jusqu'à ce qu'il ait sorti un long fil d'un mètre de perles de verre. Mes perles. C'est moi qui avais fait cette guirlande. La dernière fois que je les avais vues, c'était dans mon studio à Daufuskie.

— Et moi qui pensais que tu étais juste content de me voir, a plaisanté Jack.

— Toutes mes excuses, m'a dit Nick. J'ai demandé à la mère de Jack de le voler pour moi. Tu le récupéreras intact.

— OK, j'ai dit et j'ai croisé le regard de Jack.

Jack a haussé les épaules avec un sourire qui semblait dire :

« Nick est un original, fais avec. »

— Mesdames et messieurs, a dit Nick. Mes ancêtres viennent d'un pays celte, et il y a très longtemps, si un couple souhaitait se marier, il se liait les mains au cours d'une cérémonie appelée *handfasting*. Cela servait en quelque sorte de période de fiançailles, un accord contraignant pendant un an et un jour pour voir s'ils souhaitaient toujours s'unir de façon permanente.

Il nous a regardés, Jack et moi.

« Maintenant, je n'ai aucun doute que vous êtes tous les deux prêts à être unis par le mariage, mais puisque vous avez fait les choses si rapidement, nous n'avons pas eu l'occasion de nous réjouir de vos fiançailles. Nous allons vous fiancer officiellement ce soir et vous accorder nos meilleures bénédictions. »

J'ai regardé Jack et il m'a regardée en retour, un petit sourire aux lèvres.

— Tu es prête pour moi ? m'a-t-il demandé.

Mon bas-ventre s'est contracté.

— Toujours, ai-je murmuré, en pensant à ce mot avec chaque fibre de mon être.

Les yeux de Jack se sont davantage assombris, ses narines ont frémi légèrement tandis qu'il regardait les mots se former sur mes lèvres.

Nick a pris nos mains jointes et les a doucement levées jusqu'à ce que Jack et moi ayons les mains en l'air, nos peaux se touchant des doigts jusqu'au coude.

« Je vais enrouler cette corde symbolique, d'autant plus spéciale qu'elle a été fabriquée par Keri Ann, autour de vos mains jointes. Pendant que je le fais, j'aimerais que chacun d'entre nous ici présent accorde, à haute voix, une petite bénédiction à ce couple. Je vais commencer. Il a regardé Jazz qui se tenait à sa gauche. Jazz sera la suivante, et nous ferons le tour jusqu'à ce que nous revenions à moi. Il a fini d'enrouler la corde. Je souhaite à ce couple l'amour qu'ils ont l'un pour l'autre pour toute leur vie. »

Jack et moi avons croisé nos regards. Le vert de ses yeux était comme une forêt profonde dans la nuit.

Jazz s'est éclairci la gorge.

— Hum, j'ai l'impression d'avoir vu ça dans un film. Tu es sûr que tu n'es pas en train de les marier officiellement ?

Un léger rire a retenti dans l'assemblée. La question aurait dû me secouer, mais ce n'était pas le cas. J'avais l'impression qu'il s'agissait d'une union. Et c'était parfait.

— Bénis-les, Jazz, c'est tout ce qu'on te demande, a dit Joey. Elle a expiré bruyamment.

— Je bénis ce couple et lui souhaite de s'éclater au lit toute leur vie. Désolée, maman de Jack. Jack et moi avons éclaté de rire, la tension s'est un peu relâchée, mais nos regards se sont croisés.

— Je bénis ce couple, a fait la voix de Joey, et leur souhaite de toujours prendre les bonnes décisions. C'était tellement typique de mon frère de faire une bénédiction sérieuse et guindée. Il avait épuisé son côté sentimental pour son discours, alors ça ne m'a pas dérangée. Mais c'était quand même incroyable de voir à quel point Jazz et Joey étaient différents, et pourtant ils s'aimaient tant. Mon sourire s'est élargi.

— Je souhaite la prospérité à ce couple, a dit quelqu'un qui me semblait être Paulie.

— Je souhaite à ce couple que toute la générosité dont il a fait preuve envers les autres leur soit témoignée, a dit Nicole.

— Je souhaite la fertilité à ce couple, a dit Charlotte.

Le sourire de Jack s'est élargi alors qu'il me regardait. Je sentais qu'il se battait pour ne pas regarder Bean et nous trahir.

On a continué à se regarder pendant que les bénédictions fusaient autour de nous. J'ai mémorisé les traits de Jack même si je les connaissais déjà. Chaque courbe et chaque angle, chaque émotion qui passait dans ses yeux.

Prospérité. Patience. Chance. Santé. La force d'endurer les obstacles. L'amour. Encore de l'amour. La sagesse. La fertilité. Des orgasmes. Ce dernier, de la part de Mme Weaton, a choqué tout le monde et a failli nous faire perdre notre sérieux à Jack et à moi, alors que je pouffais et le faisais glousser en retour.

Katie, l'assistante de Jack, et Shannon, notre amie et journaliste qui était habituellement la première personne autorisée à écrire des articles autorisés sur nous, nous ont souhaité toutes les deux *une vie privée.*

Mon bras était fatigué, et j'ai senti que Jack le sentait et me soutenait. Comme il le faisait, en tout.

Je ne voulais rien de plus que de m'endormir dans ses bras ce soir, mais bien sûr, la veille du mariage, nous ne pouvions pas être ensemble. Ordre de Jazz.

Finalement, le cercle des superbes bénédictions a été bouclé.

« Je terminerai par une bénédiction élémentaire, qui est une bénédiction traditionnelle, scellant la cérémonie des mains liées, a dit Nick en inclinant la tête. Père, Mère, Esprit divin dont la présence se fait sentir en toutes choses et à tout moment, nous demandons votre bénédiction éternelle sur ce couple, sur leur union, ainsi que sur leur famille et leurs amis qui se sont réunis ici pour célébrer cet événement joyeux avec eux. Puissent-ils ne faire qu'un en vérité et se délecter à jamais de la magie qu'est l'amour. »

Nous avons abaissé nos mains, la main libre de Jack s'est glissée autour de mon cou et il m'a attiré pour m'embrasser passionnément, scellant ainsi le moment.

Une acclamation s'est élevée et des applaudissements ont retenti.

Je me suis écartée, mon sourire étant trop grand pour continuer à l'embrasser.

— Digi cake, ai-je réussi à dire, en utilisant la terminologie de Jack au lieu de *fridge cake.*

— Quoi ?

— Digi cake.

Les yeux de Jack se sont agrandis.

— J'ai bien entendu ?

Je n'ai pas pu contenir mon sourire fier d'autosatisfaction.

— Tu as bien entendu. Ta mère et moi avons trouvé la recette et fait envoyer les bons ingrédients par la poste, et oui, ton gâteau préféré t'attend.

— Vous avez fait un digi cake ? Genre mon gâteau préféré ? Il a froncé les sourcils. Quand est-ce que je t'ai déjà parlé de digi cake ?

J'ai hoché la tête.

— Le jour où on s'est embrassés pour la première fois. Et quelques autres fois depuis. J'ai haussé les épaules. Je m'en suis souvenue. Tu ne manges jamais de dessert, mais je me suis dit que c'était différent aujourd'hui.

Jack s'est immobilisé, une myriade d'émotions traversant ses traits.

— C'est vrai, a-t-il finalement dit.

Quelqu'un nous a rendu nos verres, et Nick a défait nos liens.

— Merci, mec. C'était... génial, a dit Jack.

— De rien. Nick a haussé les épaules en souriant.

— Depuis quand es-tu tout... spirituel et sentimental ? lui a demandé Jack.

— Depuis que j'ai été ordonné. Il n'y a pas plus spirituel et sentimental que ça.

— Tu as raison, a concédé Jack.

— Le gâteau ! a crié Jazz. Ou, en fait, le dessert !

Jack et moi avons ri. C'était vrai, le digi cake n'était pas vraiment un gâteau. C'était plutôt un biscuit au chocolat épais et mou. Servi en tranches carrées, comme un brownie.

Nick s'est dirigé vers la table des desserts.

J'étais vaguement consciente que le photographe prenait des photos de nous.

— Tu te rends compte que ça s'appelle un fridge cake, hein ? Tu es la seule personne qui appelle ça digi cake.

— Pas la seule personne. Tout le monde disait ça à mon internat. Si Max était là, il appellerait ça digi cake.

— Des nouvelles de lui ?

Jack a secoué la tête.

— Mmm, non. C'est dommage.

Jack s'est penché vers moi, son souffle chatouillant mon oreille et enflammant mes terminaisons nerveuses. « Je t'épouse demain, a-t-il dit, et je pouvais sentir le sourire sur ses lèvres. Et ensuite, je vais... coucher... avec ma femme. »

J'ai frissonné à son ton sexy.

« Ma femme qui se souvient de choses comme le digi cake. » Il a inspiré lourdement, contre ma peau. Et quand je dis coucher avec ma femme, je veux dire que je vais lui faire l'amour du mieux que je sais.

— J'ai hâte d'être à demain alors. J'ai tenu la tête de Jack et chuchoté à son oreille. Tu as intérêt à tenir ta promesse.

CHAPITRE VINGT-CINQ

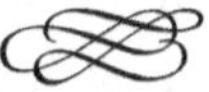

— *D*ebout, debout, m'a dit Jazz de quelque part dans le monde éveillé. J'ai ouvert difficilement les yeux pour me sortir de mon lourd sommeil. Mon ancienne chambre, redécorée et dotée d'une porte donnant sur une salle de bains attenante qui n'existait pas auparavant, a pris forme autour de moi.

On a encore frappé. En fait, c'était plutôt un bruit de bois contre la porte.

— Ce plateau est lourd, tu sais.

— Désolée, j'arrive.

Je me suis assise et étirée, repoussant la couette chaude et douillette, puis j'ai titubé en allant ouvrir la porte.

— Joyeux jour de mariage, joyeux jour de mariage ! a gaiement chanté Jazz, sur l'air de joyeux anniversaire. Elle avait les cheveux à moitié humides et ses boucles blondes élastiques étaient en bataille.

J'ai fait un pas en arrière, lui permettant d'entrer, mon estomac se retournant sur lui-même à ses mots. La tension nerveuse m'a soudain envahie. Le jour de mon mariage. Ou peut-être que ce n'était pas ses mots, peut-être que j'étais juste malade ? J'ai attrapé un petit pain dans la corbeille quand elle est passée et j'en ai pris une rapide bouchée.

Ses yeux se sont élargis.

— Ah bon, très bien.

— Echcuge-moi, ai-je dit la bouche pleine. Le pain était frais et craquant. J'ai gémi et me suis recouchée. Je suis toujours en train de dormir. Je suis lourde, enceinte, endormie à jamais.

— C'est parce que tu n'as pas d'alcool ni de caféine dans ton organisme. Je devrais essayer un jour. Mais pas aujourd'hui. Jazz a posé le plateau. Pousse-toi, a-t-elle dit en enlevant ses chaussures et en se glissant sous les couvertures avec moi.

Nous sommes restées allongées quelques instants en silence, le soleil matinal d'automne filtrant à travers les stores. Je pouvais entendre les sons lointains de quelqu'un dans la cuisine en bas et peut-être Joey qui se déplaçait à l'étage. Mais c'était paisible.

— Je me marie aujourd'hui, ai-je murmuré en regardant Jazz.

Elle a pris ma main.

— Oui. Elle a dégluti et cligné des yeux. Et que je sois damnée si je pleure toute la journée aujourd'hui.

— N'oublie pas que tu ne pleures jamais. Tu ne veux pas commencer à cause de moi.

— Exactement.

— C'est tellement loin quatre heures de l'après-midi. Je veux me marier tout de suite. J'ai poussé un cri. Han! Je vais être Mme Jack Eversea. *La femme de Jack*. L'idée était si forte, la sensation dans ma poitrine était si forte que j'avais l'impression que mes côtes allaient se briser ou que ma tête allait exploser.

Je me suis redressée brusquement et j'ai repris mon souffle. Waouh !

— Je suis convaincue que tu l'es déjà, après la cérémonie d'union des mains. Je veux dire, qu'est-ce que le mariage si ce n'est un engagement devant les amis et la famille ?

J'ai soupiré et me suis recouchée, la main sur mon cœur qui battait rapidement.

— C'était magnifique. Même si je voulais me marier ici, dans ma maison, j'avais aussi envie d'un mariage sur la plage. On dirait que je l'ai eu aussi.

Le bruit d'un camion qui s'arrêtait a fait sortir Jazz du lit. Elle a jeté un coup d'œil à travers les stores pendant que j'entendais le bip du camion qui faisait marche arrière.

— Ça doit être le fleuriste.

Je n'avais même pas vu le jardin à l'arrière de la maison depuis qu'il avait été aménagé pour le mariage. Je me suis glissée hors du cocon chaud du lit pour rejoindre Jazz.

— Je peux t'aider pour quelque chose ? S'il te plaît, ne m'oblige pas à rester assise ici comme une princesse pendant que tu fais tout le travail. Tu as aussi besoin de temps pour te préparer, demoiselle d'honneur.

— Pshh, Jazz m'a repoussée de la main. Je t'en prie. Nicole et Joey vont m'aider. Les tables et les chaises sont déjà installées. Le traiteur s'occupe des nappes. Le fleuriste a fait les bouquets, Hector du grill vient avec son cousin pour m'aider à dresser les tables.

J'ai regardé par la fenêtre et j'ai vu qu'en effet, des chaises étaient déjà disposées en rangées dans un coin de la cour devant une tonnelle en bois et une balancelle que nous avions installées lors de la rénovation et de l'aménagement paysager. Bien que la balancelle ait été enlevée et que des branches de vigne aient été enroulées autour du cadre, je savais que le fleuriste allait la décorer avec des branches que nous avions conçues. Je languissais de voir ça plus tard. En dessous de nous, des lampes chauffantes étaient posées ici et là. Et à droite, de longues tables alignées indiquaient l'emplacement du bar et des zones de service de la nourriture. Plus tard, les tables seraient recouvertes de lin blanc et de toile de jute et parsemées de bougies et de bouquets de fleurs et de plumes. Attachées à la maison, et suspendues dans la cour jusqu'aux arbres, se trouvaient des guirlandes de lumières qui seraient allumées lorsque le soleil se coucherait ce soir, juste après dix-huit heures.

Jazz a pris ma main et l'a serrée.

« Ça va être époustouflant. Et pour l'instant, seul le traiteur a compris que c'est toi et non Nicole qui se marie, puisque son équipe était là hier soir. Nous leur avons fait jurer le secret, mais tu sais que ces choses-là finissent toujours par se savoir. J'ai appelé le shérif Graves ce matin et après l'arrivée des invités, il va fermer Butler Avenue et rediriger le trafic, pour éviter les stationnements intempestifs et les tentatives de photos. Tu sais que l'équipe de journalistes locaux voudra voir ce qui se passe... Elle a jeté un dernier coup d'œil à travers les stores. Ça va les changer de leurs reportages sur les alligators et les soirées bingo. »

J'ai pouffé. Quand on était ado, on plaisantait en disant que rien d'intéressant ne se passait jamais à Butler Cove. Maintenant que nous étions adultes, nous savions combien nous avions été bénies pour cela.

« Et tu es sûre que personne ne vous a reconnus mercredi quand vous êtes allés chercher la licence ?

— Personne. Nous avons roulé deux heures jusqu'à

Hampton County. Je pense que le gars au bureau des licences va y travailler jusqu'à ce qu'il meure à son bureau. Le pauvre petit monsieur avait genre 90 ans. Il lui a fallu de longues minutes pour traverser le bâtiment d'une seule pièce avec sa canne et sortir le formulaire d'enregistrement d'un classeur. Et environ vingt minutes pour comprendre comment faire fonctionner la photocopieuse. Finalement, Jack a demandé s'il pouvait l'aider et il a rempli le bac à papier.

— Je vois. Détends-toi, prends un bain, mange un peu. Charlotte vient à onze heures. La coiffeuse et la maquilleuse seront là à midi. Déjeuner à 13 h. Habillage à 14 h. Photos à 15h. Puis on monte ici et on se repose trente minutes avant que tu n'ailles là-bas et que tu fasses de cette superbe star de cinéma ton mari pour toujours.

— Ouf. J'ai pris Jazz dans mes bras. Merci pour tout ça. Pour avoir fait de ce jour le plus beau que je puisse imaginer.

Elle m'a serrée dans ses bras en retour.

— Attends. Ça n'est pas encore fait. Ne nous porte pas la poisse.

— Ce sera parfait. Ça l'est déjà.

Mon téléphone a bipé.

— C'est ta star de cinéma, je parie. Elle m'a fait un clin d'œil et s'est éclipsée.

J'ai pris mon téléphone et le verre de jus d'orange sur le plateau du petit-déjeuner.

JACK : *Bonjour, ma belle.*

Moi : *Bonjour, mon futur mari.*

Jack : *J'aimerais être avec toi en ce moment. Je suis impatient de te voir. As-tu bien dormi ? J'étais trop excité pour dormir.*

Moi : *Oh, oh. J'espère que tu ne seras pas trop fatigué pour notre nuit de noces. *émoji clin d'œil**

Jack : *Jamais de la vie.*

Moi : *ça va être le jour le plus long jusqu'à ce que je te voie.*

Jack : *Je sais. Pareil pour moi.*

* * *

LA JOURNÉE EST DEVENUE un rêve. Un brouillard que je devais traverser pour rejoindre Jack. Je me suis détendue, j'ai pris un bain, j'ai ri avec Charlotte, j'ai déjeuné avec elle, Monica, Jazz, Nicole et Lizzie, et Mme Weaton. Puis Jazz, Charlotte et Mme Weaton sont restées. Pendant ce temps, le photographe nous prenait en photo en train de nous préparer. J'ai été apprêtée, plumée et maquillée. Habillée, ficelée et parfumée. J'ai enfilé des bas soyeux sur mes jambes et les ai accrochés au porte-jarretelles en dentelle blanche que j'avais acheté, sachant que Jack allait adorer ça. Mes pieds étaient enveloppés dans des ballerines en satin. J'ai accroché les perles de Nana à mon cou.

Mme Weaton a glissé un petit peigne à cheveux avec un morceau de lapis bleu qui avait appartenu à ma mère dans les vagues de ma chevelure, que j'avais laissées libres et qui étaient entourées d'un simple ruban argenté.

Jazz a apporté le bouquet dans une longue boîte et me l'a tendu. Des roses, une branche de saule, des branches d'olivier et quelques longues et élégantes plumes de faisan tombaient en cascade. J'ai sursauté en le voyant et je l'ai sorti avec précaution de la boîte, le tenant contre moi. Il y a eu un silence et j'ai levé les yeux pour voir que tout le monde me fixait.

— Quoi ?

— Oh, rien, a commencé Charlotte en soupirant et ses yeux se sont remplis de larmes.

— Ne pleure pas, a glapi Jazz. Personne ne pleure. On va abîmer notre maquillage. Clignez des yeux, clignez des yeux, clignez des yeux. Merde. Faites disparaître les larmes en clignant des yeux. Ce n'est pas la mariée la plus époustouflante que vous ayez jamais vue ? Ce n'est pas le jour le plus incroyable de tous les temps ? Que personne ne pleure ! a-t-elle crié.

L'éclat de Jazz a permis de briser la tension et nous avons toutes éclaté de rire.

« Mais bon sang, K., il faut que tu te voies. » Jazz a ouvert l'armoire pour que je puisse me voir dans le long miroir.

Et j'ai arrêté de respirer.

La robe était très près du corps, elle passait sur mes hanches et s'évasait doucement sur mes chevilles. Elle était très décolletée sur le devant et encore plus basse dans le dos. C'était sexy. Mais toute la robe était recouverte d'une délicate et transparente dentelle ancienne. La dentelle recouvrait mes bras jusqu'aux poignets et tout mon dos, fermé par une seule rangée de boutons recouverts de satin. Seul mon décolleté avait été laissé nu. C'était élégant et presque d'un autre monde avec ce bouquet contre la robe.

— Je suis une mariée, ai-je chuchoté, émerveillée.

Je me suis regardée, mon maquillage était naturel, mais je n'avais jamais été aussi belle. Même lorsque j'avais été maquillée pour les soirées hollywoodiennes avec Jack. Mes yeux étaient plus bleus que jamais, mes joues légèrement rosies, mes lèvres d'un éclat naturel. On aurait dit que j'étais dans un magazine. « Ce n'est pas réel ».

Ma mère m'a regardée à travers mes yeux. Je pouvais voir

Nana, aussi. J'ai cligné des yeux et j'ai su qu'elles étaient ici avec moi. Dans mon cœur. Dans cette même pièce.

Jazz, vêtue d'une robe en soie gris tourterelle qui épousait ses courbes, est venue se poster à côté de moi.

« Regarde-nous. Dans mon cœur on est toujours au collège en train de parler de garçons. En train de nous demander qui on va épouser un jour. Ou bien au lycée en train de parler d'acteur de cinéma. »

— Et nous y voilà. Et toi qui épouse LE garçon. La star sexy.

— Et la plus belle des âmes. Je suis la fille la plus chanceuse du monde.

CHARLOTTE A POSÉ une main sur mon épaule, en parlant à mon reflet.

— Et lui, l'homme le plus chanceux du monde. Et je suis aussi chanceuse de t'avoir comme belle fille.

Je me suis retournée, remettant le bouquet dans sa boîte pour l'instant, et j'ai pris Charlotte dans mes bras en faisant attention de ne pas froisser nos robes.

On a frappé.

Jazz a froncé les sourcils.

— Qui c'est ?

— Joey, a dit mon frère. Je t'ai entendu crier il y a quelques minutes. Tout le monde va bien là-dedans ?

Jazz a ouvert la porte.

— Oui. J'ordonnais juste aux filles de ne pas pleurer et de ne pas gâcher notre maquillage.

Mon frère, vêtu d'un costume gris clair, se tenait devant la porte, le visage empreint d'admiration tandis qu'il observait Jazz de la tête aux pieds.

— Ouah, a-t-il dit. Tu es éblouissante.

Jazz a souri.

— Merci. Toi aussi. Mais attends de voir ta sœur.

Joey m'a regardée et n'a rien dit pendant un long moment.

J'ai souri nerveusement.

— Tu es, sa voix s'est enrouée et il s'est raclé la gorge. Tu es... Il a inspiré profondément par le nez, apparemment incapable de parler. Puis il a levé les yeux vers le plafond et a soufflé un peu avant de me faire face à nouveau. Tu es belle. Et tu me rappelles...

Il a encore perdu la voix.

Jazz lui a pris la main.

— Maman, ai-je dit.

Il a hoché la tête et, lâchant Jazz, il s'est approché de moi.

— Oui, a-t-il chuchoté, les yeux humides, et il m'a embrassée sur le front. Bonne chance aujourd'hui, ma puce. Non pas que tu en aies besoin.

— Comment va Jack ? Les gars se préparaient chez Devon.

— Il est agité, en fait. C'est plutôt touchant.

— Nerveux ?

— Pas à l'idée de t'épouser. Excité. Et totalement impatient. Il est convaincu que l'univers a fait de ce jour le plus lent de tous les temps.

— Je vois très bien ce que tu veux dire.

— Eh bien, il ne reste plus qu'une heure maintenant. Et Jack sera là dans trente minutes, alors on ferait mieux de faire des photos en bas pour qu'il ne te voie pas quand il sera là.

L'heure suivante a filé, et j'étais de retour dans ma chambre avec vue sur la cour tandis que les gens prenaient place. La tonnelle était couverte de roses blanches fraîches. Le soleil était bas dans le ciel. Un petit groupe de trois musiciens jouait en acoustique à gauche de l'espace prévu pour la cérémonie.

— Bon. Jazz a passé la tête par la porte. Charlotte, Mme Weaton, il est temps de vous accompagner à l'autel.

Je leur ai fait un baiser sur la joue et j'ai attendu à la fenêtre. L'énergie à l'extérieur a changé, les gens se sont retournés sur leurs sièges. Au-dessous de moi, Nick est apparu et a avancé dans l'allée. Puis j'ai vu le sommet de la tête sombre de Jack qui escortait sa mère et descendait les marches. J'ai retenu mon souffle. Il portait aussi un costume gris, comme Joey, qui était juste derrière eux pour escorter Mme Weaton. Jack et sa mère sont arrivés au bout de l'allée, il l'a embrassé sur la joue et elle s'est assise.

Il s'est tourné, et le soleil bas de l'après-midi a touché son visage.

J'ai eu le souffle coupé.

Bon sang, que cet homme était magnifique ! Mes yeux se sont attardés et ont ensuite erré vers le bas. Et ouah ! Il savait porter un costume. Il lui allait parfaitement, avec une cravate gris foncé et une chemise blanche à col cassé. Une rose était épinglée à son revers.

Je ne pouvais plus attendre de voir ses yeux de plus près.

Ses cheveux bruns étaient naturellement ébouriffés à cause de la façon dont il passait ses mains dedans, ce qui, à première vue, était souvent le cas. Comme s'il le sentait, il a levé la main et il a rabattu ses cheveux en souriant nerveusement à tout le monde.

Joey était rentré dans la maison, puisqu'il devait m'accompagner.

— C'est à toi, a dit Jazz depuis la porte de la chambre.

J'ai ramassé le bouquet et je l'ai rejointe en descendant l'escalier.

Le beau-père de Jack se tenait en bas, prêt à escorter Jazz.

— Tu es magnifique, a-t-il dit d'un ton bourru et il s'est penché pour m'embrasser sur la joue.

— Merci.

— Dès que Jeff et moi serons devant, a dit Jazz, l'orchestre commencera à jouer ta chanson. Attends qu'elle commence le deuxième couplet. Dès qu'elle commence, c'est ton tour. Prends ton temps. Tout le monde va vouloir te voir, alors marche lentement.

J'ai hoché la tête.

— OK.

— Je t'aime beaucoup, tu sais.

— Moi aussi, Jazz, et merci.

— De rien ma copine.

Elle a passé la porte au bras de Jeff.

Joey et moi étions dans le calme de la vieille maison, la maison de mon enfance, et j'ai senti ses bras aimants m'enlacer.

— Je suis si fier de toi, a dit Joey.

— Merci. Pour tout. Je t'aime, mon frère.

— Je t'aime aussi. Il s'est tourné vers la porte et m'a tendu son bras.

Je l'ai pris, glissant ma main dans l'anse qu'il formait, et nous avons attendu tranquillement, sans avoir besoin de mots supplémentaires entre nous.

La musique dehors s'est tue, puis un simple arpège de guitare acoustique a retenti, et une voix de fille, riche et douce, a commencé à chanter.

J'aurais dû savoir que Jazz retiendrait ma demande idiote de chanson et ferait de « Halo » le point culminant où tous les cœurs s'arrêtent de battre. Les poils de mes bras se sont hérissés à l'écoute de l'émotion intense que la chanteuse insufflait aux paroles. Oh, là, là !

La guitare acoustique a repris le rythme entre les couplets.

Et puis le moment est arrivé. Alors que la voix de la jeune fille entamait les mots « me touche comme un rayon de soleil brûlant dans la plus sombre de mes nuits », je suis sortie et j'ai regardé Jack dans les yeux alors qu'il tournait la tête vers moi.

CHAPITRE VINGT-SIX

Je suis sortie de la maison de mon enfance par le porche arrière, en clignant un peu des yeux. Une brise froide a fait voler ma robe et m'a donné la chair de poule. À mes côtés, il y avait la chaleur et la solidité de mon frère. Devant moi, au-delà de la petite mer de regards amicaux et émerveillés, se trouvait mon avenir.

Le soleil se couchait quelque part sur notre droite, et la vue devant moi était dorée.

Les yeux de Jack étaient sur moi.

Il semblait déterminé.

Il avait l'air impressionné.

Sa bouche s'est ouverte progressivement, et j'ai senti, plutôt que vu à cette distance, qu'il avait pris une profonde inspiration. Peut-être était-il aussi essoufflé que moi.

Ses lèvres ont remué. « Waouh », a-t-il marmonné. Puis sa mâchoire s'est crispée, comme lorsqu'il essaie de contrôler ses émotions.

C'était un effort monumental de détourner mon regard de celui de Jack pour m'assurer que je ne tombais pas cul par-dessus tête dans les escaliers. Mon bouquet à la main, j'ai soulevé ma longue robe alors que nous approchions des marches menant au jardin. Je les ai négociées avec précaution.

Dès que j'ai été connectée aux yeux de Jack, tous les gens devant qui je passais ont semblé s'éloigner. C'était Jack et moi. Seulement nous.

Et je me suis retrouvée en face de lui. Ses yeux passaient alternativement du vert au gris, mis en valeur par la couleur de son costume. Une mèche de ses cheveux noirs tombait sur son front. Sa bouche s'est soulevée sur un côté, et sa fossette est apparue.

Ma poitrine s'est contractée, et j'ai laissé échapper une longue et lente inspiration pour calmer mon pouls.

— Tu es magnifique, a-t-il chuchoté dans mon cou.

— Qui donne cette femme à marier ? a demandé Nick, interrompant le moment.

Jack a cligné des yeux, mais il n'a pas cessé de me regarder.

— Moi, a dit Joey. Et tout de suite après, il a ri.

Je l'ai regardé. Ses sourcils étaient levés. Ah oui, je me suis souvenue de la répétition de la veille, j'étais censée remercier Joey.

— Désolée, ai-je marmonné, les joues brûlantes, et je me suis tournée vers lui. Merci.

Il s'est penché pour m'embrasser sur la joue.

— De rien, sœurette, a-t-il chuchoté. Je suis si heureux pour toi. Il a souri et est allé s'asseoir.

Jazz s'est approchée et a pris mon bouquet.

Je me suis retournée vers Jack. Derrière lui, son beau-père était son témoin. J'ai souri à Jeff et il m'a fait un clin d'œil.

— Bienvenue, tout le monde, a commencé Nick, à la cérémonie qui unit cet homme et cette femme, leurs cœurs et leurs âmes pour le restant de leur vie sur cette terre.

La version de Nick sur le service traditionnel, qu'il appelait une célébration humaniste, suivait apparemment l'ordre traditionnel des événements. Mais avec un langage plus inclusif et laïc semblait-il, puisque je n'avais pas assisté à beaucoup de mariages dans ma vie.

Et soudain, Jack a commencé à parler.

— Moi, Jack Eversea, je suis éperdument amoureux de toi, Keri Ann Butler.

J'ai inhalé brusquement. Le souvenir de la première fois qu'il m'avait dit ces mots a fait irruption dans mon esprit. Je me suis souvenue de la façon dont je les lui avais renvoyés en pleine figure. Mon cœur battait la chamade, empli de souvenirs bruts, douloureux et beaux à la fois, et avec de la gratitude pour le chemin parcouru. J'ai rapidement cligné des yeux, les émotions remontant de ma poitrine, menaçant mon sang-froid.

Jack, voyant ma réaction, a souri de manière rassurante et a serré mes mains dans les siennes. « Et je te prends, Keri Ann Butler, pour légitime épouse. Pour tous les jours où j'ai eu la chance d'être sur cette terre, et pour tous les jours à venir, je me mets à tes pieds. Prends soin de mon cœur. Car il battra pour toi tant qu'il y aura de la lumière dans le jour, tant qu'il y aura des étoiles dans la nuit, et tant qu'il y aura du sang dans mes veines. Je t'aimerai jusqu'à mon dernier souffle. Et je t'aimerai même au-delà. Pour autant de vies qu'il nous sera accordé. »

J'ai pris une grande inspiration. Un clignement de paupière a fait couler une larme sur ma joue. Incapable d'utiliser mes mains parce que Jack les serrait si fort, je l'ai laissée là.

Je n'avais jamais vraiment réfléchi à ce que le mariage signifiait pour certaines personnes, et pourquoi certains y tenaient tellement et d'autres le considéraient comme un bout de papier inutile.

Mais soudain, j'ai su.

C'est comme si, à ce moment-là, notre amour pour l'autre était devenu un univers. Nous flottions ensemble dans un océan tempétueux sans limites et sans fond. Non, une galaxie avec un centre ardent qui explosait. Et j'ai imaginé que je pouvais ressentir ce que Jack ressentait, comme si j'étais dans sa galaxie. Notre galaxie. Comment il me voyait, les émotions qu'il ressentait. Pourquoi il voulait m'épouser. Pourquoi il l'avait toujours voulu, depuis le début. Parce que c'était un endroit où on pouvait laisser libre cours à la passion. S'unir créerait un endroit si ancré, si sûr, que nous n'aurions pas à contenir ou à dompter notre amour. Ce serait comme si l'univers était soudainement délié, s'étendant et s'épanouissant sans fin. Et ce serait plus grand qu'aucun de nous n'aurait jamais pu l'imaginer.

Comment Jack avait-il su ? Comment avait-il su que lorsque j'avais dit que j'étais prête il y a plusieurs mois, je ne savais pas ce que je disais ? Mais maintenant, je le savais. Mon Dieu. Maintenant, je le savais. Savoir qu'il avait ressenti cela sans moi, en m'attendant, pendant des années, me remplissait d'une tendresse que je ne pouvais expliquer.

C'était mon tour de parler et je me suis sentie figée dans notre moment.

« Répète après moi, a gentiment insisté Nick. Moi, Keri Ann Butler. »

J'ai inhalé et avalé les émotions logées dans ma gorge.

— Moi, Keri Ann Butler... ai-je commencé.

Il y a eu un silence pendant que tout le monde attendait. Jack attendait.

Je m'étais préparée à cela. J'avais écrit les mots. Je les avais mémorisés. Et maintenant, rien ne semblait être suffisant.

Jack avait parlé d'étoiles, d'éternité. Mes paroles préparées semblaient petites, limitées.

Une éternité...

J'ai pris une inspiration. « Jack, je suis née sur cette terre avec mon âme déjà en quête. Dans chaque livre que j'ai lu et que j'ai serré contre ma poitrine, dans chaque chanson que j'ai entendue et qui m'a fait réfléchir, dans chaque coucher de soleil, dans chaque beau moment, dans chaque rêve qui contenait un murmure de quelque chose, de quelqu'un, d'une promesse faite il y avait une éternité... mon âme te cherchait. Ma voix a vacillé, et Jack a serré mes mains. Dès l'instant où je t'ai rencontré, c'était comme rentrer à la maison. Alors oui, je vais prendre ton cœur en charge, si tu acceptes le mien. Et moi aussi je t'aimerai avec chaque souffle de ce corps et avec tout ce que je suis. Je te prends, Jack Eversea, comme mari légitime. Pour autant de vies qu'il nous sera accordé. »

Il y a eu un moment de silence. Quelqu'un s'est mouché. Un autre a hoqueté. Oh, mon dieu, j'avais fait pleurer tout le monde.

Nick s'est éclairci la gorge.

— Qui a les alliances ?

Jeff s'est avancé.

— Moi.

Nick a pris l'alliance de Jack et me l'a tendue. J'ai suivi ses instructions et l'ai placée sur le doigt de Jack, en répétant les mots que Nick m'a dits. Puis Jack a fait de même avec un simple anneau en platine conçu pour s'emboîter contre la bague de fiançailles qu'il m'avait offerte et que j'avais hâte de remettre.

J'ai fermé les yeux et me suis rapprochée de Jack.

— Je vous prononce maintenant mari et femme, a dit Nick. Vous pouvez vous embrasser.

Tout le monde a éclaté de rire, comme si toutes leurs émotions avaient été refoulées pendant la dernière demi-heure. Je connaissais ce sentiment.

J'ai pris les joues de Jack, ouvrant mes yeux sur les siens. Nous avons tous les deux respiré fort, notre souffle étant emporté par la brise fraîche du soir qui fouettait autour de nous. Jack a lissé mes cheveux et les a maintenus contre ma tête.

— Tu es à moi, a-t-il chuchoté. Pour toute la vie.

Et puis il m'a embrassée.

Une acclamation s'est élevée autour de nous.

J'ai vaguement entendu Nick nous déclarer mari et femme, mais le baiser de Jack a tout coupé, sauf la sensation et son goût. Mon Jack. Mon mari.

— N'embrasse pas tout son maquillage, s'est plainte Jazz. On doit encore faire des photos.

Jack a souri contre ma bouche, et on s'est lentement écartés. Il m'a regardée, ses yeux verts brillaient d'intensité, même si ses pupilles étaient plus sombres.

— Joli choix de chanson, au fait, a-t-il murmuré, se penchant à mon oreille alors que nous retournions dans l'allée, ensemble. « Tu ressemblais à un ange venant vers moi. Je n'ai jamais rien vu d'aussi beau que toi. »

— En fait, la chanson était censée parler de toi. J'ai ri doucement.

On nous a fait mettre en place pour prendre des photos.

Quelqu'un a mis des verres de champagne dans nos mains. J'ai posé le mien et j'ai « accidentellement » oublié où je l'avais laissé.

Les guirlandes lumineuses au-dessus de nos têtes se sont allumées.

J'ai attrapé Jazz quand elle est passée.

— Je n'ai jamais vu cet endroit aussi parfait et magique qu'en ce moment, ai-je dit. Merci. C'est juste ... incroyable.

— Et ce n'est pas fini. Elle a fait un clin d'œil et m'a prise dans ses bras. Entre toi et moi, j'ai toujours espéré que ce serait ton mariage que j'organiserais en premier.

— Et entre toi et moi, j'espérais que ce soit le mien.

— Et nous y voilà. Jazz a rigolé. On est douées pour obtenir ce sur quoi on a jeté notre dévolu, n'est-ce pas ?

J'ai regardé Jack, à quelques mètres de là, qui riait avec Cooper. Comme si Jack pouvait sentir mes yeux sur lui, son regard s'est posé sur le mien. Il n'y a eu qu'une fraction de seconde avant que nous poursuivions tous les deux nos conversations, mais c'était suffisant pour que nous sachions que même séparés, nous étions toujours connectés.

— C'est vrai, ai-je admis en haussant les sourcils. Alors Joey et toi êtes les prochains.

— Ha ! s'est-elle exclamée. Concentrons-nous sur le tien aujourd'hui, d'accord ? Bref, il est temps que la fête commence.

Et c'est ce que nous avons fait.

Jack et moi avons dansé notre première danse sur *Into the Mystic* de Van Morrison, puis j'ai dansé avec mon frère, mon beau-père, Devon, Cooper, Colt, Paulie, Nick, Hector, et finalement Jack m'a réclamée.

— Tu me manques déjà, m'a-t-il chuchoté à l'oreille alors qu'un slow passait.

Je me souviens à peine de la nourriture, bien que Jack se soit assuré que je mange.

— Combien de temps avant que tu puisses coucher la mariée ? lui ai-je demandé une demi-heure plus tard. Nous avions prévu de rester à la Maison Butler, dans ma chambre ce soir pour ne pas avoir à conduire. Maintenant, avec la fête en cours, et le fait que nous serions dans la même maison que mon frère et les parents de Jack qui y séjournaient également, cela ne semblait pas être la meilleure idée. Je voulais mon mari pour moi toute seule. Nous avions écarté l'idée de partir immédiatement en lune de miel, car les parents de Jack étaient là et nous voulions passer du temps avec eux avant leur départ quelques jours plus tard.

— Et si on filait à l'étage maintenant pendant que tout le monde s'amuse encore ici ?

Je me suis mordu la lèvre et j'ai hoché la tête.

Jack a pris ma main et m'a entraînée vers la maison. Ma meilleure amie passait la porte.

— Jazz, on va revenir.

— En fait, si vous êtes prêts à partir, il y a une voiture qui vous attend.

— Une voiture ? Je ne comprends pas.

Jack a froncé les sourcils.

— Hé, ne m'en veux pas, a dit Jazz. C'est moi qui ai organisé le mariage, mais tout le monde a conspiré pour vous faire partir d'ici. Elle nous a fait entrer et nous a montré le couloir où se trouvaient deux valises bien remplies.

— Mais mes parents... a protesté Jack.

— Ils sont dans le coup, aussi. En fait, c'était l'idée de ta mère au départ. Puis Devon a organisé le vol, et bien...

— Le vol ?

— Oh, oui, a dit Jazz en roulant des yeux. Un avion. Il attend à l'aérodrome privé de Hilton Head.

— Tu sais, Jack, j'ai regardé mon nouveau mari avec un sourire en coin. Cela ressemble étrangement à la fois où tu as fait un sac pour moi et où tu m'as emmenée loin d'ici il y a quatre ans. Qu'est-ce que ça fait d'être victime de cette attitude autoritaire ?

Il s'est tourné vers moi et m'a attirée contre lui.

J'ai poussé un petit cri.

— Je suis plutôt impressionné par le génie de la chose, en fait. Il a approché sa bouche de la mienne et m'a embrassée passionnément, avant d'ajouter : et je suis sacrément excité à l'idée de t'avoir seule pour moi et de t'enlever cette robe, ma femme.

J'ai éclaté de rire.

— Tu es incorrigible.

— Évidemment, mais tu le savais déjà.

— Je n'ai vraiment pas besoin d'être impliquée dans cette conversation, a dit Jazz.

— Tu as raison, a dit Jack, sans lever les yeux de ma bouche. Allons dire au revoir. Et faisons vite.

— Où va-t-on de toute façon ?

— N'importe où, pourvu qu'il y ait un lit avec toi dedans.

— Patience, mari, nous avons le reste de nos vies.

Il m'a serré contre lui alors que nous sortions pour retourner à la fête et il a déposé un baiser sur mon front.

— Une éternité, m'a-t-il corrigé, invoquant nos vœux. Et oui, oui, nous sommes partants.

JACK

CHAPITRE VINGT-SEPT

Sept mois plus tard

Ma femme, Keri Ann, est assise sur le canapé, les jambes écartées et les mains posées sur son ventre gonflé. Elle porte un débardeur blanc à bretelles spaghetti, ses épaules nues sont bronzées, après la longue promenade que nous venons de faire sur la plage. Ses cheveux bruns sont attachés dans leur habituel chignon désordonné, mais des mèches se sont échappées et sont humides contre son cou luisant. Je voudrais lécher sa peau quand elle est comme ça.

— Je vais éclater, grogne-t-elle. Je n'arrive pas à croire qu'il me reste encore un mois à supporter ça. Je ne pourrai bientôt plus bouger. Redis-moi pourquoi on n'a pas essayé d'éviter que je me débatte avec un autre être humain en juillet, dans le Sud ?

Il fait chaud et humide dehors, avec un ciel violet qui gonfle au loin. Un gros orage d'été va bientôt passer. La radio météo dans la cuisine a émis toute la matinée des avis du National Weather Service pour les petits bateaux. Je suis soulagé que nous ayons pu profiter de ce bref moment de soleil ce matin, même s'il faisait une chaleur étouffante.

Je pouffe et termine de remplir un verre d'eau fraîche pour elle.

— Si je me souviens bien, il n'y a pas eu beaucoup de planification.

— C'est vrai. Elle fait un clin d'œil. Je pense toujours que c'est la fois où je t'ai surpris dans ton bureau.

Mon entrejambe tressaute à ce souvenir. Ça a commencé avec elle à genoux devant moi et ça s'est terminé avec elle, étalée sur mon bureau.

Je m'éclaircis la gorge et évoque un autre souvenir de peau rougie et de vapeur tourbillonnante.

— Je pense que c'était la fois où je me suis faufilé sous la douche avec toi.

Pourquoi est-ce que je m'inflige ça ? Elle est trop mal dans son corps en ce moment pour avoir à supporter que je la tripote. J'ajuste mon jean. Ce sera bientôt moi et ma main dans la douche si on continue à parler comme ça.

— Peu importe. Le Dr. Berry a dit que ça aurait pu être n'importe quand autour de cette semaine-là. Et nous ne serons jamais sûrs. Elle hausse les sourcils, sachant que ça m'énerve au plus haut point de ne pas savoir à quel moment exact nos ébats amoureux ont abouti à quelque chose d'aussi miraculeux. Puis elle grimace et frotte une main d'avant en arrière sur la rondeur devant elle.

— Tu vas bien ? Est-ce qu'il te donne des coups de pied ?

— *Elle,* me corrige-t-elle.

Nous ne connaissons toujours pas le sexe de notre bébé.

« Je pense qu'il y a bien eu un coup de pied. En fait, je ne sais pas. Elle fronce les sourcils. Je croyais qu'elle se pressait contre mon côté, mais ensuite j'ai senti que c'était super serré tout autour de mon ventre. Comme si tout était tendu pendant quelques instants. Peut-être que c'est un de ces trucs de préac-couchement. Les fausses contractions. Comment ça s'appelle ? »

— C'est à moi que tu demandes ça ? Je frotte mes mains sur son ventre distendu. C'est incroyable de sentir cette partie du corps tendue et lisse. C'est comme si Keri Ann avait fourré un énorme ballon de plage sous sa chemise. Je secoue la tête pendant qu'elle boit l'eau glacée. Comment quelqu'un est-il censé savoir si c'est une fausse contraction ou une vraie, puisque nous n'avons jamais vécu ça avant ? Comme quand ils disent, oh n'appelez pas si vous avez de fausses douleurs de travail. Qu'est-ce que ça veut dire ?

Le fait qu'elle soit assise en face de moi, vivant ces choses que je ne peux pas comprendre, me fait me sentir impuissant. Impuissant et impressionné.

Elle porte déjà en elle cette aura de sagesse de la maternité. Comme si les secrets de l'univers ne reposaient que sur elle. Des choses que je ne comprendrai jamais. Et elle devient de plus en plus sexy à chaque instant - la rougeur de ses joues et la rondeur de son visage rendu plus doux par le fait qu'elle porte notre enfant, le gonflement de ses seins, plus gros qu'ils ne l'ont jamais été. J'en suis obsédé. Obsédé et stupidement excité.

— Je sais. Elle rit. C'est ridicule de penser que nous saurions faire la différence.

Je l'attire vers moi et j'embrasse le haut de sa tête.

— Pour notre dernière soirée sur l'île, j'ai une idée, dit-elle.

On quitte Daufuskie demain. Je l'ai persuadée que nous devrions passer le dernier mois à Butler Cove pour être plus près de l'hôpital et ne pas avoir à organiser un voyage en bateau de quarante minutes si le travail commence ou si quelque chose se passe mal. En fait, j'ai encore essayé de lui faire accepter d'ajouter un héliport, comme je l'avais fait quand on a construit cet endroit, mais elle ne voulait toujours pas.

— Quelle idée ?

Elle se blottit contre moi.

Nos sacs sont déjà faits. Nous allons quitter notre île isolée à la première heure demain matin. Devon et Monica sont en Chine, donc on aura leur maison pour nous. On avait parlé de prendre notre propre appartement près de l'hôpital. Mais en fin de compte, nous avons tous les deux pensé qu'il valait mieux être dans un endroit familier, et Monica a presque piqué une crise quand nous avons évoqué l'idée de séjourner ailleurs.

— Donc, je pensais, elle pose son verre sur la table d'appoint, tu te souviens de la nuit avant notre mariage sur la plage ?

— Tu veux dire notre mariage sur la plage ?

On avait décidé que la cérémonie de Nick était un mariage à part entière.

— Ouais. Elle expire en riant. Chacun a donné sa bénédiction tout à tour. Je pensais qu'on pourrait faire ça pour Bean.

— On n'est que deux. Deux bénédictions ?

— Non, passons en revue les membres de notre famille et nos amis et souhaitons à Bean d'avoir leurs plus belles qualités. Ce sera comme dans *La Belle au bois Dormant*, quand toutes les fées du royaume viennent et accordent une vertu à la princesse.

— Mais la méchante fée ne vient-elle pas jeter une horrible malédiction sur elle ? C'est comme ça qu'elle devient la Belle au bois dormant, non ?

— Mais c'est nous qui sommes responsables. Donc on doit s'assurer qu'on ne jette aucune malédiction sur elle.

— *Elle.* Toujours elle. Je souris et je fais glisser une mèche de cheveux derrière le contour de son oreille.

— Grrr. Peu importe. Elle lève les yeux au ciel.

La chambre d'enfant a été décorée dans des tons crème et bois naturels. Comme ça, nous pourrons y imprimer la personnalité de Bean quand il ou elle arrivera. C'était l'idée de Keri Ann, et c'est parfait.

— Moi d'abord. Je souhaite à Bean toute la créativité de sa mère. Attends, je peux offrir plus d'une qualité d'une personne en particulier ?

Keri Ann se tapote les lèvres.

— Hmmm, pourquoi pas ? On ne devrait pas limiter les vertus. Elle me regarde. Et nous pouvons être superficiels et profonds en même temps.

J'acquiesce, la regarde et pense que mon prochain cadeau sera de lui souhaiter la beauté simple et élégante de Keri Ann.

« OK. Elle sourit. À mon tour. Je souhaite à Bean d'avoir les superbes yeux verts de son père. Mais aussi sa gentillesse et sa prévenance. »

— Je souhaite qu'il ait la détermination de ton frère.

Keri Ann hoche la tête.

— Je lui souhaite d'avoir la patience et la sérénité de ta mère. Elle grimace soudain. Ooof. C'est dur, dit-elle en se frottant le ventre pendant un moment.

— Tu es sûre que ce sont les faux trucs ? Mes tripes me disent le contraire. Braxton Hicks, dis-je en me souvenant soudain de leur nom.

— Je ne sais pas. Elle essaie de sourire, mais je vois bien qu'elle s'inquiète.

— Merde, je savais qu'on aurait dû aller à Butler Cove plus

tôt. Je me renfrogne, me fustigeant mentalement de ne pas avoir été plus insistant.

— C'est pas grave. Je n'en suis qu'à huit mois. Puis elle respire avec un sifflement. Aïe !

— Merde, qu'est-ce qui se passe, ça va ?

— Euh, je ne sais pas.

— Putain. Je passe mes mains dans mes cheveux et fouille dans ma poche pour trouver mon téléphone. J'ai besoin d'avoir une réponse.

En regardant dehors le ciel qui s'assombrit rapidement, je me sens mal.

Keri Ann pose une main sur la mienne, sa chaleur me brûle la peau.

« Laisse-moi parler au Dr Berry. Nous organiser un bateau plus tôt pour Butler Cove ou peut-être directement pour Hilton Head Island. Genre un voyage dans l'heure qui suit, avant que la tempête ne frappe, tu vois. OK ? »

Nous nous regardons, et dans les profondeurs du bleu de ses yeux, je peux voir la panique et le calme infini tourbillonner ensemble dans un même élan. Je dois l'aider à rester calme.

Je souffle un coup.

— OK. Ça me va. Mais c'est moi qui appelle le docteur.

Elle montre son téléphone portable sur le comptoir. Il n'y a aucune chance qu'elle soit capable de se soulever du canapé, alors je me lève et l'attrape.

En déposant un baiser sur sa tête, j'appelle le premier bateau de la liste que j'ai établie pour nous faire quitter l'île. Après le premier appel, je quitte la pièce pour que Keri Ann ne m'entende pas paniquer. En raison de l'avis météo pour les petits bateaux, personne ne veut être sur l'eau. Personne.

— Je triple le prix, dis-je à la dame à l'autre bout du fil en me pinçant l'arête du nez. Faites-moi payer ce que vous voulez.

La femme à la voix de fumeuse s'excuse.

— Ce n'est pas une question d'argent, mon gars. C'est dangereux, et franchement, dès que l'alerte météo a été émise, je me suis servi un grand whisky coca et je me suis calée dans mon fauteuil. C'est ce que la plupart d'entre nous font. Tu as essayé Wayne à Haig Point, mon gars ?

— Oui. Il en a déjà pris quelques-uns aussi.

— Ah ben, merde, dit-elle, il est censé être aux Alcooliques Anonymes, celui-là.

— C'est ce qui se passe ici ? Vous roulez tous dans le caniveau dès que le temps se dégrade ? Ma panique se manifeste par de l'agacement.

Heureusement, elle éclate de rire.

— J'en ai bien peur. Il n'y a pas grand-chose à faire sur cette île. On s'amuse comme on peut.

— Écoutez, Marge... C'est bien Marge, non ? Ma femme est enceinte de huit mois, et je crois qu'elle va accoucher prématurément. Ce n'est pas juste parce qu'on veut se payer une escapade.

— Oh, mon lapin. Mince. Je suis vraiment désolée. Très bien, laisse-moi appeler quelques personnes que je connais. J'ai bien peur de ne pas avoir beaucoup d'espoir. Comment t'as dit que tu t'appelais, chéri ?

— Jack. Ma gorge est maintenant nouée par la panique pure. Il y a un docteur sur l'île ?

— Eh bien, Jack, on a une sage-femme ici quelque part. Une vieille dame Gullah[1]. Et les pompiers, ils ont une formation d'ambulancier. Mais, bon, c'est à peu près tout.

Oh.

Merde.

Je la remercie et raccroche après m'être assuré qu'elle va continuer à appeler d'autres gens.

Qu'est-ce qui m'a pris de construire une maison ici sur l'île et d'y amener ma femme enceinte ? Et quand on aura le bébé ? Et si le bébé tombait malade ?

Ma peau est moite, et mon cœur s'emballe. Peut-être que ce ne sont que des contractions de Braxton Hicks que Keri Ann ressent, mais quoi qu'il en soit, c'est notre dernier jour sur l'île avant un long, long moment. Nous avons besoin d'être près de la civilisation.

Si on peut quitter cette île un jour.

Merde.

Après deux autres appels qui tombent directement sur la messagerie vocale, je déglutis et retourne au salon pour annoncer la mauvaise nouvelle à Keri Ann.

Elle respire entre deux contractions. Son visage est marqué par la tension, ses yeux sont fermés. Elle a raccroché le téléphone.

— Qu'a dit le Dr Berry ?

— Qu'on devrait probablement aller à l'hôpital.

Je frotte mon visage d'une main.

— Tu m'étonnes.

— La bonne nouvelle, c'est que c'est un stade très précoce. Je lui ai décrit les douleurs, et on les a chronométrées.

Je vais m'asseoir en face d'elle, sur la table basse, mes mains rejoignant les siennes sur son ventre.

— Attends, alors c'est ça ? Ce ne sont pas des fausses ? Le bébé va arriver ?

— Elle pense que oui.

Mon estomac se met en boule.

— Oh, putain.

Elle écarquille les yeux.

— Je veux dire super, mais oh putain. J'ai la bouche sèche. Je ne peux pas nous trouver un moyen de quitter l'île. L'avis météo... J'ai laissé des messages. Et Marge de chez Mama's appelle aussi de son côté.

Les yeux de Keri Ann, toujours aussi grands, semblent s'écarquiller encore, et sa respiration devient laborieuse. La panique s'empare de son visage.

— Je ne peux pas faire ça toute seule. Oh mon Dieu.

— Je suis désolé, mon amour. Mon Dieu, je suis désolé. Mon esprit s'emballe sur les alternatives. Je piloterai un putain de bateau moi-même. J'en volerai un si nécessaire.

— Ce n'est pas de ta faute, dit-elle, sa main me caressant le visage. Moi aussi, j'étais d'accord pour rester ici jusqu'à maintenant. Le Dr. Berry était d'accord. Nous avons tous pris cette décision ensemble.

— Marge a dit que les pompiers avaient une formation d'ambulancier. Ils doivent assurer les accouchements d'urgence. Pire scénario, bien sûr. Mais ils auront plus de connaissances médicales que moi. Merde. Pourquoi Joey n'est pas là ? On a un docteur dans la famille, bon Dieu de merde !

Keri Ann respire à toute vitesse, et les larmes commencent à perler dans ses yeux.

— Mais, combien de fois cela se produit-il ? Des accouchements d'urgence. Est-ce qu'ils vont au moins se souvenir de leur formation ? Et je ne vais pas montrer ma foufoune à une bande de pompiers ! Et pour le bébé ? Et si quelque chose arrivait au bébé ? Elle est en avance, elle être en détresse. La voix de Keri Ann est tremblante, staccato, et aiguë.

— Chut ! J'essaye de l'apaiser bien que je pense exactement

la même chose. Il n'y a qu'environ deux cents résidents sur cette île, la probabilité que quelqu'un ait l'expérience d'un accouchement d'urgence est à peu près nulle.

— J'aurais dû te laisser construire un héliport, je suis vraiment désolée. Puis à son ventre, elle dit : tiens bon, Bean. On va trouver un moyen de t'emmener dans un endroit sûr pour naître.

Héliport. Cooper. Son nom résonne dans ma tête. On a besoin des garde-côtes.

J'attrape mon téléphone et je fais défiler mes contacts jusqu'à son numéro.

— J'ai besoin d'aide, dis-je dès que Cooper répond.

— Jack ? demande-t-il.

— Ouais. Écoute, désolé de te déranger. Nous pensons que Keri Ann est en train d'accoucher. Je capte son regard. Elle ne sait pas à qui je parle. Il y a un avis de tempête en mer et on ne peut pas quitter l'île.

— Merde, répond-il. Je l'entends se lever Merde. Mon bateau est à l'atelier. Je peux peut-être en emprunter un pour venir vous chercher.

— Écoute, en fait, j'ai une meilleure idée. Je vais te demander une plus grande faveur.

Je me lève et je quitte à nouveau la pièce. Keri Ann n'a pas besoin d'entendre ça.

CHAPITRE VINGT-HUIT

— Tu es fou ? Je ne monte pas dans ce truc, crie Keri Ann par-dessus le bruit des pales de l'hélicoptère et du vent. Elle plisse les yeux sur l'hélicoptère blanc et orange des garde-côtes qui se trouve devant nous.

La pluie, qui vient de commencer, est poussée latéralement par les rafales sous le toit de la voiturette de golf que nous utilisons pour faire le tour de l'île et nous pique la peau.

Dès que j'ai entendu l'hélicoptère des garde-côtes au loin, je lui ai dit que nous avions un moyen de quitter l'île. Nous avons mis la capote de la voiture de golf et roulé jusqu'au grand champ près de la caserne de pompiers qui sert de zone d'atterrissage.

— Je suis désolé, chérie, mais tu peux, soit accoucher ici à la caserne, soit laisser les garde-côtes t'emmener à l'hôpital.

— Je te déteste, dit-elle à voix haute, les yeux bleus brillants. Ses cheveux se balancent sur son visage à cause de la force du vent causé par les rotors de l'hélicoptère. Tu le sais, n'est-ce pas ? Je la regarde fixement, je prends ses joues et je presse ma bouche contre la sienne.

Elle m'embrasse en retour. Sa peau est chaude. Ses lèvres sont fraîches à cause de la pluie.

— Je sais, dis-je après avoir retiré mes lèvres des siennes. Mais est-ce que tu peux me détester tout en montant dans l'hélicoptère ?

Elle me fixe un peu plus longtemps, puis acquiesce. La détermination s'empare de ses traits, et elle balance ses jambes sur le côté de la voiturette tandis que je me précipite pour l'aider à se relever. Instantanément, nous sommes trempés.

Par d'énormes, grosses, grosses gouttes de pluie du genre mousson.

Un type saute par la porte latérale de l'hélicoptère, va à l'arrière de l'appareil, sous la queue, et ouvre un compartiment. Il sort une civière.

— Pas question, dit-elle. Je peux m'asseoir. Je ne vais pas m'allonger dans la queue de cette boîte de conserve.

Je ne peux pas entendre sa respiration, mais je peux voir à son visage et à sa poitrine qu'elle commence à paniquer. Ses mains tremblent quand elle les tend vers moi. « Dis-leur, Jack. Je peux très bien m'asseoir. S'il te plaît. » La veste légère qu'elle avait mise par-dessus son débardeur colle contre sa peau.

Il faut que je la réchauffe.

Mon jean et mon t-shirt sont aussi lestés de dix tonnes d'eau de pluie.

— Je suis désolé, mon amour. Je grimace. C'est toi la patiente maintenant, tu dois les laisser s'occuper de toi comme ils savent le faire.

— Je t'ai dit que je te détestais ? Même si tu es si beau sous la pluie. Maudit sois-tu. Pourquoi est-ce que tu es aussi sexy dans des moments où je ne peux rien faire ? Elle se renfrogne.

— Ouais. Je souris. Tu peux faire ça.

— Oooh, mon Dieu, gémit-elle soudain, ses genoux se dérobant alors qu'elle se tient le ventre. Ces contractions sont de plus en plus fortes. Puis son visage montre une surprise stupéfaite. Je pense que je viens de perdre les eaux !

Nous baissons tous les deux les yeux, mais avec son short et ses jambes détrempées par la pluie qui nous tombe dessus, c'est impossible à dire.

— Soit ça, soit je viens de me faire pipi dessus, ajoute-t-elle.

Un homme en uniforme sort en courant de la caserne et se présente comme Matt. Il aide Keri Ann à se diriger vers la civière, et malgré ses récentes protestations, elle ne rechigne même pas à s'y allonger.

Dès que Matt et le membre de l'équipe l'ont attachée, Matt me fait signe de passer par la porte latérale.

— Vous la verrez à l'intérieur, crie-t-il. On va garder votre voiturette de golf à la caserne.

Je hoche la tête en guise de remerciement.

La pluie tombe toujours à verse.

Je prends nos deux sacs dans la voiturette, l'abandonnant dans le champ avec les clés dedans, et je monte dans l'hélicoptère.

Le pilote, qui porte un casque et des écouteurs, regarde par-dessus son épaule et me dit quelque chose à voix basse.

Je n'ai aucune idée de ce qu'il dit. Le bruit de l'hélicoptère écrase tout.

Il tapote ses écouteurs et me désigne un casque à côté de moi.

Je les mets et, instantanément, le monde extérieur se calme.

Le brancard glisse à côté de moi avec une Keri Ann trempée dessus. Je tends la main et écarte les cheveux mouillés de son front. Ses yeux se ferment à mon contact, et je vois bien qu'elle est émotionnellement épuisée. Et l'accouchement n'a même pas encore commencé.

— Vous devez être Jack, dit une voix dans mon oreille. Je regarde le pilote et j'acquiesce. Je suis Zach, dit-il. Un ami de Cooper.

— Merci beaucoup. Elle vient de perdre les eaux.

— À quel stade ? demande une autre voix, celle de l'autre membre de l'équipage qui a sauté à côté d'elle. Il ferme la porte.

— Trente-six semaines.

Les poumons ne sont pas complètement développés, c'est tout ce dont je me souviens des livres que nous avons lus. La panique s'empare de mes entrailles.

Le membre de l'équipage acquiesce et ouvre une sacoche médicale fixée au mur, en sortant une pochette à perfusion et un tube en plastique.

— Je m'appelle Drew, me dit-il en hochant la tête et il me pose des questions sur les antécédents médicaux de Keri Ann et le nom de son médecin.

Dès qu'il a installé la perfusion, il remonte la manche de Keri Ann, attache un garrot au-dessus de son coude et glisse une aiguille dans sa veine.

Elle ne bronche même pas.

Le bruit du moteur s'amplifie et je ressens une sensation étrange lorsque je réalise que nous sommes en l'air.

— Keri Ann ? Ma chérie ? Je caresse son visage. Il est frais au toucher. Est-ce qu'elle m'entend ?

— Probablement pas. Je peux lui donner un casque une fois qu'on l'aura stabilisée.

Stabilisée ?

— Je dois lui mettre un tensiomètre, poursuit-il. Elle n'a pas l'air bien.

La glace inonde mes veines, mon cœur pèse trois tonnes.

— Quoi ? Elle est pâle, cireuse, ses lèvres deviennent blanches.

La voix de Zach crépite dans mon oreille.

— Ici C.G. Sept cinq un huit, vous me recevez ? Terminé.

Il y a un tas de paroles inintelligibles avec des parasites qu'apparemment Zach comprend parce qu'il continue : oui, femme enceinte à bord…

— Pression sanguine 90 sur 70, et en baisse, interrompt Drew dans l'oreillette. Rapidement.

— Qu'est-ce que ça veut dire ? Je demande bêtement. Mon cœur s'emballe. Mon estomac est plein de ciment. Je passe des mains tremblantes sur les cheveux de Keri Ann. Ses joues. Seigneur, sa peau froide.

La chute de la pression sanguine n'est pas bonne. Même moi, je le sais.

« Ouvre les yeux, s'il te plaît. » Je l'implore, même si je sais qu'elle ne m'entend pas. Elle s'étiole devant moi, et je réalise que je pleure.

— A-t-elle des problèmes que je dois connaître ? *Placenta Previa* ? Quelque chose comme ça ?

Je secoue la tête, essuyant mes yeux avec ma paume. J'ai la tête qui tourne.

— Non. Non, je ne sais même pas ce que c'est. Le médecin a dit que c'était une grossesse normale. Qu'est-ce qui se passe ? Bon sang. Elle va s'en sortir, n'est-ce pas ?

Il hoche la tête.

— OK, super. C'est une bonne nouvelle qu'elle n'ait pas de *Placenta Previa*. Je m'assure juste qu'on n'a pas un décollement en train de se produire. Mais les symptômes semblent dire que c'est le cas. Sa pression sanguine est basse. Elle chute de plus en plus. Ça pourrait être dû à une hémorragie interne. Ils en sauront plus quand on atterrira. Je suis désolé, c'est un hélicoptère des garde-côtes, pas une évacuation sanitaire.

— Oh mon Dieu. Putain. Je veux la serrer contre moi, mais je suis impuissant. Donnez-lui des écouteurs. S'il vous plaît. J'ai besoin qu'elle m'entende.

Dans mes écouteurs, Zach transmet des informations à quelqu'un quelque part, peut-être directement à l'hôpital.

— Je vous mets sur un canal perso, dit Drew. Soudain, ses voix et celles de Zach sont coupées. Il me tend des écouteurs. Je lâche la main de Keri Ann, je ne savais même pas que je la tenais, et je déplace doucement sa tête pour pouvoir les mettre en place.

L'hélicoptère s'incline, et je me penche sur elle.

— Keri Ann ? Est-ce que tu m'entends ? Ma voix se brise en un chuchotement. J'éclaircis ma gorge nouée et je réessaie. Keri Ann ? S'il te plaît, tu m'entends ?

Pas de réponse. Je ferme les yeux.

Drew tient son poignet et regarde sa montre. Il lève les yeux et me fait signe de continuer.

Je me décale, secoue la tête et essaie de me ressaisir.

« OK, écoute. Keri Ann, tu ne peux probablement pas répondre pour le moment. Mais écoute, j'ai besoin que tu m'écoutes. On est dans un hélico. Tu as dit que tu ne monterais jamais dans un de ces trucs. Il faut que tu te réveilles pour pouvoir me botter le cul, tu vois ? J'essaie de rire, mais je ne reconnais pas mon ton angoissé. Et tu as ce petit humain à l'intérieur en ce moment qui a vraiment besoin de toi. Moi aussi j'ai besoin de toi. Ma voix se brise à nouveau alors que ma gorge se noue. Tu me fais pleurer. Tu es la seule fille qui puisse faire ça. Tu me fais fondre, rien qu'en existant. Je t'aime. Tellement, bon sang. J'ai besoin que tu restes forte. On a des trucs à faire. On a un bébé qui arrive et qui a besoin de ses deux parents. J'ai besoin... Je déglutis et serre les dents pour produire d'autres mots. Pour qu'elle puisse m'entendre. J'ai besoin de t'aimer, bon sang. Je n'ai pas fini de t'aimer. Loin de là. Alors réveille-toi, putain. S'il te plaît. On y est presque. S'il te plaît, accroche-toi.

Du coin de l'œil, je vois un va-et-vient de discussion frénétique entre Drew et Zach. Une part de moi est reconnaissante d'avoir été coupée de leur canal. Zach appuie sur des interrupteurs au-dessus de sa tête. Drew surveille le manomètre de la pression sanguine, les lèvres serrées.

J'ai envie de vomir.

Je laisse tomber ma tête sur sa poitrine. Comment cela a-t-il pu arriver ? Il y a une minute on riait et on souhaitait des vertus à notre futur enfant et la suivante je supplie le ciel de garder Keri Ann en vie.

« S'il te plaît, je supplie avec toute la force qu'il me reste au fond de moi. S'il te plaît. Je n'ai pas fini de t'aimer. »

CHAPITRE VINGT-NEUF

— *J*ack , dit Drew, d'une voix forte et pressante dans mes écouteurs.

Je sursaute.

— Il faut la lâcher, on a atterri.

Soudain, l'écoutille de la queue s'ouvre et le brancard sort en glissant.

J'enlève mes écouteurs en tâtonnant et je détache la ceinture de sécurité.

— Attendez, je crie.

Un vent moite, mais frais me souffle dessus lorsque la porte s'ouvre. Nous sommes sur le toit d'un immeuble. Une équipe de personnes en blouse bleue et au visage sombre transfère le corps mou de Keri Ann sur un autre brancard. Drew lui remet l'intraveineuse et quelqu'un installe la perf sur un poteau. Je cours vers elle. Vers Keri Ann. Ma femme.

Soudain, quelqu'un se trouve devant moi. Sur mon chemin. Il m'arrête. Je joue des coudes pour passer. Keri Ann s'éloigne.

— Stop. Quelqu'un me crie dessus. On s'occupe d'elle.

— Lâchez-moi. Je rugis et je ne me reconnais même pas.

Puis Drew est devant moi, il m'attrape les deux bras.

— Jack, ils vont faire tout ce qu'ils peuvent. Vous devez rester calme pour qu'ils puissent vous poser des questions. Pour que vous puissiez l'aider. Devant nous, le brancard disparaît par une porte, qui se referme. J'essaie de me concentrer sur le visage en face de moi.

— Vous comprenez ? demande-t-il.

Je hoche la tête.

— Cette dame va vous conduire à l'intérieur et vous poser des questions afin que nous puissions confirmer autant d'informations que possible pour aider votre femme. D'accord ?

Je hoche à nouveau la tête, en regardant la femme en blouse bleue avec laquelle je réalise tardivement que je me suis battu pour atteindre Keri Ann. Je prends une grande inspiration. Je lui dis :

— Je suis désolé.

— Ce n'est pas grave. Essayez juste de rester calme.

— Je suis où, putain ?

— MUSC, Charleston, dit Zach, qui nous rejoint. Hôpital de l'Université de médecine de Caroline du Sud. On a dû vous amener ici parce qu'ils ont une unité de soins intensifs néonatals. J'ai appelé Cooper, qui a appelé son frère.

— Merci. Et merci de nous avoir amenés ici.

— Pas de souci. Drew attrape ma main et me serre le bras. Il ne dit rien d'autre, ce qui en dit long pour moi. Mes entrailles se liquéfient.

— Je m'appelle Leslie, dit la femme et elle m'entraîne à sa suite. Nous allons demander à quelqu'un de venir chercher vos affaires, mais pour l'instant, vous devez venir avec moi.

Je hoche la tête et me dépêche de la suivre, en réalisant qu'elle tient un bloc-notes.

— Quel est son nom complet ? Âge ? Date de naissance ? Date d'accouchement ? Groupe sanguin ? Nom de l'obstétricien ?

Les questions auxquelles j'ai déjà répondu dans l'hélico fusent alors que nous franchissons la porte des urgences. Elle claque derrière nous. Il y a un ascenseur et des escaliers. Nous prenons les escaliers, Dieu merci. Répondre aux questions et marcher m'aide à garder la tête froide.

« Que faisiez-vous avant qu'elle ne commence à se sentir comme ça ? »

— On revenait d'une promenade sur la plage.

— Avait-elle l'habitude de faire de l'exercice dans son état ?

Je hoche la tête.

— Elle faisait du jogging jusqu'au troisième trimestre.

— Des douleurs avant aujourd'hui ?

— Aucune.

— Des saignements ou des pertes, à votre connaissance ?

— Non. C'était juste... elle allait bien et puis soudain elle s'est sentie mal. J'ai besoin de la voir. Où est-elle ? Est-elle toujours inconsciente ? J'aspire une bouffée d'air alors qu'une autre vague de panique me frappe.

Nous sommes dans un large couloir lumineux. Leslie me fait passer une porte, et nous sommes dans une petite salle d'attente vide.

— Nous avons pensé que vous seriez plus à l'aise ici que dans la salle d'attente principale...

— Je ne veux pas être dans une putain de salle d'attente, je crie, ma voix se brise sur le dernier mot. Je veux être avec Keri Ann. Où est-elle ? Je commence à reculer vers la porte.

Leslie m'arrête.

— Dès que nous saurons ce qui se passe avec elle et le bébé, et que nous les aurons stabilisés, un médecin viendra vous parler. Pour l'instant, vous ne feriez que gêner et cela pourrait mettre en danger la vie de votre femme. N'allez nulle part. Nous allons probablement devoir prendre des décisions rapides.

— Des décisions à propos de quoi ?

— Attendez le médecin, d'accord ?

La porte s'ouvre, et une femme entre, vêtue d'une blouse vert foncé. Elle me tend la main.

— Je suis le Dr Lisa Wilhelm. Je suis l'obstétricienne de garde, et c'est votre jour de chance que je sois spécialisée dans les grossesses à haut risque.

Je recule quand elle entre. Sa présence est autoritaire, mais rassurante. Je suis remplie d'espoir.

« Voici donc ce que nous examinons, commence-t-elle. Nous surveillons le bébé, mais son rythme cardiaque est élevé. Elle est en détresse. Votre femme perd beaucoup de sang. C'est probablement pour cela qu'elle s'est évanouie. Nous pensons qu'il s'agit d'un décollement soudain du placenta, mais nous n'en serons sûrs que lorsque nous l'aurons examinée. Le taux de mortalité fœtale est d'environ 15 %, alors il faut agir vite. Dans certains cas, selon ce qui se passe, il peut être plus élevé. Nous devons avoir la permission de faire ce que nous pouvons pour sauver le bébé. »

Je m'appuie sur le mur à côté de moi alors que les paroles du médecin semblent s'estomper tant mes oreilles bourdonnent.

Leslie me tend un bloc-notes et un stylo et désigne une ligne de signature. Ses lèvres remuent, passant en revue ce que je vais signer. Je n'entends rien, mais je suis d'accord et je signe. Plus vite ils pourront soigner ma femme, mieux ce sera.

— Et pour Keri Ann ? Ma voix est faible, rauque.

— Nous faisons notre possible pour les garder toutes les deux en vie. La mère et l'enfant.

— Nous allons pratiquer une césarienne d'urgence. Votre femme est en train d'être préparée pour l'opération en ce moment même.

— Je peux être là ? Il faut que je sois là.

— Jack... je peux vous appeler Jack ?

J'acquiesce et elle s'assied, me désignant la chaise à côté d'elle. Mes jambes s'affaissent d'un coup.

« Jack, dans des cas comme celui-ci, il y a un risque - faible - mais un risque quand même de perdre la mère... »

C'est comme si une boule de démolition me frappait dans le plexus solaire. Je me retourne à cause de l'impact.

« Vous ne pouvez pas être là, Jack, continue-t-elle doucement. Si quelque chose tourne mal, vous pourriez nous gêner. On pourrait la perdre parce que vous êtes là. Vous devez nous faire confiance pour faire notre travail et vous ramener votre petite fille, puis sauver la vie de votre femme. »

La salive s'accumule dans ma bouche et je déglutis.

— Sauvez-la. Sauvez Keri Ann. S'il vous plaît. Sauvez ma femme. Je vous en prie. Je ne peux pas, non, je ne peux pas... j'essaie à nouveau de parler, réalisant que ma voix n'a produit aucun son.

Nous pourrions toujours essayer d'avoir un autre bébé, mais je ne peux pas perdre ma femme.

Je ne peux pas perdre Keri Ann.

Le sol devant moi se brouille, les sons qui m'entourent vont et viennent. Le médecin est parti. Leslie est entrée et est sortie. Je pense. Puis elle est de nouveau là.

« Comment c'est arrivé ? Je veux dire, est-ce que le fait

d'avoir commencé le travail plus tôt a causé ça ? On a marché sur la plage. Le Dr Berry a dit de faire attention à ne pas avoir trop chaud. Ou à la déshydratation. J'aurais dû m'assurer qu'elle reste à l'intérieur. Il faisait si chaud ce matin avant la tempête. Je divague sans écouter si Leslie répond. Et une pression atmosphérique basse. On ne dit pas que ça peut déclencher les accouchements ? »

Puis je réalise que le docteur a appelé le bébé « elle ». Donc Keri Ann avait raison depuis le début. C'est une fille, pas un garçon.

— Jack ? dit Leslie. Elle porte une blouse chirurgicale, un bonnet et un masque.

— Quoi ? Je fronce les sourcils.

— Vous avez une petite fille. Vous voulez la voir ?

Mon estomac tombe de vingt étages.

— Je... quoi ?

— Vous avez une fille, dit-elle doucement.

Je déglutis. Ma gorge est épaisse et sèche.

— Et ma femme ? Je suis à peine capable de former les mots.

Leslie acquiesce.

— Le Dr Wilhelm est toujours avec elle. C'est tout ce que je peux dire. Elle me tend les affaires qu'elle a apportées, avec un sourire crispé. Mettez-les, puis nous irons vous laver les mains. Vous pourrez tenir votre fille avant qu'ils ne la mettent dans la couveuse.

— Je ne pense pas pouvoir le faire. Pas tant que je ne sais pas comment va Keri Ann. Je secoue la tête. S'il vous plaît.

— Jack, Leslie me rassure. Vous ne croyez pas que Keri Ann est pressée que vous rencontriez votre bébé ?

J'ai les yeux qui piquent et je souffle un peu fort.

— Bien. J'acquiesce de manière robotique, en me rappelant que Keri Ann a besoin que je fasse ça. Elle aime déjà Bean, et je dois m'assurer que Bean le sait. Qu'elle sache que sa mère l'aime.

Quelques minutes plus tard, Leslie me fait franchir les portes d'une unité de soins intensifs néonatals.

« Le frère de Keri Ann est arrivé ? »

Leslie secoue la tête.

— Vous n'êtes là que depuis un peu plus d'une heure.

Ça me semblait plus long.

« Je suis sûre qu'il est en route. On va s'assurer qu'il vous trouve. »

Je hoche la tête. Il n'a pas appelé. Je tapote mes poches et réalise que je ne sais même pas où est mon téléphone.

« Il a déjà appelé l'hôpital, et nous lui avons dit ce que nous pouvions. »

On emprunte un virage dans le couloir et là je la vois.

Je sais qu'elle est à moi.

Un paquet enveloppé, portant un bonnet en tricot rose.

Elle est tenue par quelqu'un que je ne connais pas et que je ne veux pas regarder. Je n'ai d'yeux que pour Bean.

« C'est le père du bébé », dit Leslie.

— Oh, mon Dieu, vous êtes Jack Eversea, dit la personne qui tient le bébé.

J'acquiesce, mais ne réponds pas, je prends le petit paquet si léger dans mes bras et je baisse les yeux.

Un petit visage, les yeux fermés, de minuscules lèvres serrées l'une contre l'autre, comme si elles étaient en train de les plisser pour un baiser. Un petit nez. Une peau si parfaitement rose et délicate qu'elle en est presque translucide.

— Oh, putain. L'émerveillement, l'étonnement et la terreur

abjecte me traversent en même temps. L'énorme miracle de la création d'un humain est presque trop difficile à comprendre. J'ai participé à la création de cette minuscule créature ? Et soudain, l'incapacité de partager ce moment avec Keri Ann me frappe de plein fouet, éclipsant presque tout le reste instantanément. Cette petite personne vient de sortir du corps de l'amour de ma vie. Et elle est quelque part, seule, à se battre pour vivre. Je veux sourire à ma fille - ma belle et parfaite fille - et au lieu de cela, j'inspire, l'air me semble être des éclats de verre dans ma poitrine. C'est l'agonie. Je suis impuissant.

J'étouffe.

Quelqu'un m'enlève Bean des bras.

— Jack ? J'entends quelqu'un m'appeler. Le Dr Wilhelm entre. Son bonnet chirurgical est toujours sur sa tête. Ses yeux sont fixés sur moi. Elle sourit.

Elle sourit.

— Nous l'avons stabilisée. Elle a perdu beaucoup de sang. Mais Keri Ann va bien.

Mes jambes se dérobent et heureusement, il y a une chaise. Je veux attraper mes cheveux et je me retrouve avec une poignée de bonnet chirurgical. Elle va bien. Je souffle un coup. Elle va bien.

« J'hésite à la laisser voir le bébé, dit le Dr Wilhelm, parce que j'ai l'impression que cela pourrait lui causer un stress excessif. Mais d'un autre côté, vous connaissez votre femme, peut-être que ne pas voir son bébé ferait la même chose, alors je vous laisse décider. »

Ses paroles se mélangent dans ma tête.

— Donc je peux la voir ? Qu'est-ce que c'était, que s'est-il passé ?

— Oui, vous pouvez la voir. Je vais vous y emmener moi-même dans un instant. Elle me fait signe d'entrer dans le hall, je jette un dernier long regard à Bean et me lève.

« Nous allons prendre bien soin de bébé, dit Leslie. Et je vous appellerai pour le premier changement de couche. » Elle me fait un clin d'œil.

J'acquiesce et je suis le Dr Wilhelm, sans pouvoir apprécier cette tentative de normalité. « Tout d'abord, j'ai parlé à votre beau-frère. Comme il est médecin, je me suis sentie à l'aise pour lui donner, au moins, les détails. Il est en route. J'ai aussi informé le Dr Berry et lui ai assuré qu'elle n'aurait pas pu prévoir ce qui s'est passé. Votre femme a eu un décollement soudain du placenta. »

Donc Drew avait raison, dans l'hélicoptère.

Je déglutis, attendant que le docteur continue.

« Je pense qu'il y a eu une combinaison de choses qui se sont produites en même temps. Le décollement a pu se produire ou être sur le point de se produire, et puis d'une manière ou d'une autre, la faible pression atmosphérique, associée à la surchauffe de Keri Ann dans notre chaleur de juillet, a probablement induit des contractions précoces. Nous ne le saurons pas avec certitude. Mais ce qui est clair, c'est que le décollement a été soudain et complet. Le placenta s'est détaché de la paroi de l'utérus. »

J'ai l'impression que de la glace se forme dans mes veines.

— Elle aurait pu mourir. Keri Ann aurait pu mourir si on avait attendu pour quitter l'île. Je murmure les mots horribles. Le bébé aurait pu mourir.

Le Dr Wilhelm grimace.

— Disons juste que votre femme est une fille très chanceuse. Elle secoue la tête. Et l'avoir mise sur cet hélicoptère si rapidement était le miracle dont vous aviez besoin.

Je suis étourdi.

« Encore une chose, et c'est plutôt désagréable. Même si, après ce que vous venez de vivre, cela peut sembler un inconvénient mineur. »

— Continuez, dis-je. Je suis impatient d'aller voir Keri Ann.

— Le personnel de cet hôpital n'a pas l'habitude d'accueillir des célébrités, et il s'avère qu'il n'a pas non plus l'habitude de garder des secrets. Il n'y a pas moins de cinq camionnettes de presse locale à l'extérieur. Votre femme restera avec nous quelques jours le temps qu'elle se remette, puis nous devrons trouver un moyen de vous faire sortir discrètement de l'hôpital. »

L'idée de partir avec ce petit bébé que je viens de tenir et d'en être responsable me terrorise.

— On n'est pas pressés de partir tout de suite, dis-je.

— D'accord, allons-y. Allons la voir. Elle sera dans cette salle de réveil pour les prochaines heures, puis nous vous transférerons à la maternité pour que vous puissiez rester avec votre bébé et avoir plus de place. Elle ralentit sa marche. OK, nous y sommes. Vous pouvez y aller. Dois-je aller leur demander de vous amener le bébé ?

— Oui, s'il vous plaît. Je prends la main du Dr Wilhelm. Merci, dis-je, bien que cela semble terriblement insuffisant.

— Je vous en prie. Elle sourit et m'ouvre la porte.

CHAPITRE TRENTE

Keri Ann est pâle. Ses lèvres sont de la même couleur que sa peau et ses cheveux sont plaqués sur sa tête. Mais ses magnifiques yeux bleus sont ouverts.

Je me perds dedans.

Je ne l'ai jamais trouvée aussi belle, et en quelques secondes, je suis sur son lit, je la touche, je l'embrasse.

— Je suis tellement désolé. C'est la première chose que je dis. Je presse mes lèvres sur son front cireux, refroidi par la sueur. Pourquoi avons-nous voulu vivre sur une île isolée ? Tu aurais pu mourir. Je suis vraiment désolé.

Elle essaie de sourire.

— Arrête ça. Parle-moi de Bean.

Instantanément, je suis reconnaissant d'avoir pu rencontrer notre fille pour pouvoir répondre à cette question.

— Elle est... parfaite.

— Elle ?

— Tu avais raison. Comme toujours.

Son sourire est mince. Fatigué.

— La prochaine fois, on aura un garçon.

— La prochaine fois ? Le cauchemar que je viens de vivre est trop frais pour que je m'en remette. Pas question. On va adopter.

— Ha ! Keri Ann essaie de rire, mais c'est en demi-teinte. Ses paupières sont lourdes.

— Et voilà, roucoule une voix venant de la porte. Voilà maman et papa.

Je récupère notre fille dans les bras de l'infirmière. Bean s'agite, fait des petits bruits qui ne sont pas encore des cris. Je l'allonge doucement dans le creux du bras de Keri Ann, qui ne s'est pas encore assise, et je tire un peu plus la couverture de bébé pour que le visage de Bean soit plus visible.

— Oh, s'étouffe Keri Ann, et des larmes coulent sur son visage.

L'image de ma femme et de ma fille se brouille tandis que mes propres yeux se remplissent de larmes.

On la regarde fixement.

— Elle aura bientôt besoin de manger, dit l'infirmière derrière moi. Dans une heure, vous pourrez essayer de l'allaiter, mais pour l'instant, maman est trop faible.

Keri Ann fronce le nez.

— Maman doit reprendre des forces pour pouvoir te nourrir, roucoule-t-elle à l'intention de Bean. Laisse-moi voir tes doigts, ajoute-t-elle en tirant doucement sur la couverture. Des doigts minuscules avec des ongles minuscules en sortent.

J'en ris presque. Ils sont si mignons. Je ne peux m'empêcher de tapoter le petit poing avec mon gros doigt. Le poing s'ouvre et se referme autour de mon doigt. Bean pourrait aussi bien me serrer le cœur.

— Oooh...

On frappe à la porte. On lève tous les deux les yeux pour voir Joey ébouriffé, les yeux écarquillés, Jazz juste derrière lui.

— Oh mon Dieu, dit Joey en entrant. Tu nous as fait une peur bleue. Dieu merci, tu vas bien.

* * *

Quelques heures plus tard, Keri Ann et moi avons été transférées à la maternité. Nous sommes dans une chambre privée, près de l'unité de soins intensifs néonatals où Bean dort dans une couveuse. Il y a une banquette rigide qui est censée pouvoir se transformer en lit pour moi. Les sacs que j'avais jetés dans l'hélicoptère et mon téléphone sont arrivés jusqu'à nous.

Lorsque Jazz et Joey sont partis, il a dû s'arrêter et dire quelques mots aux journalistes à l'extérieur, avec ma bénédiction, leur donnant un résumé rapide de ce qui s'est passé et leur assurant que nous allions bien maintenant.

L'infirmière vient nous dire qu'un coach en allaitement passera à la prochaine heure de tétée de Bean pour nous aider.

— Tu crois qu'on a assez dormi ces derniers temps pour compenser les prochains mois ? Mes muscles me font déjà mal, mes jambes, mes bras, ma tête. Tout en moi semble avoir encaissé les tumultes de la journée.

— Je n'ai pas fait une nuit complète depuis des semaines. J'étais trop mal à l'aise, répond Keri Ann. Je suppose que c'est la façon dont la nature prépare les mères au rythme d'alimentation des nouveau-nés.

Keri Ann dort encore quelques heures et je prends le temps d'appeler mes parents, Devon et Monica, ainsi que mon agent et mon attachée de presse.

Il y a encore un appel que je dois passer.

— Cooper, dis-je quand on répond.

— Jack. Il soupire un coup dans le téléphone. Comment va-t-elle ?

— Bien. Je déglutis et soupire. Bien, grâce à toi. Tu as sauvé ma femme et mon enfant. Merci.

— Tu peux remercier Zach et Drew. En fait, tu peux remercier Zach, surtout. C'est lui qui a répondu à mon appel.

— Oui, mais ça ne me serait jamais venu à l'esprit de t'appeler si tu n'étais pas tombé d'un hélicoptère sur notre fête de fiançailles l'année dernière. J'aurais appelé le 911 et les pompiers locaux. Ça aurait fait perdre un temps précieux que nous savons maintenant que nous n'avions pas. Ma voix me lâche, ma gorge se noue. Mon nez pique à cause des émotions que j'essaie de contenir. Il faudra du temps avant que je sois capable de penser à cette journée sans perdre la boule. Je l'ai presque perdue, Cooper.

— Je sais, mec. Je suis désolé. Il est silencieux pendant quelques instants, me laissant me ressaisir, puis demande : comment va le bébé ?

— Bien. Bien. Elle va bien. Elle est petite. Putain, elle est minuscule. Je laisse échapper un petit rire. Je me sens comme un géant maladroit à côté.

— Elle a déjà un nom ?

— On ne peut pas l'appeler Cooper, Zach ou Drew ?

— Hé, Cooper pourrait très bien être un nom de fille.

— J'en parlerai à Keri Ann quand elle se réveillera. Mais on l'appelle Bean depuis avant sa naissance, et j'ai l'impression que ça va rester.

Cooper rigole.

— Je suis heureux pour vous les gars.

— Et toi ?

— Quoi moi ?

— Ton retour à Butler Cove n'a rien à voir avec une certaine jeune femme de New York, n'est-ce pas ?

— Bon sang, non, dit-il. Mais ce n'est pas convaincant. En plus, je ne déménagerai pas tant que je n'aurai pas trouvé quelque chose à faire.

Je repense à la conversation que Keri Ann et moi avons eue par intermittence pendant des mois, et comment aujourd'hui a vraiment consolidé notre décision.

— Je pense qu'on va déménager définitivement à Butler Cove. J'ai l'intention de réduire mes activités d'acteur et de me consacrer davantage à la production et à la réalisation. En fait, la sortie sur le tapis rouge du *Comte disparu,* en septembre sera la dernière apparition de Keri Ann et moi avant un bon moment. Et nous avons déjà décidé de ne pas rester pour le film. J'en ai assez de voir l'histoire de mon père. Et Keri Ann ne veut pas que je la revive non plus.

Nous allons avoir besoin d'un consultant en sécurité, Cooper. Et avec tous les tournages qui se déroulent en Géorgie, j'ai quelques contacts qui sont impliqués dans les studios qu'ils ont construits à Savannah et Atlanta. Ils ont besoin d'un service de sécurité sur appel. Tu penses que tu pourrais être prêt à monter une affaire ici ?

— C'est drôle que tu en parles, dit Cooper sur un ton qui ressemble à de l'étonnement. Je viens de terminer ma formation de spécialiste de la protection contre les menaces élevées à San Diego. Tu le savais déjà ? Je ne pensais pas l'avoir dit à Keri Ann, mais peut-être que je l'ai fait. Je ne m'en souviens pas.

— Mais non, je n'en avais aucune idée, dis-je sincèrement. Alors, comment tu t'en es sorti ?

— J'ai réussi avec brio, évidemment, s'il te plaît.

Je ris aux éclats.

— Je n'en doute pas.

— C'est Cooper ? demande Keri Ann derrière moi.

Elle cligne des yeux pour se réveiller.

— Désolé. Je lui fais une grimace. Je viens de réveiller Keri Ann.

— Dis-lui, merci, dit-elle.

— C'est fait. Mais hé, Coop, Keri Ann te remercie aussi.

— Pas de problème. Je vous laisse les copains. Félicitations, Jack.

— Merci.

On se dit au revoir et on raccroche. Puis je glisse mon téléphone sur une étagère et me glisse sur le lit à côté de Keri Ann, en faisant attention à ne pas toucher sa perfusion. Je passe mon bras autour de ses épaules. Son corps est bizarre sans le gros ballon de plage qui occupait une grande partie de notre espace vital. Elle semble si menue tout d'un coup.

— Tu vas bien ?

— Mieux maintenant que tu me tiens, dit-elle en laissant échapper un profond soupir. Je n'ai pas mal grâce aux antidouleurs. Mon corps est engourdi et... vide. Bean me manque. Elle émet un petit rire. J'ai passé tellement de temps ces dernières semaines à souhaiter qu'elle sorte de moi parce que ça devenait très inconfortable, et maintenant ça me manque qu'elle soit là. Elle pose une main sur son ventre. Et ça ressemble à un bol plein de Jell-O.

Je souris et j'embrasse sa tempe.

On frappe à la porte.

— Entrez, dis-je pensant que je n'ai pas l'intention de me lever avant un bon moment. Puis je regarde dans l'embrasure de la porte. C'est une dame que je n'ai jamais vue auparavant qui tient Bean.

— Toc, toc, dit-elle. J'ai amené Bébé Eversea pour qu'elle soit nourrie. Je suis la consultante en lactation. Je vais vous montrer comment l'allaiter.

Je me jette du lit si vite que je manque de renverser la table d'appoint.

Keri Ann lève les sourcils vers moi.

— C'est quoi le problème, Jack ? Tu n'as jamais vu un sein de ta vie ? Puis elle rit bruyamment et avec enthousiasme.

La dame rit aussi, bien qu'elle écrase ses lèvres l'une contre l'autre pour essayer de se retenir.

Je souris, gêné, et passe une main dans mes cheveux.

Puis j'aide ma femme à s'asseoir et je regarde notre nouveau-né être déposé dans ses bras.

« Bean, roucoule-t-elle, » et mon cœur se remplit d'un sentiment de protection féroce comme je n'en ai jamais connu. Je ferais n'importe quoi pour ma femme et mon enfant.

Ça, je le sais.

ILS VÉCURENT heureux jusqu'à la fin des temps, jusqu'à la fin des temps, jusqu'à la fin des temps, jusqu'à la fin des temps, jusqu'à la fin des temps, jusqu'à la fin des temps, jusqu'à la fin des temps…

MERCI beaucoup d'avoir lu la fin de l'histoire de Jack et Keri Ann. Merci d'avoir participé à leur voyage avec moi. Lorsque j'ai commencé cette histoire en 2012, je n'aurais jamais imaginé qu'elle changerait ma vie. Que Jack me parlerait encore dans mon sommeil quatre ans plus tard. Que vous, les lecteurs, demanderiez tellement plus. Vous m'avez donné des espoirs et des rêves, vous avez montré à mes enfants ce dont leur mère était capable, et vous m'avez donné une direction et un sens à ma vie, et je vous en remercie du fond du cœur. Les personnes que j'ai rencontrées au cours de ce voyage ont été extraordinaires et inoubliables.

LISEZ LA SUITE pour faire un concours amusant et la playlist de Beach Wedding.

JE SAIS que vous voulez probablement tous savoir quel est le nom de bébé Eversea. Je n'en ai aucune idée. Ha ! Alors je me suis dit que je vous laissais le choix.

J'organise un concours pour gagner une carte cadeau Amazon ou Apple de 50€.

J'annoncerai le gagnant et partagerai une scène bonus par e-mail à ma liste d'e-mails. Tout ce que vous devez faire pour participer est de donner votre suggestion de nom de bébé sur ce formulaire google avant le ???? Et ensuite, surveillez l'e-mail que je vous enverrai

http://bit.ly/NameBabyEversea

POUR DÉCOUVRIR la suite des événements, vous pouvez rejoindre mon groupe Facebook:

Les lecteurs de Natasha Boyd

Sur

https://www.facebook.com/groups/natashaboydstreet-teambookclub/

OU VOUS INSCRIRE à ma liste de diffusion des nouvelles parutions (j'envoie des courriels très peu fréquents - généralement des nouvelles parutions, des scènes bonus ou des résultats de concours).
http://eepurl.com/JAXED

SI VOUS SOUHAITEZ RECEVOIR une alerte par SMS lorsque je sors un nouveau livre, vous pouvez envoyer un SMS à NATASHA BOYD au 31996.

AUTRES LIVRES DANS LA SÉRIE :
Eversea (tome 1)
Jack, pour toujours (tome 2)
Un Noël anglais avec Jack (tome 3)

JE TIENS à remercier tout particulièrement mon mari et nos deux merveilleux fils. Al Chaput et Dave Macdonald (partenaires critiques extraordinaires), Judy Roth (mon éditrice), Karina Asti, Lisa Wilhelm, Julianne Burke (pour l'amitié, les commentaires et la magnifique couverture), Brenna Aubrey, Natasha Tomic, Jenny Needham, Nicole Resciniti (mon agent), mes Ladies SPW, et ma mère pour son soutien constant !

La playlist de Mariage sur la plage

Seems So Long ~ The Last Royals
Ocean ~ Andreas Moe
Between Me and You ~ Brandon Flowers
Take Yours, I'll Take Mine ~ Matthew Mole
Trouble I'm In ~ Twinbed
Best Part of Me ~ St Leonards
Halo ~ Lotte Kestner
Into The Mystic ~ The Wallflowers
Into The Wild ~ LP

ÉPILOGUE

BÉBÉ EVERSEA

— Viens te coucher, Jack, ai-je chuchoté dans la pénombre de la chambre. La lumière d'une petite veilleuse tortue dans le coin jetait une lueur bleue sur les traits fatigués de Jack.

Il était assis dans un fauteuil rembourré, notre fille de trois ans dans les bras.

Je m'étais débarrassé du rocking chair dès qu'Adeline avait eu deux ans, et j'avais acheté ce grand fauteuil confortable pour que nous puissions nous y installer côte à côte et lire des histoires avant de nous coucher. Addy était restée debout après son heure de coucher, attendant que Jack rentre de l'aéroport pour lui faire la lecture. Je doute qu'ils aient lu plus de deux pages avant qu'elle ne s'endorme. Jack a levé les yeux sur moi.

Je me suis appuyée contre le cadre de la porte et j'ai regardé ses yeux passer de mon visage au t-shirt que je portais quand il n'était pas là, puis à mes jambes nues jusqu'à mes orteils. Je les ai recroquevillés instinctivement.

Jack s'est levé, en prenant soin de ne pas bousculer sa petite fille endormie dans ses bras.

— Papa, a-t-elle marmonné.

Il l'a déposée doucement dans le petit lit d'une place, embrassant sur le front sa fille qui grandissait rapidement, et il a remonté la barrière de sécurité. Elle s'est installée tranquillement.

Je me suis avancée jusqu'à eux et j'ai déposé un baiser sur le front de notre fille. Ses longs cils noirs reposaient sur ses joues, ses lèvres faisaient la moue comme si elle dormait.

Je me suis levée et les bras de Jack sont venus m'entourer tandis que nous regardions notre belle petite fille endormie pendant quelques instants.

Nous nous sommes glissés hors de la pièce, en refermant la porte. J'ai cligné des yeux dans la lumière plus vive du couloir et nous nous sommes dirigés vers notre chambre. Je me suis blottie sous les couvertures pendant que Jack allait dans la salle de bain pour se brosser les dents et se laver. Il a éteint la lumière de la salle de bain, a enlevé sa chemise et son jean et a grimpé dans le lit avec moi.

— Désolé, je n'ai pas pris de douche après avoir été dans l'avion, a-t-il dit en se glissant près de moi.

J'ai éteint la lumière, plongeant la chambre dans l'obscurité.

— Ce n'est pas grave. J'ai hoché la tête, même s'il ne pouvait pas me voir.

— Alors, comment vont mes deux amours ? a demandé Jack.

— Addy t'a dit qu'elle voulait qu'on l'appelle Cooper à partir de maintenant ?

Jack a rigolé.

— Non. C'est vrai ?

J'ai souri.

— Ouais, on venait juste de parler du fait que son deuxième

prénom était Cooper, et je lui ai dit qui c'était et qu'il avait fait en sorte que Maman arrive à l'hôpital en toute sécurité, et puis pendant le dîner, elle a annoncé que c'était son nouveau nom.

— Cooper va adorer ça. Mes yeux se sont adaptés à l'obscurité, et j'ai vu le faible contour du sourire de Jack. Tu viens ? a-t-il demandé, tendant son bras pour que je puisse me glisser dans le creux et poser ma tête sur sa poitrine.

Sa peau était chaude, son cœur battait fort. J'ai laissé échapper un soupir de satisfaction et j'ai dit :

— C'est bon de t'avoir à la maison.

— C'est bon d'être à la maison, a répondu Jack et il a déposé un baiser dans mes cheveux, en me serrant davantage. C'était trop long cette fois.

— Oui... J'ai fait une pause. Ce n'était que quelques semaines, mais Addy le ressent vraiment.

— Je sais. Je suis désolé.

— Ne sois pas désolé. J'ai toujours dit que je ne ferais jamais de ton emploi du temps un problème. Et ça ne l'est pas pour moi. J'ai levé la tête et me suis déplacée pour poser mon menton sur ma main et être face à face avec Jack. Même si tu me manques énormément quand tu n'es pas là. Jack a fait un petit sourire, sa main effleurant mes cheveux. Mais je n'avais encore jamais réalisé à quel point c'était déstabilisant pour Addy, ai-je poursuivi, doucement. Je n'ai rien dit pendant ton absence, parce que je savais que c'était déjà assez dur pour toi. Mais maintenant que tu es de retour, et qu'Addy n'arrive pas à exprimer ce qu'elle ressent quand tu n'es pas là, j'aurais eu tort de ne pas te le dire au moins.

Jack a dégluti et acquiescé.

— Je suis content que tu me l'aies dit. Il a laissé échapper un soupire. J'allais t'en parler demain, je veux moins voyager, et je le ferai, mais penses-tu que toi et Addy pourriez peut-être venir avec moi plus souvent ? Elle est assez grande désormais pour s'intéresser à ce qui l'entoure, on pourrait faire des choses avec elle et l'emmener faire des trucs amusants où que nous soyons.

J'ai hoché la tête.

— Je pense que ce serait génial. Elle dit déjà qu'elle a hâte d'aller en Angleterre pour voir ta mère. Disons que si tu pars pour plus de deux semaines, on fera en sorte de venir avec toi ou au moins de te rendre visite où que tu sois.

Jack a levé la tête, et je me suis étirée pour atteindre sa bouche. Son baiser était doux et sans hâte.

— Marché conclu, a-t-il chuchoté en laissant retomber sa tête. Il y a autre chose dont je voulais te parler. J'ai décidé de me faire faire une vasectomie...

— Quoi ?

— Laisse-moi finir...

— Je ne veux pas. Jack. Non. Tu n'es pas obligé de faire ça.

— Je le dois, et je le veux. Je ne peux pas risquer que tu tombes à nouveau enceinte. Je ne peux pas. Je ne le supporterais pas. Je ne peux pas penser au danger qu'il t'arrive quelque chose.

— Il n'arrivera rien. Nous avons été prudents.

— Et ça a été tellement terrifiant. Je veux... Je veux que ce soit comme avant entre nous. Il m'a regardée, et a dégluti. Quand je pouvais me perdre en toi.

J'ai arrêté de respirer.

« Et je n'ai pas pu le faire depuis qu'Addy est née. »

Je le savais à un certain niveau. J'avais d'abord mis ça sur le compte de l'épuisement post-bébé pour tous les deux. Ou au fait d'être marié désormais. Tout le monde ne disait-il pas que le sexe était moins fréquent quand on était marié ? Plus rapide ? Quelque chose comme ça ? Je n'ai jamais pensé que Jack avait cessé de m'aimer. Il me le montrait de mille et une façons. Mais c'était vrai, j'avais remarqué que nos ébats étaient plus réfléchis. Moins... je ne sais pas... Mais le fait qu'il l'admette était difficile à entendre.

Je me suis raclé la gorge.

— Je pensais que je pourrais faire quelque chose de mon côté.

— Ce n'est pas juste que tu doives subir une autre opération si tu veux te faire... ligaturer les trompes, ou quel que soit le nom qu'on lui donne. Surtout après ce que tu as vécu avec Addy. C'est invasif et je serais un connard si je te demandais de le faire.

— Mais ce n'est pas une partie de plaisir pour toi non plus. Et ça ne me dérange pas d'avoir un stérilet ou d'utiliser des préservatifs.

— Pas moi. Jack s'est soudain soulevé et je me suis retrouvée sur le dos, avec son poids installé sur moi, une de ses jambes glissée entre les miennes. Je n'aime pas que tu doives avoir cette chose étrangère en toi, qui émet des produits chimiques. Je sais que tu n'aimes pas non plus cette idée.

C'était vrai, je n'aimais pas ça, mais je ne voulais pas prendre la pilule non plus, la pilule nous avait déjà fait défaut. D'accord, c'était une erreur d'utilisation. Et un stérilet qui pouvait rester en place pendant trois à cinq ans semblait avoir été la meilleure option à l'époque. Maintenant, j'avais envie de l'enlever au plus vite.

Jack a baissé la tête et m'a embrassée.

« Et tu sais à quel point je déteste qu'il y ait quelque chose entre nous. Et je suis terrifié à l'idée que je puisse accidentellement te remettre enceinte et que cela puisse te tuer. »

J'ai hoché la tête, mes yeux se remplissant inexplicablement de larmes.

— Je suppose... J'ai dégluti en essayant de contrôler la vague de tristesse qui menaçait soudain de me consumer. Je... ne veux pas affronter le fait que nous ne pourrions plus avoir d'enfants. J'aime Addy. Je l'adore. Mais dans ma tête, je pensais que nous en aurions d'autres. J'avais imaginé un petit garçon. Je pensais... je ne sais pas. Ma voix s'est brisée, et alors que je fermais les yeux pour ne pas voir la douleur que me renvoyait Jack, les larmes ont coulé sur mes tempes. Je me sens tellement ingrate rien qu'en le disant. Addy est ... tout pour moi.

Jack a posé les lèvres sur moi et il a embrassé mes larmes. Il était tendu. Et je savais qu'il ne pouvait pas parler. Il ne pouvait pas me répondre et m'offrir des paroles réconfortantes. Parce qu'il le ressentait aussi, ce chagrin. Je ne savais pas si sa douleur était due à son propre désir d'avoir d'autres enfants, ou à la douleur de ne pas pouvoir me donner ce que je voulais. Mais lorsqu'il m'a serrée contre lui et qu'il nous a fait rouler sur le côté pour pouvoir me tenir mieux, nous avons partagé ce moment ensemble tandis que je pleurais silencieusement dans son cou.

Nous nous sommes endormis de cette façon, emmêlés l'un dans l'autre.

Le bruit de petits pieds qui claquent sur le parquet dans le hall en direction de notre chambre m'a réveillée. La lumière du petit matin traversait les rideaux voilés, j'ai cligné des yeux et j'ai vu la porte s'ouvrir lentement et une petite tête aux boucles sombres se faufiler dans l'angle de la porte.

J'ai souri et j'ai tendu une main de sous les couvertures.

Addy n'a pas hésité une seconde de plus et a foncé dans la chambre, grimpant sur le lit dans son pyjama rose.

— Fi fai fo fum, a dit une voix sourde sur l'oreiller à côté de moi. Je sens une petite princesse qui atterrit dans mon lit.

Addy a gloussé et a sauté sur nous en se tortillant entre nous.

— Tu es mon papa ! Pas un vieux géant qui grogne.

— Mais je suis aussi un vieux géant grognon, a dit Jack en sortant la tête de sous l'oreiller, les cheveux tout ébouriffés. Je suis un vieux géant fatigué, qui a envie de pancakes.

— Oui, des pancakes ! a crié Addy. Moi aussi, je veux des pancakes !

— Moi aussi, ai-je ajouté en regardant Jack d'un air implorant.

— Bien. Toi et moi, princesse Addy, si on allait faire des crêpes et qu'on les apportait à maman dans son lit ?

— Ce serait le paradis, ai-je dit en souriant.

Jack a souri et s'est penché sur moi. Il a mis mes cheveux derrière mon oreille et a embrassé mon front.

— Je suis d'accord, a-t-il chuchoté. Addy est tout pour moi aussi.

J'ai hoché la tête et dégluti.

— Oui.

— Je t'aime, maman, a dit Addy en se retournant sur le ventre et en laissant son petit corps glisser du lit jusqu'à ce que ses orteils trouvent le tapis.

— Je t'aime aussi, Addy.

— Tu vas adorer nos crêpes, maman, a-t-elle ajouté sérieusement. On va en faire des spéciales pour toi.

Jack s'est levé et s'est étiré, les muscles de son dos ont ondulé, ce qui a fait réagir mon bas-ventre.

— Magnifique, ai-je dit.

Jack a tourné la tête brusquement et m'a surprise en train de le reluquer. Il a fait un clin d'œil.

— Viens, Addy, a-t-il dit en lui tendant la main.

Addy a mis sa petite main dans la sienne et ils sont partis pieds nus.

« Et si on trouvait aussi des fleurs du jardin pour mettre sur le plateau de maman ? » ai-je entendu Jack demander alors qu'ils se dirigeaient vers le hall.

J'ai poussé un long soupir et me suis blottie sous les couvertures. Notre belle petite fille était vraiment tout pour nous. Notre famille était tout pour nous. Après avoir pleuré avec Jack la nuit dernière et donné une voix aux émotions et aux sentiments étranges que j'avais esquivés ces dernières années à propos du fait de ne pas pouvoir avoir d'autres enfants, je me suis soudain sentie plus légère. Comme si un fardeau avait été levé. J'aimais notre vie. Je n'en aurais jamais pu imaginer de meilleure. C'était mieux que tout ce dont j'avais pu rêver étant jeune fille.

Et la vérité fondamentale était que j'étais très, très, heureuse.

* * *

J'adore avoir des nouvelles des gens :
Allez faire un tour sur :
www.natashaboyd.com/france
Inscrire ici pour vous abonner à New Release News
http://eepurl.com/gQOZNz

* * *

Ou pour m'envoyer un message:

Suivez-moi sur Twitter :
@lovefrmlowcntry (https://twitter.com/lovefrmlowcntry)

Tag et Suivez-moi sur : Instagram @authornatashaboyd

Suivez-moi sur pinterest.com/lovefrmlowcntry
Aimez ma page sur : facebook.com/authornatashaboyd

Merci!

REMERCIEMENTS

Ils vécurent heureux jusqu'à la fin des temps, jusqu'à la fin des temps, jusqu'à la fin des temps, jusqu'à la fin des temps, jusqu'à la fin des temps, jusqu'à la fin des temps, jusqu'à la fin des temps...

Merci beaucoup d'avoir lu la fin de l'histoire de Jack et Keri Ann. Merci d'avoir participé à leur voyage avec moi. Lorsque j'ai commencé cette histoire en 2012, je n'aurais jamais imaginé qu'elle changerait ma vie. Que Jack me parlerait encore dans mon sommeil quatre ans plus tard. Que vous, les lecteurs, demanderiez tellement plus. Vous m'avez donné des espoirs et des rêves, vous avez montré à mes enfants ce dont leur mère était capable, et vous m'avez donné une direction et un sens à ma vie, et je vous en remercie du fond du cœur. Les personnes que j'ai rencontrées au cours de ce voyage ont été extraordinaires et inoubliables.

Autres livres dans la série :
    Eversea (tome 1)
    Jack, pour toujours (tome 2)
    Un Noël anglais avec Jack (tome 3)

Je tiens à remercier tout particulièrement mon mari et nos deux merveilleux fils. Pour la traduction: Isabelle Wurth. Al Chaput et Dave Macdonald (partenaires critiques extraordinaires), Judy Roth (mon éditrice), Karina Asti, Lisa Wilhelm, Julianne Burke, Alexandra @ KingwoodCreations pour la magnifique couverture, Brenna Aubrey, Natasha Tomic, Jenny Needham, Nicole Resciniti (mon agent), mes Ladies SPW, et ma mère pour son soutien constant !

La playlist de Mariage sur la plage

Seems So Long ~ The Last Royals
    Ocean ~ Andreas Moe
    Between Me and You ~ Brandon Flowers
    Take Yours, I'll Take Mine ~ Matthew Mole
    Trouble I'm In ~ Twinbed
    Best Part of Me ~ St Leonards
    Halo ~ Lotte Kestner
    Into The Mystic ~ The Wallflowers
    Into The Wild ~ LP

A PROPOS DE L'AUTEUR

Natasha Boyd est titulaire d'une licence ès sciences en psychologie. Elle a vécu en Espagne, en Afrique du Sud, en Belgique, en Angleterre et a écrit la plupart des romans situés à Butler Cove alors qu'elle résidait avec son mari et ses deux garçons sur Hilton Head Island, Caroline du Sud, aux États-Unis — avec de la mousse espagnole, des alligators et des moustiques de la taille de petits oiseaux. Elle partage maintenant son temps entre la "Lowcountry" et Atlanta, Géorgie.

NOTES

12. CHAPITRE DOUZE

1. Émission américaine pour la jeunesse

17. CHAPITRE DIX-SEPT

1. Haricot

27. CHAPITRE VINGT-SEPT

1. Les Gullah ou Geechee sont des Afro-Américains qui vivent dans la région des îles et plaines côtières de Caroline du Sud et de Georgie.